Penthouse Affair

EMILY KEY

Version_2022_4.1

Lektorat: Textwerkstatt - Sabrina Cremer
Korrektur: Anja Lang
Cover: Art for your Book
Satz & Layout: Emily Key

prointernet GmbH & Co. KG
C/o Emily Key
Marktplatz 8
56288 Kastellaun
Germany
ISBN: 13-9798811089161

Für meine Kinder

… und darum geht's

Jackson Brewer gilt gemeinsam mit seinem besten Freund Andrew Wellington als einer der abgebrühtesten Makler von ganz New York.

Nicht umsonst haben die beiden es mit Brewer & Wellington an die Spitze der New Yorker Maklerwelt geschafft.

Als gerne gesehener Gast der New Yorker High – Society zieht Jackson gerne Vorteile aus den Kontakten, die er dort knüpft. Zumal er sich vor Angeboten von heißen Frauen nicht retten kann. Doch Sex ist für ihn mehr, als eine kleine Zwischenbeschäftigung. Er liebt es, die Frauen zu verführen und sie um den Verstand zu bringen.

So auch Sarah White. Die Frau, die er eigentlich nicht einmal angucken dürfte, wenn er nicht alles verlieren will, wofür er so hart gearbeitet hat. Sie ist die verbotene Frucht, von der er, einmal gekostet, nicht mehr loskommt. Entgegen aller Vernunft beginnen die beiden eine Affäre im Penthouse des Skyline Palace Hotels.

Schmutzig und ohne Tabus.

Heiß und mit vernebeltem Verstand.

Verbote treffen auf Leidenschaft.

Hingabe auf konventionelle Zwänge.

Willkommen in der Welt von Brewer & Wellington!

Alle Bände der New York Gentlemen Reihe können unabhängig voneinander gelesen werden – jeweils mit abschließendem Ende.

Content Note

harter Sex, Gewalt beim Sex wird als Thema aufgegriffen, aber nicht explizit beschrieben.

Prolog

Jackson

Einige Jahre zuvor – Columbia University

Ich war einer der Guten.

Ja, das klang beschissen und jeder Mann würde das vermutlich über sich selbst sagen, aber ich war einer der Guten.

Offensichtlich war genau das der Punkt, wieso ich auch immer wieder auf die Schnauze fiel. Bildlich gesprochen.

Was war passiert?

Gerade hatte meine Freundin mit mir Schluss gemacht.

Wieso? Weil nun irgendein Typ aus irgendeinem Sportteam, der sie wie ein gottverdammtes Arschloch behandelte, auf sie stand und sie lieber einen Wichser zum Freund wollte als mich. Oh, das waren übrigens ihre Worte, nicht meine. Amalia – heilige Scheiße, wer nannte sein Kind eigentlich Amalia? – stand zwar auf mein Geld (davon besaß ich eine Menge), aber nicht so darauf, dass ich ihr nicht alles bezahlte (ich war eben kein Idiot!). Außerdem fand sie mein Aussehen extrem scharf (ich hatte gute Gene), aber ich war zu nett.

Zu nett. Völlig bescheuert war das.

»Hey, Bro!«, sagte Andrew, mein bester Freund und derjenige, der einem *Bruder* so nah kam, wie man kommen konnte, ohne die gleichen Eltern zu haben. Er lebte seit dem Sommer, bevor wir beide an der Columbia zu studieren begonnen hatten, bei uns und seitdem waren wir *Brothers from different Mothers.*

Wobei seine Mutter eine alkoholkranke Hure war – ebenfalls nicht meine Worte.

Andrew und ich ergänzten uns perfekt.

»Amalia hat Schluss gemacht«, ließ ich ihn kurz wissen und wir betraten gemeinsam den Campus Coffee Shop. »Dumme Kuh.«

»Was war es diesmal? Du hast ihr zu wenig Geld gegeben? Du warst zu nett? Du wolltest ihr keinen Urlaub in den Hamptons bezahlen? Sie durfte deine Eltern nicht kennenlernen?«

»Ich denke, eine Kombination aus ersteren beiden. Aber da sie nun diesen Neuen aus irgendeinem Sportteam datet, der wohl mehrere gleichzeitig am Start hat, war ich wohl zu nett.«

»Und ich dachte, es ginge um die Party, auf die du

keinen Bock hattest, auf der sie aber mit dir angeben wollte.«

»Nope.« Ich ließ das P in *Nope* ploppen. Die Barista kannte uns, sie war ebenfalls in einem meiner Wirtschaftskurse, und bereitete uns Kaffee zu, ohne dass einer von uns etwas sagen musste. »Ich bin zu nett.«

»Mir wärst du nicht zu nett!«, ließ mich meine Mitstudentin wissen und Andrew verdrehte die Augen, griff sich seinen Kaffee im To-go-Becher und legte das Geld für uns beide auf den Tisch.

»Ich sag doch, du musst die Taktik ändern.« Er war derjenige von uns, der das gute Aussehen und seinen Charme nutzte, um an jedem Finger eine Frau zu haben. Er ließ nichts anbrennen. Ich war das krasse Gegenteil von ihm. Klar, ich war auch charmant und konnte flirten, aber wenn man mich mit Andrew verglich, war ich in einer verdammten Provinzliga, während er als Finalist im Superbowl gehandelt wurde. »Sei eine Woche mein Schatten und du wirst sehen, wie die Girls dir zu Füßen liegen.«

»Nein, danke. Ich steh auf Monogamie.«

»Du bist altmodisch.«

»Nein, Realist. Und konsequent.«

»Was ist denn an Monoga–« Er schüttelte sich. »Shit, ich will es nicht mal aussprechen, so ätzend ist das. Es würgt mich richtig bei dem Wort. Ekelhaft.«

»Was an M-o-n-o-g-a-m-i-e konsequent ist? Na, dass man nur eine Frau hat.«

»Und wieso sollte man das wollen?«, fragte er und ich lachte. Ich kannte ihn, ich kannte seine Einstellung und ich wusste, dass er nur die Richtige finden musste, um daran zu glauben, dass man sein Leben mit einer Person verbringen konnte.

»Vergiss es.«

Andrew legte die Hand auf meine Schulter, während wir zu unserer nächsten Vorlesung liefen. »Du wirst schon sehen, deine Monogamie bringt dich noch in Teufels Küche.« Grinsend schüttelte ich den Kopf und wir setzten uns, während wir unsere Bücher auspackten.

»Bis ich da bin, würde ich vorschlagen, halten wir die Klappe, oder hast du unser Ziel vergessen?«

»Niemals. Never fucking ever.«

Andrew und ich wollten nach dem Abschluss eine gemeinsame Firma gründen. Und auch wenn er locker und ein Womanizer war, wusste ich, würde er die Chance, die ihm einer seiner Lehrer, Edgar Taylor, geschenkt hatte, nicht verstreichen lassen. Niemals! Weil er ein guter Freund meiner Eltern war, kam Andrew bei mir und meiner Familie unter. So beschissene Karten ihm das Leben zugeteilt hatte, so gut spielte Andrew sie aus und war nun ein Teil der Spitze, der High Society. Durch seinen Ehrgeiz und seinen Fleiß. Nicht hineingeboren wie ich. Nein, er hatte sich den Arsch aufgerissen und ich hatte kein Problem damit, mein Glück mit ihm zu teilen. Zumindest nach unseren anfänglichen Schwierigkeiten nicht. Klang schwul, aber es war die Wahrheit.

Ich würde für Andrew mein Leben geben, und er seines für mich.

Das wusste ich.

Zu diesem Zeitpunkt allerdings wussten wir beide

noch nicht, dass sich mein Leben für immer verändern würde.

Dass alles anders kommen würde, als ich es geplant hatte.

Zu diesem Zeitpunkt in der Uni wusste niemand, das auch ich das Arschloch-Gen in mir trug.

Denn dieses kam erst neun Monate und siebzehn Tage nach dem Tag, an dem Amalia mit mir Schluss gemacht hatte, zum Vorschein.

Mit einem positiven Schwangerschaftstest und einem Baby auf meiner Türschwelle.

Eins

Sarah
Gegenwart

Es war langweilig. Richtig scheiße langweilig.

Davon konnte mich auch der süße Kellner nicht ablenken, der mir schon die ganze Zeit Blicke zuwarf, als wäre ich heiß wie die Sünde.

Ich hasste es, wenn mein Vater mich für diese Art von Veranstaltungen benutzte. Herrgott, ich wusste nicht mal, wieso ich hier sein musste. Oder war ich etwa die neue Kandidatin für das Amt des Bürgermeisters?

Nein, mein Vater wollte noch einmal kandidieren, ehe er sich für einen Sitz als Senator bewarb. Er würde sowieso gewinnen. Mein Dad hatte nämlich die liebenswerte Eigenschaft, seine Versprechen zu halten. Das mochten die New Yorker und deshalb, zusätzlich zu all den anderen guten Dingen, die er getan hatte, würde er wiedergewählt werden. Dieser Wahlkampf wäre ein Spaziergang. Und ja, er betraf mich auch. Ich war seine Tochter, ich stand mit in der Öffentlichkeit, ob ich wollte oder nicht.

Deshalb war es nicht sonderlich passend, dass mich gerade, kurz bevor die neue Runde für ihn startete, mein Verlobter für eine Frau verlassen hatte, die gerade mal 21 Jahre alt war, gebotoxt und künstliche Titten auf ihrem Einkaufszettel stehen hatte. Scheiße, genau genommen war das so eine Katastrophe – zumindest laut dem Pressesprecher meines Vaters – gewesen, dass ich mich nun bei sämtlichen öffentlichen Auftritten sehen lassen musste, um zu zeigen, dass es mir nichts ausmachte.

Aber, fuck! Es machte mir etwas aus, denn dieser Wichser hatte mich verarscht. Von vorne bis hinten. Ich sollte groß in sein scheiß Immobiliengeschäft einsteigen, Personalverantwortung bekommen – und jetzt? Jetzt saß ich hier, hatte mich nirgendwo sonst beworben und wollte nicht als reiches Töchterchen enden, das das Geld ihres Vaters ausgibt. Mit Ende zwanzig. Fuck. Nein! Auf keinen Fall!

»Miss White«, sprach mich der Sohn des Sekretärs meines Vaters an. »Wie geht es Ihnen?«

»Danke, gut«, gab ich ihm die Standardantwort, welche von mir erwartet wurde, seit die Geschichte mit Clyde über die Bühne gegangen war. Clyde war mein Verlobter gewesen. Nun ... an dem Wörtchen gewesen erkannte man ganz gut, dass sich diese Verlobung erledigt hatte. Für eine Geliebte war ich mir nämlich zu schade.

Zumindest dann, wenn ich von etwas Festem ausging. Aber ich hatte meine Taktik sowieso geändert, denn ich würde nicht zulassen, dass ich mich noch mal so verarschen ließ.

Das Problem an der Sache?

Dass niemand die einzige Tochter des Bürgermeisters von New York für einen One-Night-Stand oder eine heiße Affäre wollte. Meine Gedanken überschlugen sich und ich seufzte laut.

»Wissen Sie, Ihr Vater weiß es zu schätzen, dass Sie heute hier auf diesem Ball sind.«

»Das weiß ich. Aber«, ich stieß ihn sanft in die Seite, gerade so, wie es die Etikette erlaubte, »sieht man mir an, dass ich keine Lust habe?«

»Nein, Madam. Das sieht man nicht.«

»Dann liegt es wohl an diesem Blubberwasser!« Ich grinste.

»Soll ich Ihnen noch etwas holen, Miss White?«

»Wann nennen Sie mich endlich Sarah?«

»Nie?«, schlug er vor und lief rot an.

»Danke, ich werde selbst zur Bar gehen und mir etwas zu trinken holen, aber vielen Dank.«

»Immer gerne, Miss White.«

Augenrollend ließ ich ihn stehen und schlängelte mich durch die Menge zur Bar am anderen Ende des Ballsaals. Ich fühlte mich vollkommen deplatziert, lächelte aber, wenn ich einen der Menschen erkannte, die ich bezirzen musste. Ich hatte ehrlich überhaupt keine Ahnung, wieso ich bei solchen öffentlichen Auftritten dabei sein musste. Mein Vater war – wie schon erwähnt –

ein absolut wunderbarer Bürgermeister und würde sowieso wiedergewählt werden.

»Darf es noch ein Champagner sein?«, fragte mich der Barkeeper mit einem Zwinkern in den Augen und ich nickte, stützte meine Unterarme auf dem Bartresen ab und beobachtete ihn dabei, wie er professionell eine Sektflasche entkorkte. Seine Arme, die von einem weißen Hemd bedeckt waren, sahen ziemlich sexy aus. Selbst unter dem Stoff konnte ich das Muskelspiel gut erkennen.

»Einen Macallan, zwei Fingerbreit, kein Eis, bitte«, hörte ich plötzlich eine dunkle, raue Stimme neben mir. Der zweite Barkeeper nickte wortlos und griff nach den Flaschen.

Schließlich hielt ich es nicht mehr aus, denn das Kribbeln, das in Millisekunden durch mich hindurch geschossen war, wollte nicht mehr verschwinden.

Oh. Verdammt. Ihn anzusehen, war eine richtig beschissene Idee gewesen. Ich merkte, wie mir die Kinnlade nach unten klappte und fragte mich, ob ich gerade einen Schlaganfall hatte, denn ich spürte beinahe, wie mir der Sabber aus dem Mund lief.

»Hi«, sagte er mit einem schiefen Grinsen, das von Arroganz und Selbstbewusstsein nur so strotzte. »Alles klar?«

Ich schaffte es gerade so, zu nicken wie einer dieser verdammten Wackeldackel aus den Autos von früher. Der Kerl bekam seinen Drink und ich mein Glas Champagner. »Nette Party, was?«, führte er den Smalltalk fort.

Ich konnte nicht anders und nickte wieder nur. Starrte ihn an.

»Sagen Sie mal, habe ich was im Gesicht? Hab ich irgendwo einen Krümel von den Horsd'œuvre hängen?«

Verneinend schüttelte ich den Kopf. Finde deine verdammte Stimme wieder, du Anfängerin. Finde sie. Sag was. Dieser Mann ist Sex auf zwei Beinen und du solltest dringend rausfinden, wer er ist, ob er Single ist und ob er mit dir ins Bett gehen würde. Immerhin hatte ich schon fast ein Jahr keinen Sex mehr gehabt, denn ich glaubte an Monogamie und ich Idiotin hatte Clyde geglaubt, wenn er gesagt hatte, dass er zu müde und erledigt von der Arbeit war. Ich hatte ihm geglaubt, wenn er mir gesagt hatte, dass es nicht an mir lag. Ich war so eine Idiotin gewesen, dabei hatte er die ganze Zeit nichts anderes getan, als seinen mickrigen Schwanz in eine oder hundert andere Frauen zu schieben. Wichser.

»Nein, haben Sie nicht, aber ich bin mir ziemlich sicher, dass Sie auch dann echt gut aussehen würden.«

»Sie finden, ich sehe gut aus?«, fragte er mit hochgezogener Braue und ich nickte. Alles oder nichts. Ich konnte mein seltsames Benehmen immer noch auf eine mysteriöse Krankheit schieben.

»Ich denke, dass diese Frage überflüssig war.«

Der Mann, dessen Name ich nicht kannte, der mir aber irgendwie vertraut vorkam, beugte sich in meine Richtung, als würde er mir ein Geheimnis anvertrauen. Es war gerade so an der Grenze zur Unschicklichkeit. Sein Geruch nach Zitrone und Zedernholz stieg mir in die Nase und ich fragte mich, wie ein Mann so gut riechen konnte.

»Ich verrate Ihnen was, Miss White.« Oh, offenbar wusste er sehr genau, wer ich war. Allerdings schaffte ich es nicht, mich ausreichend darüber zu wundern, denn seine verdammte Aura hüllte mich ein. »Sie sind definitiv in der Realität hübscher als in den diversen Zeitungen und Zeitschriften.«

»Soll das heißen, dort sehe ich scheiße aus?«, fragte ich ihn ganz direkt und nippte an meinem Champagner, ohne mit ihm anzustoßen. Dieser Mann war irgendwie vollkommen, wie die Etikette es verlangte, und auf der anderen Seite komplett außerhalb der Etikette.

»Oh, das kann ich mit einem klaren Nein beantworten. Aber wenn man Ihnen gegenübersteht, erschlagen Sie einen mit Ihrer Schönheit.«

»Ich bin nicht sicher, ob das ein Kompliment ist.«

»Bitte verstehen Sie es so!« Er nickte mit dem kantigen Kinn, das von einem perfekten Zehn-Tage-Bart überzogen war, in Richtung der Gäste. »Merken Sie nicht, wie die Menschen Sie anstarren?« Rau und heiser wisperte er diese Worte, welche direkt in meinen String Tanga schossen. Fuck. So was hatte ich noch nie erlebt. »Wie die Männer Sie mit ihren Blicken ausziehen?« Okay, jetzt wurde er zutraulich, ohne mich anzufassen. »Wie die Frauen Ihnen neidische und abschätzende Blicke zuwerfen, weil sie es hassen, wie deren Männer Sie ansehen?« Er rutschte etwas näher und auch ich kam ihm entgegen. Unsere Ellbogen berührten sich. Seinen hatte er locker auf dem Bartresen abgestützt. Ich hielt mein Champagnerglas wie eine Art Schutzschild vor meiner Brust.

»Sie sind sehr direkt, Mr. –«, ließ ich den Satz unbeendet und er grinste mich breit an. Es fühlte sich so an, als würde ich von seinem Grinsen erschlagen werden. »Brewer«, ergänzte er und sah mich mit seinen leuchtenden dunklen Augen an. Es war wie die Tiefen einer verdammten Hypnose, wenn er einen direkt betrachtete. Schwerfällig räusperte ich mich. »Aber nennen Sie mich Jackson. Das ist irgendwie … intimer.«

»So?«, kam es von mir, da ich nicht wusste, was ich dazu sagen sollte. »Dann bin ich Sarah.«

»Heißt das also, Sie würden mit mir intim werden?«, fragte er direkt und nickte einem vorbeilaufenden Mann zu, dessen Smoking so eng saß, dass ich glaubte, er würde gleich von seinem Körper springen.

»Sind Sie immer so direkt?«

Er nickte überzeugend. »Wenn ich merke, dass es sich lohnt und ich mit Ehrlichkeit weiterkomme, dann ja.«

»Sie denken also, dass es sich lohnt? Wie wird sich das denn äußern?«

Er zuckte lässig die Schultern, so als wäre er interessiert und gleichzeitig wäre es ihm egal, wie ich darauf reagieren würde. »Werden wir sehen. Aber ich erkenne eine Perle, wenn sie vor mir liegt.«

»Sie schauen zu viele Gangsterfilme, Jackson.«

Er lachte sarkastisch und schüttelte den Kopf. »Darf ich Ihnen noch ein Glas bestellen?«, fragte er mich mit tiefer Stimme und ich sah erstaunt auf die leere Champagnerflöte. Wie hatte ich die unbemerkt so schnell austrinken können? »Kommen Sie schon, dann macht die Party endlich Spaß.«

»Sie behaupten also, dass das hier keinen Spaß machen würde?« Auf seine Anspielung einsteigend, hob ich ihm mein Glas entgegen.

»Das gefällt mir.« Er scannte meine Erscheinung von oben bis unten. »Sie gefallen mir.«

Ich fühlte, wie eine zarte Röte meinen Hals entlangglitt und genau das war der Punkt, an dem ich all meine Bedenken, all meinen Anstand über Bord warf. Alles. Einfach alles. Ich wollte den Moment genießen. Obwohl ich im Grunde keine Ahnung hatte, wer dieser Kerl war, schaffte er es, mich gut fühlen zu lassen. Mich davon abzulenken, dass ich gar nicht hier sein wollte. Es fühlte sich mit ihm an wie ein Rausch, eine wilde Party, obwohl es um uns herum vollkommen ruhig und gesittet war. Das Streichquartett spielte keinen fetzigen Partysong und es gab auch niemanden, der nackt auf dem Tisch tanzte. Und doch fühlte es sich für mich nach einer unglaublich intensiven Partyerfahrung an.

»Was überlegen Sie?«

»Ich?« Wie automatisch schüttelte ich den Kopf. »Nichts.«

»Lassen Sie uns ein Spiel spielen, Sie sind ein wenig angespannt.« Seine doppeldeutigen Worte fuhren direkt in meinen Bauch, bündelten sich dort zu einer Art Feuerball und schossen geradewegs in meinen Unterleib. Verstohlen rieb ich einmal kurz die Beine aneinander.

»Was für ein Spiel?«, fragte ich und lächelte ihn an, als er mir die erneut gefüllte Champagnerflöte reichte.

Seine warmen und starken Finger, die das Glas hielten, berührten meine, während er es mir überreichte. Seine Hände waren gebräunt und ich stellte fest, dass er keinen Ring trug und auch keinen Abdruck davon besaß. Mein Grinsen wurde breiter, während sich sein Blick verdunkelte.

»Wir spielen: Wer glauben Sie, bin ich?«

»Was soll denn das sein?«, fragte ich und lachte laut auf. Es war das ehrlichste Lachen, das ich seit Monaten durch mich hindurchfahren fühlte.

»Na gut, ich erkläre es Ihnen. Also dort hinten sehen Sie einen leicht untersetzten, älteren Herren mit der Halbglatze.«

Ich warf ihm einen Blick zu. »Senator Bull?«

»Richtig. Wissen Sie etwas über ihn?« Ich beschloss, ihm nicht die Wahrheit zu sagen, ich wollte sehen, wohin uns das hier führte.

»Nicht viel.«

»Okay, dann erzähle ich Ihnen jetzt meine Theorie über ihn und Sie ergänzen dann, okay?«

Ich nickte und nippte an meinem Glas. Dieser Mann war irgendwie irre.

»Ich denke, dass er seine neue Frau aus einem Katalog ausgesucht hat, weil er spezielle Anforderungen hat.«

»Ja, denn sie muss kochen und putzen können.« Mit aufgerissenen Augen starrte mich Jackson an. »Was denn? Ich dachte, so funktioniert das Spiel?« Er grinste breit und entblößte zwei Reihen ebenmäßiger weißer Zähne. Alles an ihm war absolut einnehmend.

»Und das nackt.« Diese drei Worte brachten mich aus dem Konzept.

»Ja, weil er sie dafür bestrafen will, dass sie eigentlich auf Frauen steht!«

»Ich bin sicher, jeder Mann würde eine gute Ausrede dafür finden, wenn eine Frau nackt vor ihm putzt oder kocht.«

Röte überzog meine Wangen. »Kein Grund, rot zu werden, Sarah«, fügte er an und ich nickte nur wie benommen.

»Nehmen wir die beiden dort drüben!«, lenkte ich schnell ab und sah aus dem Augenwinkel sein Nicken. Zu den wenigen anwesenden Gästen, die ich nicht kannte, gehörten diese beiden. »Sie hat ihn in Aspen beim Skifahren vor einer Heiratsschwindlerin gerettet.«

»Und zum Dank hält er sie jetzt aus.« Oh, anscheinend hatte er zu einem züchtigeren Thema gewechselt. Schade eigentlich. Ich beschloss, mein neugewonnenes Selbstbewusstsein, das ich unbedingt nutzen wollte, auszupacken.

»Aber er beschert ihr die besten Orgasmen«, sagte ich und Jackson verschluckte sich an seinem Macallan. »Zwei Finger breit.« Nun hustete er, als er meine Anspielung von seiner Bestellung, dass er zwei Finger breit des Drinks wollte, und der Tatsache, dass ich hiermit einem Fremden über Sex sprach, verstand.

»Zwei Finger breit?«, fragte er heiser nach und schluckte schwer. Scheiße, dieser Mann war echt bei allem heiß.

»Vielleicht auch drei. Je nachdem!«, sagte ich mutig

und zuckte nach außen ruhig die Schultern. In mir allerdings tobte ein Vulkan. War ich verrückt geworden?

»Ganz schön keck für die Tochter des Bürgermeisters.«

»Na ja, Sie haben damit angefangen, richtig?«, stellte ich rhetorisch fest. »Wieso dürfen sich nur immer Männer nehmen, was sie wollen?«

»Ist das so?« Er hob eine Braue. »Würden Sie sich nehmen, was Sie wollen?«

Schwer schluckte ich. Seine Worte klangen unschuldig, nach einer Frage, die auf alles im Leben abzielen konnte, aber ich wusste es besser. Um uns herum liefen politische, unschuldige Gespräche. Aber wir waren irgendwie auf einer Wolke oder in einer Blase, in der es nur so knisterte vor lauter unterdrücktem Sex und Anziehung. Ich wollte sterben. Und gleichzeitig wollte ich so viel Mut aufbringen und ihn noch mehr anmachen. »Bist du verrückt geworden?«, flüsterte meine innere Göttin, die ich seit Monaten unterdrückte. »Ja, wir brauchen Sex, wir brauchen Orgasmen! Viele davon! Aber doch nicht mit jemandem, der weiß wer du bist, der sich offensichtlich in den gleichen Kreisen bewegt wie du. Jemand, der dich irgendwann erpressen und verraten könnte. Lass das, Sarah, das ist eine richtig beschissene Idee!« Die Stimme in mir war laut, aber ich schüttelte kaum merklich den Kopf. Ich wollte ausbrechen. Ich wollte frei sein, ich wollte es endlich genießen und einfach nur noch fühlen, nach allem, was ich mit Clyde erlebt hatte.

»Wissen Sie was, Jackson?«

»Sagen Sie es mir, Sarah.«

»Ich habe keine Ahnung, wer Sie sind. Aber da Sie sich in meinen Kreisen bewegen und eindeutig im Vorteil sind, wenn es um mich geht, sage ich Ihnen was. Wenn Sie sich hier gerade einen Spaß machen, dann können Sie jetzt aufhören. Wenn Sie das ernst meinen, was Sie hier versteckt vorschlagen, dann stellen Sie die Frage, die Sie stellen wollen, und wir sparen uns das ganze Geplänkel drum herum.«

Sprachlos starrte er mich an. Sprachlos starrte ich ihn an. Was war nur in mich gefahren? War ich vollkommen verrückt? Nicht nur mein Ruf, der sowieso schon in Mitleidenschaft gezogen worden war, stand auf dem Spiel, sondern auch der meines Vaters, der erneut kandidieren wollte. Was hatte ich gerade gesagt? Ich drehte offenbar durch.

Gerade als ich mich entschuldigen wollte, beugte er sich in meine Richtung. Seine weichen und – wie ich gerade fühlen konnte – vollen Lippen berührten beim Sprechen mein Ohr. All mein Verlangen bündelte sich in meinem Unterleib. Ich wurde feucht. Mein Kitzler schwoll an, ohne dass Jackson mich berührte, und ich spürte, wie es zwischen meinen Beinen kribbelte. Nur mühsam konnte ich mich davon abhalten, meine Beine aneinanderzureiben, um mir etwas Erleichterung zu verschaffen.

»Gehen Sie mit mir ins Bett, Miss White!« Ehe ich ihm antworten konnte, ehe ich wirklich realisierte, wie sich sein Duft in meiner Nase festsetzte und die kleinen Härchen in meinem Nacken sich aufstellten, spürte ich, wie er meine Hand nahm, etwas hineinlegte und mit glühendem Blick verschwand.

Ich taumelte einen kleinen Schritt nach hinten, aber hinter mir war zum Glück der Tresen der Bar. Nachdem er in der Menge verschwunden war, öffnete ich langsam meine Hand und sah einen kleinen handgeschriebenen Zettel darin.

Verdammte Scheiße, was war das eben gewesen?

Zwei

Jackson

»Du bist komplett verrückt geworden!«, brüllte der Engel auf meiner Schulter, der seit einigen Jahren keine Beachtung mehr fand. «Ahhh, das wird der Hammer, Kumpel!«, knurrte der Teufel dunkel und ich stimmte ihm zu, warf die Tür zum Penthouse des Skyline Palace Hotel hinter mir zu und legte meine Smokingjacke ab. Es war eine gute Idee gewesen, heute Abend hierherzukommen und mich ein wenig abzureagieren, weil der Deal heute Morgen anders als geplant gelaufen war. Dass dabei allerdings so eine Begegnung wie die mit Sarah White heraussprang, das war eine überaus freudige Überraschung. In routinierten Griffen löste ich die Manschettenknöpfe an meinem Hemd und krempelte mir die Ärmel bis über die Ellbogen auf. Das Licht, das in dieser Suite immer perfekt gedimmt eingestellt war, schaltete ich mittels Sprachbefehl ein und durchquerte den Eingangsbereich, vorbei an der Bibliothek mit dem Bösendorfer Baby Grand Piano, vorbei an dem Spa-Bereich, bis ich in dem großen Wohnraum ankam. Damals, als wir dieses Hotel gebaut hatten, war dieses Stockwerk gar nicht geplant gewesen. Nun gehörte es mir. Und ich arbeitete verdammt hart daran, dass ich es mir leisten konnte. Ich war aus extrem gutem Haus, besaß schon immer wahnsinnig viel Geld und schaffte es, durch lukrative Investitionen und ein nicht ganz so übles Händchen in der Immobilienbranche, mein Vermögen konstant zu vermehren.

Mit einem leichten Lächeln stellte ich fest, dass das Putzteam, das ich zusätzlich entlohnte, ganze Arbeit geleistet hatte, und frische Blumen und all solche aberwitzigen Details aufgestellt hatte. Zugegeben, es war etwas dekadent, eine Penthousesuite zu besitzen, in die ich noch nie jemanden meiner Familie eingeladen hatte. Aber das hier war mein Ausgleich zu allem anderen. Ich schenkte mir von meinem Lieblingsscotch zwei Fingerbreit in die Kristallgläser, die mir meine Mutter vor einer Weile geschenkt hatte, und grinste vor mich hin.

»Guten Abend, Mr. Brewer«, kam plötzlich eine dünne Stimme hinter mir. »Ich hatte Sie noch nicht zurückerwartet. Ihr Schlafzimmer ist vorbereitet.« Kaum merklich nickte ich und nippte an meinem bernsteinfarbenen Drink. Schlafzimmer vorbereitet war gut, nur hatte ich nicht damit gerechnet, dass das Zimmermädchen noch hier war. Vorbereitet bedeutete nämlich, dass dort gedimmtes Licht angeschaltet war, die Vorhänge weit zurückgezogen worden waren, ein Bad eingelassen und die Tagesdecke und Zierkissen fein säuberlich verstaut waren, damit ich ins Bett konnte. Um den Komfort noch zu steigern, war eine Ecke der Bettdecke zurückgezogen, damit es einladender wirkte.

»Danke, Melinda«, sagte ich, denn ich sprach alle meine Angestellten mit Namen an. Ich kannte jeden und jede einzelne. Das hielt ich für wichtig, man war nur ein guter Chef, wenn man eine Beziehung aufbaute. Aber jetzt musste Melinda verschwinden, ehe Sarah White nach oben kommen würde. Sofern sie kommen würde. »Das wäre dann alles für heute.«

»Sehr wohl, Sir.«

In der Regel war es so, dass man in solchen Suiten einen eigenen Butler zur Verfügung hatte. Also zumindest bei den anderen Suiten in unserem Hotel war das eine beliebte Option. Ich hingegen hatte gerne meine Ruhe.

»Werden Sie morgen früh hier frühstücken?«

Ich schüttelte den Kopf, fragte mich insgeheim, wo Sarah blieb, und trank noch mal von meinem Scotch. »Nein, ich werde nicht hier sein.«

»Natürlich, Sir.« Melinda knickste kurz, das würde ich vermutlich nie aus ihr herausbringen, und verließ hastig die Suite. Per Sprachsteuerung schaltete ich den Bewegungsmelder auf Dauerbetrieb, damit das Licht anblieb.

Würde sie kommen? Hätte sie den Mut? Es war seltsam, normalerweise brachte ich nur Frauen hierher, von denen ich sicher wusste, dass sie auf schnellen Sex aus waren statt Beziehungen.

Ich ging niemals mit einer Frau aus. Man sah mich

auf öffentlichen Veranstaltungen immer alleine und das war gut so. In meiner Position konnte ich mir nicht erlauben, dass sich viele Gerüchte um mich rankten. Ich hatte keine Lust auf Schlamm, ich hatte keine Lust auf Aufmerksamkeit. Wenn ich durch solche Dinge Aufmerksamkeit auf mich ziehen würde, dann würden die Reporter automatisch in meinem Privatleben schnüffeln und darauf hatte ich noch weniger Lust als auf die Kommentare, wieso ein Mann wie ich immer alleine gesehen wurde.

Der Mensch neigte dazu, dass er ein Mysterium mehr liebte als die Wahrheit.

Ich sah auf meine Omega Uhr. Zehn Minuten waren vergangen, seit ich ihr meine Anweisung ins Ohr geflüstert hatte. Zehn Minuten.

Ich fragte nicht, ich befahl. Das war meiner Erfahrung nach das, worauf die Frauen am meisten standen. Sie wollten, brauchten, bettelten beinahe nach Befehlen, wenn es um Sex ging.

Ich war ein Kontrollfreak. Und das nicht nur, was die Firma oder mein Privatleben anging. Nein, auch im Bett. Ich brauchte sie.

Shit, Sarah war eigentlich absolut tabu und würde mir vermutlich ein Haufen Ärger einbrocken, aber sie war so verdammt heiß. Und, wie ich aus den Medien wusste, wieder Single. Nicht, dass ich viel auf Zeitungsartikel gab. Zumindest dann nicht, wenn es um die Intimsphäre eines Menschen ging.

Ich goss mir noch mal einen Drink ein. »Zwei Finger breit.« Shit, ich mochte ihren Kommentar. Er schoss mir in die Eier, denn ich wüsste genau, was ich mit zwei Fingern in ihr machen würde.

Endlich hörte ich das erlösende Klingeln der Eingangstür.

Grinsend machte ich mich langsam auf den Weg und öffnete sie.

»Hi«, sagte ich, betrachtete Sarah von oben bis unten und war versucht, mir über die Lippen zu lecken. Sie war definitiv die richtige Wahl. Das sich sanft an ihre Kurven schmiegende, bodenlange Kleid in dunklem Rot war heiß wie die Sünde selbst. Sarah White war verdammt scharf.

»Hi.« Ein Lächeln schlich auf ihr Gesicht. »Danke für die Einladung.«

»Bedank dich nicht zu früh«, murmelte ich, umgriff ihre Taille und zog sie in das Innere der Suite.

Ohne dass sie ein weiteres Wort verlieren konnte, senkte ich den Kopf zu ihrem. Ihre schlanken Hände umgriffen meinen Nacken und sie bohrte ihre Fingernägel in meine Haut. Genau so mochte ich es. Genau so brauchte ich es. Hungrig küsste sie mich und ich war über ihren Ansturm erstaunt. Ich hätte damit gerechnet, dass sie sanft und zärtlich war und nicht vollkommen ausgehungert.

Meine Zunge glitt in ihren Mund, stöhnend öffnete sie die Lippen für mich und wir erforschten uns. Hatte ich schon jemals eine Frau in Besitz genommen, die so unglaublich gut schmeckte? Hatte ich schon jemals eine Frau gekostet, die nach solch süßer Sünde schmeckte? Lag es daran, dass Sarah White zu jener Sorte Frau gehörte, die für einen Mann wie mich eigentlich verboten war?

Man vergebe mir, dass ich mich nicht kontrollieren konnte und sie besitzen wollte. Sarah und ich stolperten küssend durch den großen Gang, der in das Innere des Penthouses führte. Sie kicherte, als sie im Laufen ihren Schuh verlor, stieß sich den anderen ebenfalls noch von den Füßen und ich tat es ihr gleich.

Mit ihren kleinen Fingern nestelte sie an meiner Fliege herum, schließlich bekam sie sie auf und warf sie hinter uns.

»Wohnzimmer?«, fragte sie mich und ich schüttelte kaum merklich den Kopf.

»Dich will ich in meinem Bett!«, sagte ich bestimmend, hob sie hoch und trug sie auf den Armen durch das Penthouse.

»Nettes Zimmer«, grinste sie mich an, als sie sich umsah. »Die Nacht hier muss teuer sein, was?«

»Keine Ahnung«, murrte ich, weil ich nicht wollte, dass wir über Geld sprachen. »Ist meins.«

»Das Penthouse hier gehört dir?«

»Genauer gesagt das ganze Hotel.«

»Heilige Scheiße.«

»Danke, ich freue mich, dass es dir gefällt.«

Sarah sah mich mit halb gesenkten Lidern an. Irgendwie so, als wäre ich ihr Prinz auf einem weißen Pferd … doch der war ich garantiert nicht.

»Hör mal«, begann ich, getrieben von einer plötzlichen inneren Unruhe. »Ich denke, wenn wir das hier jetzt machen, wonach es aussieht …« Wieso stammelte ich so herum? Nervös fuhr ich mir durch mein Haar. »Dann sollte ich dich darüber informieren, dass es bei mir ein paar Regeln gibt.«

»So?« Sie hob eine Braue. »Und du denkst, dass ich die nicht habe?« Provokant sah sie mich an, stützte sich auf den Ellbogen ab und lehnte sich auf dem weichen anthrazitfarbenen Laken zurück. Shit, sie passte herrlich in mein Bett. Beinahe zu gut. Mein Schwanz drückte fordernd gegen den dünnen Stoff meiner Hose. »Wie wir beide treffend festgestellt haben, bin ich die Tochter des Bürgermeisters und da ich gerade erst in einen Skandal verwickelt war, kann ich mir keinen weiteren erlauben. Deshalb gehe ich davon aus, dass ein Mann deines Formates auf absolute Diskretion Wert legt, denn ich tue es.« Sprachlos sah ich sie an, machte mir mental eine Notiz, dass ich unbedingt googeln musste, von welchem Skandal sie sprach, und nickte wie in Trance. »Ich bleib nicht über Nacht, ich will keine Zeitungsartikel über mich finden und ich habe keine Lust, dass du mir dann wie ein Schoßhündchen nachläufst, okay?« Keck sah sie mich an. Ich nickte wieder. »Ich steh nicht auf Analsex, ich will keinen Dreier mit einer zweiten Frau, ein zweiter Mann wäre vielleicht in Ordnung, wenn wir vorher drüber sprechen, und ich mach nicht so abartige Sachen, dass ich dein Hündchen spiele oder so was.«

Ich unterbrach sie. »Ich teile nicht!«

Sarah nickte und fuhr fort. »Und ich will nicht irgendeine Scheiße mit Würgen und Atemkontrolle.«

»Geht klar!« *Schade*, dachte ich mir, aber wenn das eine ihrer Bedingungen war, dann war das für mich okay.

»Ich hatte lange Zeit keinen Sex und ich will einen verdammten Orgasmus.« Sarah fuhr sich mit ihrer Zunge über die volle Unterlippe. Wie ein Idiot kreuzte ich die Arme vor der Brust, denn sie hebelte wirklich alle meine Bedingungen komplett aus und ließ nichts mehr für mich übrig. »Und ich bin vielleicht gut erzogen, aber nicht so gut, dass ich dir nicht sagen werde, wenn der Sex verdammt noch mal beschissen ist. Denn meine Klitoris ist nicht an meinem Bauchnabel!« Sie verengte die Augen zu Schlitzen und ich lachte laut auf.

»Geht klar.«

»Und jetzt, kommst du besser hierher, ziehst dich aus, aber so, dass ich es genießen kann, und bescherst mir etwas mehr als nur einen verfluchten Plausch über Sex.«

Ein Grinsen zupfte an meinem Mundwinkel, diese Frau beeindruckte mich. Sie beeindruckte mich sehr und ich tat etwas, das ich seit vielen Jahren nicht mehr getan hatte. Von dem ich mir geschworen hatte, es nie wieder zu tun. Ich verhandelte.

»Ich will dreimal!« Langsam knöpfte ich mein Hemd auf und ließ ihr Zeit, um zu antworten.

»Was? Du willst mir drei Orgasmen schenken? Davon werde ich dich nicht abhalten.«

»Nein.« Ich schob mir das Hemd über die Schultern und sah, wie Sarah, egal wie tough sie tat und sich hier hinlegte und glaubte, über mich bestimmen zu können, verstohlen ihre Schenkel aneinander rieb. Das sanfte, gedämpfte Licht warf ein wundervolles Muster auf ihre nackten Arme und das hervorstehende Schlüsselbein. Ihre weiche Haut zog mich wie magisch an. »Ich meine damit, dass ich dich drei Nächte will. Ich werde einen Weg finden, dich darüber zu informieren. Vielleicht gehen wir sogar mal essen. Abwarten, aber ich will dreimal.«

»Ich dachte, dass hier wird ein One-Night-Stand.«

»Drei Nächte oder gar keine.«

Heilige Scheiße, dass diese zarte, beinahe schüchtern aussehende Frau so ein harter Verhandlungspartner wird, hätte ich nicht gedacht. Normalerweise stimmten die Frauen allem zu, was ich sagte, damit sie mich wenigstens einmal genießen konnten. Okay gut, ich hatte auch noch nie einer anderen Frau gesagt, dass ich sie drei Nächte wollte.

»Okay, aber …« Nun setzte sie sich auf und rutschte ganz nach vorne auf die Kante des übergroßen Bettes. »Wenn der Sex schlecht und für mich nicht befriedigend ist, behalte ich mir das Recht vor, dass ich dich darauf hinweise und die anderen Nächte somit hinfällig sind.«

Dunkel knurrte ich, denn sie legte gerade ihre feinmanikürten Finger direkt auf meinen harten Schwanz. Sie drückte ihn durch die Hose. Ich wusste, dass sie nichts zu beanstanden haben würde, also war diese Bedingung für mich okay. »Geht klar.«

Als hätten meine Worte etwas in ihr entfesselt, half ich ihr, meinen Gürtel und die Hose zu öffnen, und sie zog alles in einem Rutsch über meinen Hintern nach unten.

»Keine Shorts?«, fragte sie mit einem breiten Grinsen und leckte sich wieder über die Lippen. Fuck, am liebsten hätte ich ihren Kopf gepackt und ihr meinen

Schwanz zwischen die prallen Lippen geschoben, damit sie mir einen lutschen konnte.

»Nie.«

»Böse.«

»Zieh dich aus!«, forderte ich mit dunkler Stimme, trat zurück und kickte meine Kleidung zur Seite. »Zieh dich aus, schön langsam und zeig mir alles von dir.«

Mit geweiteten Augen sah sie mich an, ihr Selbstbewusstsein war wohl doch nicht so unerschütterlich, wie sie mich glauben machen wollte.

»Komm schon. Das ist eine meiner Bedingungen.«

»Welche meinst du?«

»Ich gebe den Ton an, süße Sarah White. Ich bin es, der das Sagen hat.«

»Aber –«

»Wenn du etwas nicht möchtest, sagst du einfach ›Mythologie‹.«

»Ich brauche ein Wort, dass dich davon abhalten wird, etwas zu tun?« Ihre toughe Fassade bröckelte.

»Richtig«, antwortete ich ihr und nickte.

»Was hast du vor?«

»Ich treibe dich an deine Grenzen, wieder zurück und anschließend darüber hinaus. Du wirst mich anbetteln, dass ich aufhöre, aber eigentlich wirst du mehr wollen. Du wirst mich anflehen, dass ich meine Hände von dir lasse, aber es nicht so meinen. Und damit ich weiß, was aus Lust geboren wurde und wann du es ernst meinst, bekommst du ein sogenanntes Safeword. Mythologie. Merke es dir. Merke es dir gut und sprich es nur aus, wenn du wirklich willst, dass ich aufhöre. Denn ich werde anschließend sofort die Finger von dir lassen und dich nie wieder, egal wie sehr du bettelst, berühren.« Ich legte meinen Zeigefinger unter ihren gesenkten Kopf, suchte in ihren Augen nach etwas, dass mir die Frage beantwortete, ob sie Angst vor mir hatte, oder ob sie nach wie vor dieses Spiel der Lust spielen wollte. »Hast du mich verstanden, Sarah?«, schloss ich und hielt ihren Blick fest. »Es ist wichtig. Hast du verstanden, was ich dir gesagt habe?«

»Ich habe dich verstanden«, erklärte sie schließlich, senkte den Blick auf meinen aufgerichteten Schwanz, der es gar nicht mehr erwarten konnte, in ihre süße Pussy einzutauchen. Knapp nickte ich.

»Und jetzt, zieh dich aus.«

Kurz sah sie so aus, als würde es ihr auf der Zunge liegen, mir zu widersprechen. Sie tat es nicht. Besser für sie.

Langsam griff sie nach hinten, nachdem sie aufgestanden war, und zog den Reißverschluss ihres Kleides nach unten. In einer einzigen fließenden Bewegung glitt es von ihrem Körper.

»Fuck. Kein BH«, zischte ich, als ich ihren unglaublichen, nackten Körper sehen konnte. Auf ihren Hüften saß ein schwarzer String, diese Dinger, die keine Abdrücke hinterließen. Ich biss mir auf die Lippe und meine Hand zuckte. Ich wollte sie berühren. Mein Schwanz wurde noch härter, obwohl das kaum möglich war, und meine Eier zogen sich an meinen Körper. Lust raste durch mich hindurch. Am liebsten hätte ich sie einfach auf den Rücken geschmissen und mich mit nacktem und rohem Verlangen in sie gedrängt. Sarah biss sich auf die Lippe, lächelte mich an und ich erkannte trotz ihrer frechen Art, dass sie eine gewisse Schüchternheit und Unschuld umgab, die ich mehr begehrte, als jede erfahrene Frau zuvor. *Niemand* hätte diese perfekte Unschuld spielen können.

»Hast du schon mal einen Mann im Mund gehabt?«, fragte ich sie plötzlich. Fragend sah sie mich an und nickte zaghaft. Shit, diese Nummer war vielleicht doch nur gespielt, statt wahr.

»Spielt das eine Rolle?«

Nachdenklich legte ich den Kopf schief, griff nach meinem Schwanz und begann, mit der Hand auf und ab zu fahren. Ich würde nicht viel brauchen, um einfach sofort zu kommen und sie vollzuspritzen, wenn ich meinen Blick weiterhin so hungrig auf ihr hielt.

Sarah presste ihre Oberschenkel aneinander, aber ich grinste. »Zieh den String aus.«

»Ich ...«

»Zieh. Ihn. Aus!«, befahl ich ihr mit rauer Stimme.

Ohne weitere Fragen oder Worte streifte sie sich die dünne Seide von den langen, schlanken Beinen. In der Mitte ihres Schritts glänzte es bereits feucht.

»Nimm mich in den Mund.«

»Wie wäre es mit bitte?!«

»Nimm. Mich. In. Den. Mund!«, knurrte ich und Sarah ging durch den Druck, den meine Hand auf ihren Kopf ausübte, auf die Knie, beugte sich nach vorne und als sie das erste Mal die zarte Haut an meinem Schwanz berührte, wollte ich schon explodieren. Verflucht noch mal, wann hatte das letzte Mal eine Frau diese Wirkung auf mich gehabt? Die richtige Antwort war: definitiv noch nie.

Seufzend legte ich meine Hand an ihren Hinterkopf mit der kunstvollen Hochsteckfrisur, die mir scheißegal war. Ich krallte meine Hände hinein und schob mich in ihren Mund. Sarah hatte zu kämpfen, aber ich wusste, dass sie es mir sagen würde, wenn sie nicht mehr konnte.

»Fester!«, wies ich sie an. »Saug mich fester in deinen Mund.« Ich legte den Kopf in den Nacken und genoss, wie sich ihre Lippen um meinen Harten anfühlten. Ich konnte es kaum erwarten, gleich in ihre warme Spalte einzutauchen. Wieder schob ich die Hüften nach vorne und das so weit, dass Sarah würgen musste. Sie krallte ihre Hände in meinen nackten Arsch. Langsam ließ ich von ihr ab, denn ich wollte sie ja nicht gleich beim ersten Mal so sehr fordern oder sogar überfordern.

Mit meinen Fingern ihr Kinn umgreifend zog ich sie zu mir nach oben. Sie war ohne ihre verdammt hohen Schuhe wesentlich kleiner als ich. Spielte für mich eigentlich keine Rolle, da ich bei einer Frau keine besonderen Präferenzen hatte, außer dass sie scharf sein musste. Wieder wurde diese ätzende Stimme in mir laut, die mir sagte, dass Sarah nicht nur schön, sondern auch mit einem messerscharfen Verstand gesegnet war. Daraufhin, ich konnte es selbst kaum glauben, wurde mein Schwanz noch härter, er pulsierte richtiggehend. Heilige Scheiße.

Tief küsste ich sie, presste meine Lippen hungrig auf ihren Mund und drang mit meiner Zunge in sie ein. Sie schmeckte süß, nach Champagner, Minze und meinem

Schwanz. Ihre Zunge war erst schüchtern, aber schließlich nahm sie den Kampf mit meiner auf. Um was genau oder weshalb wir hier kämpften, wusste ich nicht. Aber ich wusste, dass ich es kaum erwarten konnte, zu wissen, wer der Sieger war. Sarah ergriff die Initiative, krallte ihre Hände in meinen Hinterkopf und ich presste sie, nackt wie sie war, an mich. Es fühlte sich gut an, ihre erhitzte Haut an meiner zu spüren. Meine Finger umgriffen ihren vollen Busen und er wog schwer in meiner Hand. Ich berührte die sanfte Haut bestimmend und stellte fest, als ich kurz von ihr abließ, dass sich dort eine leichte Röte bildete. Ich war ein Schwein, das wusste ich, aber ich konnte nicht ohne diese sanfte Gewalt, diese betörenden Markierungen. Ohne Sarah – schon jetzt ereilte mich der Gedanke, dass drei Nächte nicht genug wären. Mein Schwanz wollte in ihre verdammte Muschi. Ich wollte sie ficken und ich wollte auf ihr kommen, sie mit meinem Sperma vollspritzen, damit sich diese abartige Besitzgier in mir beruhigte.

»Leg dich aufs Bett!«, wies ich sie an und Sarah atmete schwer. Ihre Brust hob und senkte sich und sie griff sich an ihren harten Nippel, drückte ihn. Sarah kam meiner Aufforderung sofort nach und sah mich erwartungsvoll an. Ihre Lippen öffneten sich einen Spalt und ihre Augen glänzten. Verlangen. Pure Lust, die aufwallende Sehnsucht nach Erfüllung. Ich war ein Meister darin, diese Anzeichen zu sehen, zu erkennen und zu lesen. Sarah war wie eine neue Gitarre, die darauf wartete, dass ich auf ihr spielte.

»Berühre dich!«, sagte ich weiter und schluckte

schwer. Es sollte verboten sein, dass eine Frau so verdammt sinnlich aussah. Ihr langes Haar lag um ihren Kopf, seidig und glänzend, perfekt dazu, dass ich mir eine Faust voll davon um meine Hand wickelte und ihren Kopf zurückbog, während ich sie in den Mund fickte.

»Was?«

»Ich möchte, dass du dich anfasst, dass du mir zeigst, wie du es dir selbst machst. Lass mich sehen, was dir Lust bereitet.«

Eine zarte Röte zog sich über ihre helle Haut. Etwas, das ich nicht mit Unsicherheit verband, sondern etwas, das mich extrem anmachte.

Ihr Finger begann damit, um ihren Kitzler zu kreisen, die andere Hand krallte sie in die dunklen Laken unter sich. Es war ein absolut perfektes Bild. Als sie sich berührte und mir dabei fest in die Augen sah, entwich ihr ein Stöhnen. Mein Schwanz pulsierte, protestierte. Ich war gefangen in einem Wirbelsturm der Lust und wenn ich mich jetzt auch nur einen Millimeter bewegte, dann würde ich definitiv über sie herfallen wie ein Raubtier. Doch das hatte Sarah White nicht verdient. Sarah verdiente es, dass ich gut zu ihr war, dass ich alles für sie war. Sie sehnte sich nach einem Orgasmus, das hatte sie zu Beginn sehr deutlich gesagt. Also würde ich ihn ihr geben. Nicht nur einmal.

»Wie fühlt sich das an?«, fragte ich und sie konnte nur nicken. »Heißt das gut? Heißt das mehr?«

»Ja«, ihre Atmung kam abgehakt, aber sie rieb sich jetzt schneller. Es tat gut zu sehen, dass sie das auch unglaublich anturnte und anmachte, was wir hier trieben.

»Möchtest du, dass ich das für dich übernehme?« Ihre schönen dunklen Augen weiteten sich leicht und schließlich nickte sie wieder knapp, stoppte aber ihre Bewegung nicht. Ich ging einen Schritt auf sie zu und griff nach ihren Knöcheln, zog sie auf dem Bett weiter nach unten. Meine Fingerspitze kribbelte, als wüsste sie, dass wir gleich das Berauschendste, Aufregendste erleben würden, das wir jemals gefühlt hatten. Es war wie ein Summen, das in der Luft lag, das versprach, dass gleich etwas absolut Umwerfendes passieren würde. Etwas, das dein Leben verändern würde.

Und sobald sich mein Finger das erste Mal auf ihre geschwollene Lust legte, war mir klar, was passierte. Wir waren verbunden, als wären wir eins. Ja, das klang kitschig, aber so fühlte es sich an. Ab jetzt passierte alles von selbst. Langsam strich ich mit meinem Zeigefinger über ihren Kitzler. Meine Hand ersetzte ihre und bei meiner ersten Berührung bäumte sie sich auf und stieß einen kleinen Schrei aus. *Gut so, Baby. Gut so, weiter.* Ich verstärkte sofort den Druck, ging auf die Knie und ersetzte wiederum meinen Finger mit meiner Zunge. Sarah zuckte.

»Fuck!«, rief sie aus und krallte ihre Hände in mein Haar, presste meinen Kopf auf ihre süß duftende Muschi und ich keuchte ebenfalls auf. Mit meiner Zunge fuhr ich durch ihre Spalte, umkreise ihren Kitzler und nahm einen Finger zu Hilfe, den ich in sie gleiten ließ. Heilige, verfickte Scheiße, das war das Unglaublichste, das ich jemals spüren durfte, das mit Abstand Wundervollste, das ich jemals geschmeckt hatte. Sarah White nackt unter mir. Ihre Hände in meinem Haar. Ich beschloss, dass es Zeit war, ihr zu zeigen, wer hier das Sagen hatte. Also umgriff ich mit meinen Armen ihre Beine, die ich mir auf meine Schultern legte und leckte sie mit einer Hingabe, die ich noch bei keiner Frau empfunden hatte. Meine Zunge glitt immer wieder über ihr zartes Fleisch und meine Finger fuhren mit einer Beständigkeit in sie rein und raus, die sie an den Rande des Wahnsinns trieb. Ich genoss es, wie sie sich anfühlte, diese leicht angerauten Muskeln, ihre Wärme und wie feucht sie für mich war.

»So ist es gut, Baby«, lobte ich sie, als sie sich mir entgegenwölbte und versuchte, sich zu nehmen, was sie brauchte. »Nimm dir, was du brauchst.« Sarah seufzte meinen Namen und scheiße, jetzt glaubte ich wirklich, gleich abzuspritzen, ohne in ihr gewesen zu sein. Wie die Silben von ihrer Zunge rollten. Scheiße. Ruckartig zog ich meine Finger aus ihr heraus und sie stemmte sich mit den Füßen auf, wollte mehr, protestierte, aber ich konnte nicht mehr. Ich griff mir eines der Kondome, das unter der Tagesdecke neben mir immer vorbereitet war, riss es mit den Zähnen auf und zog es mir zügig über den Schwanz. Sarah hatte keine Zeit zu reagieren, denn ich griff mir den Knöchel ihres linken Beines, hob es mir über die Schulter und schob mich mit einem harten, gezielten Stoß in ihre enge Pussy.

»Fuuuuckkkk«, kam es von mir. Dass es ziemlich geil und ziemlich heiß werden würde, war mir klar gewesen. Aber dass es so abartig gut sein würde, das war neu. Ich stöhnte laut und animalisch. Sarah tat es mir gleich.

Nachdem ich mich daran gewöhnt hatte, dass sie nicht nur eng, sondern wie ein verdammter Schraubstock war, brachte ich gerade noch hervor: »Du kennst dein Safeword?«

Sarah nickte und das war für mich das Go, dass ich mich bewegen konnte. Nicht langsam und rücksichtsvoll, sondern heftig, schnell und voller roher Lust. Tiefe, ursprüngliche Gier nach ihr und ihrem Körper erfasste mich und riss mich in einen Sturm aus tobendem Wind, peitschendem Regen und ungezügeltem Verlangen mit sich. Ich pumpte meine Hüften vor und zurück. Sarah warf den Kopf von links nach rechts, beinahe im selben Rhythmus. Mein Bett, und das war schon lange nicht mehr passiert, stieß aufgrund der Heftigkeit gegen die Wand. Das dumpfe Geräusch entlockte ihr ein Lächeln.

»Scheiße, du bist so verflucht eng.«

»O mein Gott«, stöhnte sie laut. Sehr laut, aber hier würde uns niemand hören, hier konnte sie sich vollkommen ihrer Lust hingeben. »Mehr ...« Jetzt hörte sie sich an, als würde sie jammern. »Bitte, mehr ...« Ich kannte dieses Gefühl, ich kannte es, wenn die Lust so verdammt groß, so übermächtig war, dass man glaubte, zu ersticken, wenn man nicht endlich die absolute Erlösung fand. Ihr Blick fand meinen und mutig sah sie mir in die Augen. Wir sahen uns an, Sarah versuchte, die Hüften irgendwie zu bewegen, um mehr Druck abzubekommen, und ich tat es ihr gleich und schob mich noch heftiger, noch härter, noch gezielter in sie. Wir taumelten beide über dem Abgrund und es war ein winziger Schritt, der uns noch fehlte. Wir ersehnten ihn in unserer Leidenschaft und gleichzeitig wollten wir dieses Verlangen in uns verlängern. Ich drehte meinen Kopf, biss sie in die schlanke Fessel ihres Fußes und erneut stöhnte sie, sie krallte ihre Nägel in meinen Handrücken und alles, was sie von mir erwischen konnte. Gierig beugte ich mich ihr etwas weiter entgegen, legte meinen Daumen auf ihren Kitzler und wusste es, bevor es passierte. Sarah kam. Sie kam mit einer Wucht, die ich nicht erwartet hätte. Sie presste meinen Schwanz zusammen, sie keuchte, stöhnte und wimmerte gleichzeitig. Ihre engen Wände machten mich fertig.

»Scheiße, du wirst nur noch feuchter.«

»Das machst du mit mir«, brachte sie wie in Trance heraus. »Ich will nicht, dass es aufhört, ich will, dass du in mir bleibst.«

Wie ein Irrer grinste ich. Ich mochte Frauen, die sich nahmen, was sie wollten. Ich mochte Frauen, die wussten, wie sie sich Erfüllung schenken konnten. Und weil ich wusste, dass nach einem so heftigen Orgasmus alle Synapsen, all die Nervenenden so gereizt waren, war mir klar, darauf konnte auch ein zweiter Orgasmus folgen. Wir beide atmeten schwer, wobei ich noch nicht gekommen war.

»Was tust du?«, fragte Sarah schockiert, als ich mich aus ihr zurückzog, meinen Harten in die Hand nahm und zwischen ihren glänzenden Schamlippen entlangfuhr. Ich ließ meine pralle Eichel immer wieder durch ihre Nässe gleiten. Spielte gezielt damit an ihrem Kitzler und erneut warf sie den Kopf nach hinten, krallte ihre Hände in die Laken und versuchte, sich festzuhalten. »Was ... tust ... du?« Die wunderschöne Frau unter mir rang nach Atem.

»Ich ficke dich«, erklärte ich ihr ruhig und in gönnerhaftem Ton. Nun entzog ich ihr meinen Schwanz vollkommen, und als ich wieder ihre volle Aufmerksamkeit, ihren Blick auf mir spürte, begann ich damit, mit meiner Hand an der seidigen Länge auf und ab zu streichen.

»Ich dachte, das sieht anders aus.«

»Nicht frech werden, junge Dame!«, zischte ich, verpasste ihr einen Klaps auf ihren Arsch, da ich immer noch sehr gut rankam, weil ihr Bein weiterhin auf meiner Schulter lag.

»Bitte, Jackson«, sagte sie wieder mit dieser abgehackten Atmung, die mich in den Wahnsinn trieb. »Bitte ...«

»Was möchtest du, Sarah?«

»Dass wir dort weitermachen, wo du gerade beschlossen hast, aufzuhören.« *Sag noch mal meinen Namen,* dachte ich innerlich, besessen wie ich war. *Sag ihn und ich vögel dich weiter.* »Bitte, Jackson.« Da war er, der Punkt, der mich dazu brachte, mich wieder in sie zu schieben. Sehr laut stöhnte Sarah auf und ich ebenso. Ich legte den Kopf in den Nacken, merkte, wie vor meinen Augen alles verschwand, und sah schließlich genau auf den Punkt, auf den es ankam. Dort, wo mein Schwanz immer wieder in ihre feuchte Muschi eintauchte, und wir verbunden waren. Ich beugte mich nach vorne, kniff sie fest in ihren Nippel und erzielte die gewünschte Reaktion. Sarah keuchte.

»Fuck«, rief ich, bewegte die Hüften schneller vor und zurück. Wollte mehr. Viel mehr. Wollte mehr Reibung und drückte mich noch fester in sie. Ich wollte alles, ich wollte so viel mehr und gottverdammt alles.

»Mach das noch mal!«, brachte ich mit schwerem Atem hervor. Sarah spannte ihre Muskeln nochmals an und ich stürzte gemeinsam mit ihr über den Abgrund.

Wir fielen.

Und fielen.

Ich wollte nicht aufhören. Schließlich zog ich mich breit grinsend und mit einem befriedigten Gefühl zurück.

Ich wusste, dass das, was hier gerade ablief, noch lange nicht ausreichen würde, so süchtig war ich nach nur einer Berührung ihres Körpers. Nach ihrer scharfen Zunge, nach ihren Blicken. Nach beschissen noch mal, was auch immer sie mit ihren verfluchten Muskeln tat, während ich in ihrer Muschi steckte. Sarah zuckte immer noch und ich beugte mich nach vorne, ihr Bein rutschte von meiner Schulter und ich holte sie am Nacken zu mir hoch. Gut, dass sie so beweglich war, denn ich brauchte mehr von ihr. Viel mehr. Mein Schwanz stand immer noch beinahe komplett steif, dabei sollte man meinen, dass Runde eins ihn befriedigt hatte. Ich hob sie auf meine Hüften, schob mich erneut in sie und durchquerte mit ihr den großen Raum in meinem Penthouse.

»Wo gehen wir hin?«

»Wir gehen duschen.«

»Mit … dir in mir?«

»O ja, definitiv werde ich in dir bleiben, Sarah White.«

Sie grinste mich auf die lustvolle Art an. »Also eine zweite Runde?«

»Nicht nur eine zweite. Solange ich heute stehen kann, werde ich dich vögeln.«

»Versprechen oder Drohung?«

Wir betraten die ebenerdige Dusche und das Wasser begann, ausgelöst durch einen Bewegungsmelder, sofort zu fließen. Natürlich in meiner bevorzugten Temperatur. Sarah schlang ihre Arme fester um meinen Hals und lachte, als sie mit ihrem Mund näher kam.

»Wirst du mich wieder lecken?«

»Davon, Baby, kannst du ausgehen.« Ich stellte sie auf den Boden. Sie protestierte, dass mein Schwanz aus ihr herausglitt, und ich entsorgte noch schnell das Kondom. Sarah beobachtete jede meiner Bewegungen, als würde sie das zum ersten Mal sehen.

Scheiße, es machte mich so dermaßen an.

»Blas mir einen.«

»Was?«

»Ich sagte, du sollst mir einen blasen.« Provozierend hob ich eine Braue und Sarah biss sich auf die von meinen Küssen und dem rauen Sex geschwollene Lippen, lächelte leicht und rutschte auf die Knie. Sofort, als sie mich in ihren Mund saugte, musste ich mich mit der einen Hand an der dunkel gefliesten Mauer abstützen und mit der anderen griff ich in ihr Haar und drückte sie fest gegen meinen Harten.

Scheiße, sie war so gut. Die perfekte Kombination aus Unschuld und Hure. Ich wusste nicht, welche der beiden Rollen davon gespielt waren, aber es war absolut und in jeder Hinsicht perfekt. In mir brüllte der Löwe, dass es niemals genug wäre, egal wie ich sie nehmen, wie ich sie ficken würde, was ich auch immer mit ihr tun würde. Es wäre nicht genug, denn Sarah hatte so viele verschiedene Facetten, dass ich bis an mein Lebensende brauchen würde, um alle zu erkunden. Ich verdrängte die aufkeimende Panik.

Ich hatte ein Problem, ich spürte es sehr deutlich. Und Scheiße, ich merkte immer, wenn ich ein Problem hatte. Aber ich ignorierte es, denn ihre vollen Lippen, die kleine flinke Zunge, das alles um meinen Schwanz war einfach zu viel. Sie war zu viel. Viel zu viel.

Und doch genoss ich es, dass die Nacht noch jung war. Wir mussten später unbedingt Telefonnummern austauschen.

Sarah White würde nach heute Abend süchtig nach dem Sex mit mir sein. Nicht nach mir, das wusste ich zu verhindern, aber nach dem *Sex mit mir.*

Dafür würde ich sorgen.

Drei

Sarah

Sprachlos zog ich die Tür hinter mir zu.

Sprachlos, aber grinsend.

Das war mit Abstand der heißeste, schmutzigste, verdorbenste Sex, den ich jemals erleben durfte.

»Fuck«, flüsterte ich, lief mit meinen Schuhen in der Hand über den weichen Teppich, der mich bis zum Knöchel versinken ließ, und trug ein Dauergrinsen im Gesicht. Es war beinahe fünf Uhr morgens und ich hatte bisher keine Minute geschlafen. Jackson Brewer und ich hatten die ganze Nacht Sex gehabt. Grenzenlos. Absolut ungezügelt und völlig frei. Es war eine komplett neue Erfahrung, dass es ein Mann schaffte, mich zum Orgasmus zu bringen und erahnen zu können, was ich mir ersehnte.

Summend drückte ich auf den Knopf für den Fahrstuhl, sah noch einmal den langen Flur zurück, an dessen anderem Ende die dunkle Holztür mit den geschwungenen goldenen Lettern ›Penthouse Suite‹ eine Magie ausstrahlte, die ich noch nie gekannt hatte. Der Aufzug öffnete sich mit einem leisen Pling und ich stieg ein, lehnte mich mit dem Rücken an den Spiegel und verabschiedete mich im Geist von dieser Suite. Es war vollkommen gleichgültig, wo es geschehen war – der Sex war einfach unglaublich gewesen. Ich fühlte mich begehrt, weiblich. Spürte immer noch, wie er durch seine sanften, aber effektiven Schläge auf meinen Hintern und meine Brüste meine Lust verstärkt hatte.

Als ich vor meiner Beziehung Single gewesen war, hatte ich mir meinen ersten Vibrator gekauft. Ich war mir dumm dabei vorgekommen, es im Dunklen in meinem Schlafzimmer zu probieren, also hatte ich mir auf meinem Tablet einen Porno dabei angesehen. Das war aufregend, aber nur so lange, bis ich merkte, dass ich mehr wollte. Natürlich war ein Vibrator nichts im Vergleich zu einem echten Mann, der seinen eigenen Willen beim Sex hatte, aber ich hatte festgestellt, dass ich ziemlich schnell zum Orgasmus kam, wenn ich mir Videos ansah, die nicht unbedingt … Blümchensex zeigten. Ich mochte es nicht, wenn mir jemand die Luft abdrückte, auf keinen Fall, aber ich mochte es, wenn der Mann die Kontrolle übernahm und mich … etwas härter anfasste.

Als Jackson heute von einem Safeword zu sprechen begonnen hatte, hatte ich mich der Erfüllung so nah wie noch nie in meinem Leben gefühlt. Obwohl ich ihn nicht kannte, hatte mir eine innere Stimme gesagt, dass ich ihm vertrauen konnte, wie noch nie jemandem zuvor.

Es war vollkommen seltsam, aber es war unglaublich. Als die Lobby auf dem Display aufleuchtete, schlüpfte ich in meine hohen Schuhe, die dieselbe Farbe wie mein Kleid hatten, und versuchte Haltung zu wahren. Zum Glück waren um diese Uhrzeit noch nicht sonderlich viele Menschen unterwegs.

Schnell durchquerte ich die riesige Eingangshalle. Das Hotel war in absoluter Perfektion für das menschliche Auge entstanden. Vis à Vis von den Fahrstühlen war die große, üppig bestückte Bar, in der jetzt der Barkeeper einsam und alleine stand. Sie war vierundzwanzig Stunden geöffnet, wie ich einer Broschüre entnommen hatte.

Der helle, ich war mir sicher, es war italienischer, Marmor war in dem kompletten Bereich verlegt und so auf Hochglanz poliert, dass man sich darin spiegeln konnte. Mehrere deckenhohe Säulen, die sich durch die Halle zogen, waren in einem hellen Cremeton gestrichen und die diversen Beistelltische waren mit großen, Ton in Ton gehaltenen Blumenarrangements verziert. Die Sitzecken bestanden aus braunen Ledercouchen, die alle leicht unterschiedliche Brauntöne hatten. Auch die Materialien waren unterschiedlich, wie ich im Vorbeilaufen feststellte. Gute Kombination. Ich grinste immer noch, als ich nach draußen ging und in eines der wartenden Taxis stieg. Auch hier sah ich, vor dem Hotel im Eingangsbereich, die schwungvollen Lettern, die den Namen des Hotels in prunkvollen Buchstaben zeigten, die Säulen, die sich hier widerspiegelten. Pure Eleganz. Wohlstand, vereint mit beruhigender Gemütlichkeit, als würde man zu Hause auf dem Sofa einen Scotch trinken, ich war schwer beeindruckt von diesem Hotel.

»Bringen Sie mich bitte in die Madison Avenue.« Ohne mit der Wimper zu zucken, fuhr der Fahrer los. Ich kramte in meiner Clutch, die so klein war, dass ich ein wenig Geld, Ausweis, Kreditkarte, Schlüssel und mein Handy einfach hineingeworfen hatte, nach meinem Handy. Ich rutschte auf meinem Hintern hin und her, denn ich spürte überdeutlich die Spuren der letzten Nacht.

»Guten Morgen!«, sagte ich ins Telefon, als meine beste Freundin Lucy endlich ranging. »Sag nur, du schläfst noch an diesem herrlichen Samstag.«

»Fuck!«, zischte sie. »Sarah?« Ihre Stimme klang verschlafen. »Bist du das?«

»Nein, ich bin die Imitation ihrer Stimme. Sarah liegt in der Gosse und wartet dort auf ihren nächsten Schuss.«

»Nicht witzig.«

Ich lachte laut und sah nach draußen. Wir mussten einmal noch abbiegen, dann waren wir da.

»Kommst du zum Frühstücken?«, fragte ich sie und hoffte, dass sie Ja sagen würde. Das, was ich letzte Nacht erlebt hatte, musste ich definitiv mit jemandem teilen und ich vertraute niemandem außer einem sehr engen Kreis. Dieser Kreis bestand aus meinem Vater und meiner besten Freundin.

»Was ist passiert?«, fragte sie nun etwas wacher, doch ich hörte ihr Gähnen. »Wieso bist du schon wach?«

»Noch. Wieso bin ich noch wach.«

»Nein!«, rief sie aus. Da sie mich gestern Abend mit der Mission losgeschickt hatte, dass ich gefälligst meine Muschi entstauben und einen heißen Schwanz wie ein verdammtes Cowgirl reiten sollte, war dieses eine Wort nun alles, was sie dazu sagte.

»Doch!«

»Ich glaub's ja nicht.«

»Ich auch nicht!«

»Ich bin in einer Stunde bei dir. Bis dahin wirst du ja geduscht sein und dir diesen männlichen Schweiß vom Körper gewaschen haben, oder?« Lucy war eine sehr direkte Freundin. Sehr direkt. Zumindest bis wir im Morgengrauen duschen gewesen waren. Jackson war … »Geht das klar?«

»Bring Bagels mit, den Rest hab ich zu Hause.«

»O ja! Und Baby, ich will alle Details. Alle schmutzigen Details.«

Sie kicherte und ich auch, genau in dem Moment, in dem der Fahrer vor meinem Haus hielt. »Bis gleich.«

Ich legte auf, bezahlte und betrat eines der exklusivsten Apartmenthäuser von New York.

»Guten Morgen, Miss White«, sagte Jeffrey, der Portier des Hauses. Am Fahrstuhl wurde ich von Armando, dem Sicherheitschef begrüßt.

»Lange Nacht, Miss White?«, fragte er mich und zwinkerte mir zu. Ich fühlte, wie die Röte in meine Wangen stieg und nickte.

»Wunderbar, Sie lächeln zu sehen, Miss White. Das wird meine Frau sehr freuen.« Die Frau von Armando war zutiefst bestürzt gewesen, als ihr Mann ihr erzählt hatte, dass meine Verlobung geplatzt war. Seitdem backte sie mir jede Woche eine andere Köstlichkeit. Langsam ging das auf die Hüften, von daher war es gut, dass sie jetzt wusste, dass ich wieder glücklich war.

Er drückte für mich auf den Türöffner und schenkte mir ein breites italienisches Grinsen, als ich in das Innere ging und in den siebzehnten Stock fuhr. Es war nicht das Penthouse, aber eine schöne Wohnung, in der ich mich sehr wohlfühlte. Ich war so froh, dass ich mein Zuhause nicht für diesen Scheißkerl aufgegeben hatte.

»Guten Morgen, New York!«, sagte ich laut und deutlich, nachdem ich meine Wohnung betreten hatte. Die Lichter gingen an und mein liebster Radiosender begann zu spielen. Ich liebte die Sprachsteuerung meines Smarthome.

Ich summte das Lied mit, es war irgendein Gutelaunelied aus den Neunzigern, und lief durch den langen Gang, an dem diverse Kunstdrucke aus aller Welt von Städten, die ich mit meinem Dad bereist hatte, hingen und ging direkt weiter ins Bad.

Auch wenn ich mir das Sperma wirklich schon runter gewaschen hatte, wollte ich mich wohlfühlen und dafür musste ich nach meinem Duschgel riechen, nicht nach diesem maskulin-frischen Duft, der mich an Jackson erinnerte und fortan wohl immer würde.

Zwanzig Minuten später schlang ich mir mein langes Haar zu einem unordentlichen Knoten auf dem Kopf, setzte mir meine Brille auf und schlüpfte in bequeme schwarze Leggins und einem weißen Oversizepullover. Dadurch, dass ich die ganze Nacht nicht geschlafen hatte, war ich richtig durchgefroren. Aber dennoch hatte ich gute Laune, richtete das Frühstück schön auf einer Platte an und verteilte alles auf meinem Esstisch, der für zwölf Personen ausgelegt war. Ja, vollkommen übertrieben, aber ich hatte wunderbare Erinnerungen an das Leben bei uns im Küchen- und Wohnbereich. Hauptsächlich spielte sich unser Familienleben am Esstisch ab, und darum wollte ich immer einen großen haben. Okay, und weil sich so einer vor den riesigen Fenstern mit Blick auf den Central Park einfach besser machte als ein kleiner für vier Personen. Zudem stand ich auf Deko-Schnickschnack. Aus den versteckten Boxen, die in meiner weißen, Hochglanz- und grifflosen Küche versteckt waren, kam ein Song von Jason Derulo, den ich mittels Sprachsteuerung lauter machte und dazu tanzte. Meine Laune war wirklich die absolut beste Laune, die man an einem Tag ohne Schlaf haben konnte.

Gerade als ich den Prosecco – meine beste Freundin und ich fanden, dass Champagner wie Scheiße schmeckte – aus dem Kühlschrank holte, klingelte es und ich drückte auf die Sprechanlage direkt neben mir.

»Miss White? Ihre Freundin ist hier.«

»Schicken Sie sie hoch.« Ich kicherte und wusste, dass sich Lucy gleich sehr aufregen würde, denn sie hasste es, wenn Armando, der meine Freundin natürlich kannte, sie nicht einfach durchließ.

Aber Regeln waren Regeln.

»Ich bin hier, Bitch!«, rief meine Freundin und kam herein. Sie besaß den Zugangscode meiner Wohnung. Bei mir war der Zutritt sowohl mit einem Schlüssel als auch dem Fingerabdruck oder dem Zugangscode möglich. Es war unglaublich, wie weit die Technik war.

»Guten Morgen, du Sonnenstrahl.«

»Boah, ich kotz gleich«, sagte sie lachend, gab mir einen Kuss auf die Wange und stellte eine Flasche mit frisch gepresstem Orangensaft und eine Tüte mit Bagels auf der Kochinsel ab. »Deine Laune ist wirklich so heftig gut, oder?«

»Allerdings. Da will ich nicht mal nachfragen, ob das ›Bitch‹ auf meine letzte Nacht bezogen war, oder einfach zu deinem morgendlichen Ritual gehört.«

»Ahhh.« Mit einem breiten Grinsen winkte sie ab, holte zwei Gläser aus dem Schrank hinter ihr und stellte sie gemeinsam mit der Flasche Saft an den Tisch. »Ich weiß, normalerweise sag ich das nur abends und wenn wir feiern, aber ich hielt es heute für angebracht.«

Lachend nickte ich, denn ich wusste, dass meine Freundin Lucy das Wort Bitch nur dann benutzte, wenn sie jemanden wirklich mochte. Für sie war eine Bitch so etwas wie »Süße«. Okay, man musste dazu sagen, sie arbeitete als Musikproduzentin. In der Branche bedeutete das Wort so etwas wie »Fräulein«. Es zeigte, wie gut man jemanden kannte und wie sehr man jemanden mochte. Ich liebte es, dass Lucy das völlige Gegenteil von mir war. Selbst in der Früh war sie perfekt gestylt, trug einen kurzen Jeansrock und eine süße Bluse dazu. Anders als ich, die in Gammelleggings und Pullover hier saß.

Wir setzten uns und stießen die Sektgläser aneinander. »Auf uns und dieses wunderschöne Frühstück.«

»Danke«, sagte ich und lächelte. »Auf uns.«

»Weißt du«, begann Lucy das Gespräch. »Ich liebe, dass dieser Kerl mich heute zu diesem grandiosen Frühstück bringt und ich liebe, dass du nicht versnobt bist, Haushälterinnen hasst und deinen Kram selbst machst.«

»Und das von der Person, die eine Haushälterin hat?«

»Ich bin viel im Studio. Wann bitte soll ich einkaufen?«

»Die Öffnungszeiten?« Lucy nickte überzeugend, obwohl wir beide wussten, dass das eine Ausrede war. Denn die Läden hatten in Manhattan sieben Tage die Woche rund um die Uhr auf. Zumindest die Supermärkte. »Ich verstehe dich, du armes, armes Mäuschen.«

»Siehst du, darum bist du meine Lieblingsfreundin.«

»Und deine Einzige!«, stellte ich fest und schnitt mir den Bagel auf.

»Ich bin schwer beschäftigt und hab eben keine Zeit, noch mehr Menschen mit meiner unglaublich sprühenden Aufmerksamkeit zu bedenken.«

»Oder einfach, weil du manchmal arrogant bist?«

»Verwechsle Arroganz nicht damit, dass ich meinen Wert kenne, liebe Sarah. Und jetzt erzähl mir lieber, wie das gestern war.«

Neugierig sah sie mich an und ich belegte meinen Bagel in aller Ruhe mit Frischkäse, Rucola und Lachs. »Kannst du mir bitte antworten?« Sie lachte mich an und ich biss genüsslich in das frische, brötchenähnliche Gebäckstück.

»Klar, wenn du bitte sagst.«

»Echt jetzt?«, fragte sie grinsend. »Du hast mich gefragt, ob ich vorbeikomme.«

»Ja ja, schon klar. Also« begann ich, trank noch einen Schluck und sah Lucy dabei zu, wie sie sich Speck und Rührei, das ich in Windeseile gemacht hatte, auftat. »Gestern war ja der Ball im Skyline Hotel.«

»Der, zu dem ich mitsollte, ich weiß.«

»Jepp. Aber so gerne ich mit dir unterwegs bin, ich war froh, dass du nicht dabei warst.«

»Verstehe«, grinste sie und schob sich von dem Ei in den Mund. »Los jetzt, lass dir nicht alles aus der Nase ziehen!«

»Jedenfalls war es langweilig. Ich hatte echt damit zu tun, die starrenden Blicke zu ignorieren, freundlich zu sein und meinen Dad zu unterstützen. Schließlich will ich, dass er gewinnt.«

»Das wollen wir alle, Baby. Aber ich bin sicher, dass er das wird, auch wenn du nicht bei jedem Event an seiner Seite bist. Die Menschen lieben ihn.«

»Ich weiß. Und ich bin so dankbar dafür. Aber ich will ihm eben all den Support zukommen lassen, den er für mich immer parat hat.« Seufzend nahm ich noch mal einen Schluck Sekt und unterdrückte ein Gähnen. »Jedenfalls stand ich an der Bar und hab mir Nachschub besorgt, als dieser Kerl plötzlich neben mir aufgetaucht ist.«

»Und dann hast du beschlossen, dass du mit ihm ins Bett gehst.«

»Ich sag mal so, nach ein wenig Flirten und offensichtlichem Geplänkel hat er mich direkt in sein

Zimmer eingeladen und gesagt, ich soll mit ihm ins Bett gehen.«

»Uhhhh. Heiß.«

»Verdammt scharf. Und das ist er übrigens auch.«

»Wie heißt er denn?«

»Jackson.«

»Jackson?«, fragte sie und sah mich an. »Jackson wie noch?«

»Jackson Brewer!«, ließ ich die Bombe platzen.

»Nein!«

»Doch!« Ich fühlte mich an unser Telefonat zurückerinnert.

»Du warst mit Jackson Brewer im Bett?«

»Ja.«

»Das wird Clyde nicht gefallen.«

»Ist mir ziemlich egal, was Clyde denkt!«, gab ich zurück. »Ihn hat es, soweit ich mich erinnere, auch nicht interessiert, ob er mich gegen eine 21-jährige Tussi austauscht.«

»Stimmt. Ich dachte nur.«

»Ich weiß.«

»Wir reden hier von dem Immobilienmogul, der, der die alten Häuser mit seinem Geschäftspartner kauft und komplett saniert und sie wieder verkauft?«

»Genau der.«

»Noch mehr Infos?«

»Nein, muss ihn erst googeln. Ich weiß das Gleiche wie du, also das, was Clyde uns erzählt hat.«

»Machen wir nachher. Erst will ich alles wissen.«

»Er ist fantastisch.«

»Wenn ich an das Bild im OK! Magazine von letztem Monat denke, glaube ich dir das sofort.«

»Ernsthaft, der Mann ist unfassbar schön, beinahe so, als wäre er Photoshop entsprungen.«

»Sarah, Sarah, Sarah, wirst du gerade oberflächlich?« Kichernd nickte sie mir zu. »Endlich.«

»Na ja, vielleicht hab ich verstanden, dass sich nichts daran ändern wird, wie mich ein Mann behandelt, ob er hübsch ist oder nicht. Also kann ich mir doch für so einen Spaßabend einen Kerl nehmen, der meinem optischen Idealbild entspricht.«

»Ich muss zugeben«, sagte sie und hob den Zeigefinger, »er ist wirklich nett anzusehen, obgleich er mir etwas zu glatt wäre.«

»Du stehst ja auch auf Typ Holzfäller.«

»Oder Assi, wie Clyde es nannte.« Wir beide rollten zeitgleich die Augen.

»Er ist ein Idiot«, sagte ich und meinte es auch so.

»Schön, dass du das verstanden hast. Er war wirklich ein Arsch und ein Wichser zu dir. Er hat dich nicht verdient.«

»Das weiß ich jetzt«, murmelte ich und biss erneut von meinem Frühstück ab. »Nach letzter Nacht bin ich, glaube ich, verdorben.«

»Ging er auf deine Wünsche ein?«

»Das war ja das Besondere an der Sache, ich musste nichts sagen. Gar nichts. Er hat einfach ... irgendwie gewusst, was ich wollte.«

»Und er fand es sicher scharf?«, fragte sie und ich wusste genau, warum sie das tat. Warum sie diese Frage so abwertend stellte. Ich hatte mich selbst immer gefragt, ob es wohl einen Mann gab, der das scharf fand, zumindest ihr gegenüber, als ich mir erlaubt hatte, mit jemandem darüber zu sprechen, was ich beim Sex ersehnte. Lucy hatte mir immer gesagt, dass meine sexuellen Fantasien, die Clyde nie erfüllen wollte, nichts waren, wofür ich mich schämen musste. Clyde hatte mich bitter ausgelacht, als ich das Thema einmal angeschnitten und keine weiteren Details erzählt hatte.

»Ja, definitiv.«, erklärte ich und Lucy legte mir ihre Hand auf den Unterarm.

»Siehst du, weil jeder im Schlafzimmer machen kann, was ihn erfüllt, was ihm Spaß macht, und nicht das machen sollte, was einem ein anderer Mensch aufdrückt.«

»Damit hast du recht.«

»Logisch hab ich recht!«, erklärte sie überzeugend und biss in einen Speckstreifen. »Natürlich. Ich sag es dir, man sollte alles mal ausprobieren.«

»Alles?« Erschrocken sah ich sie an und Lucy lachte.

»Na alles, womit du dich gut fühlst!« Meine beste Freundin zuckte die Schultern. »Also hattest du einen Orgasmus?« Niemand war so direkt wie sie. Erfrischend. Das liebte ich so unglaublich an ihr, sie war einfach meine Heldin.

»Nicht nur einen.«

»Halleluja!« Sie legte die Hände in einer betenden Geste zusammen und sah gen Himmel. »Der Mann ist ein Geschenk.«

»Er war echt gut. So einen Mann hatte ich noch nie.«

»Seltsam, dass er keine Freundin hat, oder?«, fragte sie und nippte an ihrem Sekt.

»Vielleicht macht ihn aber auch genau das so gut, da er viel Erfahrung hat?«

Entsetzt sah mich meine Freundin an. »Hab ich das laut gesagt?«

»Hast du!«, stimmte sie mir zu und wir beide prusteten los. »Allerdings hast du vermutlich recht damit.«

»Ich denke auch, wenn ich ehrlich bin. Ich muss ihn nachher echt googeln.«

»Wie wäre es, wenn du ihn wiedersiehst?«

»Das wäre der Wahnsinn. Glaub mir, der Sex war so gut. Obwohl mir alles wehtut und ich jeden verdammten Muskel in meinem Körper spüre, wäre ich sofort bereit, wieder mit ihm zu knick knacken.«

»Knick Knacken?«

»Ja, Knick Knack.«

»Ich bin mir nicht sicher, ob das ein Synonym für Sex ist.«

»Doch, das ist es. Anerkanntes Synonym für Sex. Knick Knack. Sagt doch jeder!« Ich stopfte mir Speck in den Mund.

»Vögeln, bumsen, rammeln, ficken«, zählte sie auf, ohne mit der Wimper zu zucken.

»Geschlechtsverkehr«, verlängerte ich die Liste und erntete dafür ein Naserümpfen von ihr. »Du guckst zu viele Pornos, in denen schmutzig gesprochen wird.«

»Und du offenbar zu wenig, wenn Geschlechtsverkehr und Knick Knack dein Beitrag zum Sexikon sind.«

»Ich, liebe Lucy, bin mir sicher, das Wort Sexikon existiert nicht.«

»Doch klar.« Sie zuckte die Schultern in einer Art der Überzeugung, die mich wahnsinnig machte. »Sexikon ist das Lexikon der sexuell aktiven Mitbürger.«

»Oh, danke für den Hinweis.« Meine Stimme klang nach nackter Ironie. »Ich werde es dem Wahlkampf Team meines Dads vorschlagen.«

»Dass es mit aufgenommen wird?« Lucy nickte strahlend. »Gerne. Allerdings bitte mit Quellenangabe, das wäre mir wichtig. Danke!«

Nachdem wir also dieses Thema abgehakt hatten, unterhielten wir uns noch eine ganze Weile über alles Mögliche, ehe Lucy nach Hause fuhr und ich mich in mein Bett legte.

Zufrieden und glücklich schloss ich meine Augen. Zufrieden und unendlich glücklich.

Vier

Jackson

Mit zusammengekniffenen Augen sah ich auf die Unterlagen, die einer unserer Mitarbeiter vorbereitet hatte. Erwartungsvoll guckten mich die anwesenden Meetingteilnehmer an und ich nickte schließlich.

»Fangen wir an.«

Es war Montag acht Uhr und das erste Meeting der Woche fand statt. Einer unserer Konferenzräume, der, in dem wir uns gerade befanden, war auf der einen Seite mit den hier in New York üblichen bodentiefen Fenstern ausgestattet, sodass man einen sagenhaften Ausblick über die Stadt hatte, und ansonsten in ruhigem, klassischem und elegantem Schwarz gehalten. Der Tisch, die Stühle, die Dekorationen. Stilvoll, elegant. Hier und da war eine Dekoskulptur oder irgendein anderer Dekoscheiß in Gold aufgestellt, von dem die High Society glaubte, es unbedingt zu brauchen. Der

Meetingraum passte zu uns. Düster und dennoch elegant.

Ich mochte den Raum, ich mochte das Thema, um das es ging, und ich mochte, dass sämtliche anwesenden Mitarbeiter und mein Freund und Geschäftspartner Andrew pünktlich gewesen waren. An einem Montagmorgen um acht war das immer ein wenig riskant. Nicht für jemanden wie mich, ich war ein Dad, der um fünf Uhr morgens aufstand, aufs Laufband und anschließend duschen ging, um anschließend seine Tochter zu wecken und sich um sie zu kümmern. Meine Mom passte heute auf sie auf, weil ihre Nanny gekündigt hatte. Wieder einmal hatte eine gekündigt. Sophie war das Beste an mir, geboren aus einer der dunkelsten und schlimmsten Stunden meines Lebens. Ich liebte sie, so wie jeder in meiner Familie. Ein Thema, das ich heute definitiv auf der Agenda hatte, um es mit Andrew zu besprechen. Er musste dringend damit aufhören, die Nannys seiner Nichte zu vögeln und ihnen das Herz zu brechen. Ich konnte nicht ständig eine Neue suchen.

»Hörst du zu?«, fragte Andrew mich und grinste. Normalerweise war er derjenige, der abgelenkt war. Aber, und so ging es mir seit Samstagmorgen, meine Gedanken kreisten immer wieder um eine bestimmte Frau, die es geschafft hatte, mich mit ihrer Art und ihrem Körper in den Wahnsinn zu treiben. So sehr, dass ich an nichts anderes mehr denken konnte.

Augenrollend setzte ich mich etwas aufrechter hin, er würde später sein Fett wegkriegen.

»Ich denke, dass der Neubau in fünfzehn Monaten

fertiggestellt wäre«, sagte Andrew, stand auf und deutete auf einige Punkte, die uns im Weg standen. »Dadurch, dass wir den Großteil des alten Gebäudes erhalten müssen, da es unter Denkmalschutz steht und wir nur restaurieren können, muss das alles erst in trockenen Tüchern sein, ehe wir mit dem zusätzlichen Teil anfangen können.«

»Wie wird es wegen der Säulen laufen?«, fragte ich und sah meinen Partner an. Andrew als Architekt und Statiker hatte da mehr Erfahrungen.

»Wir stützen sie ab und werden die Gefälle ausgleichen.«

»Klingt gut. Klingt teuer.«

»Wir sind aber im Plan«, klinkte sich Jim aus unserem Kalkualtionsteam mit ein. Ich wusste, dass wir im Plan waren, ich war kein Idiot. Denn ich war es, der den finanziellen Rahmen vorgab und den Verkaufswert festsetzte. Andrew und ich warfen Jim einen eindringlichen Blick zu, nicht weil wir ihn und seine Autorität untergraben wollten, sondern weil er endlich damit aufhören sollte, uns in den Arsch zu kriechen. Sein Job wäre auch so sicher und er würde nicht entlassen werden.

»Wie steht es um das Penthouse?«, fragte ich und wand mich an die einzige Person im Raum, die wir von extern beschäftigten. Eine Innenausstatterin, die in den Zeitschriften immer wieder gelobt wurde. Ich war mit ihrer Arbeit zufrieden, hatte aber persönlich ein paar Probleme mit ihrer Art und Weise. »Klappt das mit dem Marmor aus Marokko?«

Kokett senkte sie gespielt den Blick und sah mich

anschließend mit ihren großen unschuldigen Rehaugen an. Der Blick hieß: Zieh mich aus und mein Körper zeigt dir, was mit dem Marmor aus Marokko ist. Aber ich stieg nie darauf ein. Nicht mit Geschäftspartnern oder Kunden. Niemals.

»Mr. Brewer«, flötete sie und ihre Stimme war rauchig. »Selbstverständlich habe ich dazu eine Bestätigung. Aber wenn Sie sich selbst davon überzeugen wollen, dass der Lieferant und ich uns einig sind, dann fliegen Sie gerne mit mir kommende Woche nach Marokko und wir kümmern uns darum, alles unter Dach und Fach zu bringen.«

Nein, auf keinen Fall würden wir das tun. Andrew tarnte sein Lachen mit einem Husten und ich nahm mir vor, dass wir das letzte Mal mit ihr zusammenarbeiten. Ich konnte es einfach nicht ausstehen, wenn jemand immer wieder versuchte, bei mir zu landen. Nicht jetzt. Dummerweise konnte ich nämlich an niemand anderen denken. Na gut, das stimmte nicht ganz, denn ich hatte ja Sophie, aber ... scheiße, die Nacht war unglaublich gewesen.

Ich kannte sie nicht, wusste wenig über sie, außer das, was man über ihren Vater hörte, der wohl wieder kandidieren wollte. Aber, und das war das Faszinierende und der Punkt, wieso ich gerade so an sie gefesselt war: Obwohl wir uns nicht kannten, funktionierte der Sex so geschmeidig wie zwei Zahnräder, die absolut weich ineinanderliefen. Es war unglaublich. Mich faszinierte es so sehr, dass ich beinahe besessen davon war, diesen Abend und die folgende unglaubliche Nacht mit ihr immer wieder durchzuspielen.

»Jackson?«, fragte Andrew mich und sah mich besorgt an.

»Ja?« Ich fuhr mir durch mein Haar. Shit, Abwesenheit im Job war etwas, das ich nicht duldete. Nicht bei meinen Mitarbeitern und sicherlich nicht bei mir selbst. Es war etwas, das ganz und gar nicht in Ordnung war.

»Alles klar?«

»Ja, alles bestens. Wo waren wir?«

»Sie scheinen darüber nachzudenken, ob Sie mich nach Marrakesch begleiten?«

»Nein, werde ich nicht«, schnitt ich die Diskussion damit einmalig ab und hoffte, dass sie es endlich verstand. Andrew hob fragend die Brauen, äußerte sich aber nicht weiter dazu. »Wie steht es um die Lieferungen der Pools?«

»Die laufen«, antwortete mir Celia, die Innenausstatterin.

»Der Liefertermin wird also gehalten?« Sie nickte. »Haben Sie das bestätigt?«, hakte ich noch einmal provokant nach, denn ich wollte nicht glauben, dass sich daran nichts verschieben würde. Die aktuelle Situation auf dem Markt zeigte nämlich, dass es bei allen Ausstattungs- und Zulieferteilen Schwierigkeiten gab. Somit war ich mir ziemlich sicher, wir würden unsere Ware auch nicht zum vereinbarten Termin kriegen. Gut, dass ich sie mit Puffer hatte bestellen lassen.

»Nein, das wurde nicht noch einmal bestätigt.«

»Vielleicht sollten Sie sich dann eine Bestätigung holen, Celia, nicht wahr?«

Andrew nickte, lehnte sich grinsend zurück. Er hatte erkannt, dass ich miese Laune hatte – was daran lag, dass ich nicht wusste, wie ich Sarah White wiedersehen und nochmals ficken sollte – und heute keinen Fehler durchgehen lassen würde. »Denken Sie, wir sind die besten Architekten und Immobilienmakler im Land, weil wir davon ausgehen, dass Dinge funktionieren?«, fragte ich direkt. Schneidend. Ich war nicht laut, denn ich wusste, dass eine ruhige und leise Stimme wesentlich effektiver wäre, als jemanden zusammenzubrüllen. »Denken Sie, Mr. Wellington und ich sind dort, wo wir sind, weil wir uns darauf verlassen, was uns erzählt wird? Denken Sie das?« Provokant sah ich Celia direkt in die Augen, meine Mitarbeiter wussten, dass sie jetzt besser still waren. Sie sahen mit eigenen Augen, wie hart Andrew und ich schufteten, damit wir unser Standing behielten. »Wenn Sie das denken, liebe Celia, dann tut es mir leid, Ihnen sagen zu müssen, dass wir uns nach jemand anderem umsehen werden.« Celia schüttelte schon den Kopf, ihre Augen waren leicht geweitet. Sie hatte wohl nicht damit gerechnet, dass ich heute auf Konfrontation aus war. Sie hatte sicherlich gedacht, dass es ein einfacher Termin werden würde. Aber egal wie scharf sie war, ich würde sie erstens nicht anfassen, da sie eine Geschäftspartnerin war. Außerdem konnte ich es nicht leiden, wenn jemand seine Arbeit nicht ordentlich erledigte. Das sollte sie eigentlich auch wissen. Wir kannten uns nicht erst seit diesem Projekt.

»Ich werde mich darum kümmern, dass ich eine Bestätigung bekomme, Mr. Brewer.«

Knapp nickte ich, Andrew grinste weiterhin wie ein Idiot. Er sagte nichts, aber ich wusste, dass er exakt meiner Ansicht war und ihr das Gleiche gesagt hätte.

»Wir vertagen das Meeting auf Ende der Woche, und dann sehen wir, ob Sie vorbereitet sind.«

Niemand sprach ein Wort, ich ordnete meine Unterlagen und verließ den Meetingraum. Andrew folgte mir auf dem Fuße.

Sofort nachdem er mein großes Büro betreten hatte, schloss er die Tür und deutete hinter sich.

»Was zur Hölle war das, Jackson?«

»Was denn?«, fragte ich unschuldig, schlecht gelaunt und in der Spirale gefangen, dass ich einfach keine Idee hatte, wie ich noch mal an Sarah rankommen konnte. »Du warst da drin gerade ... echt ein Arsch.«

Scheinbar lässig zuckte ich die Schultern. »Bist du es nicht, der immer sagt, dass Antworten parat sein müssen?«

Andrew nickte, stützte sich mit den Händen an der Besucherseite auf meinem Glasschreibtisch ab. »Das mag sein, ich sage aber auch, wenn man eine Antwort nicht hat, dann sollte man zumindest wissen, wo man sie sich holen kann.«

»Mag sein, aber ich habe von dieser Unfähigkeit die Schnauze voll.«

»Von Celia?« Überrascht sah er mir in die Augen, grinste mich an. »Es nervt dich ernsthaft, dass sie dich jedes Mal anbaggert?«

»Das kommt noch hinzu.« Ich bewegte die Maus an meinem Computer, damit der Bildschirm zum Leben erwachte und gab mein Passwort ein. Ich müsste Sarah unbedingt googeln und herausfinden, wo ich sie finden konnte. Zufällig natürlich.

»Das hat dich bisher nie gestört!« Andrew verengte die Augen zu Schlitzen. Er kannte mich sehr gut und sehr lange, er wusste, dass etwas anderes dahintersteckte und ich ihn nicht einfach so täuschen konnte, wie vermutlich alle anderen Menschen um mich herum. Andrew war einfach anders. Und er kannte sich erschreckend gut mit irgendwelchen Verhörtechniken aus. »Wieso also jetzt?«

»Bisher hat sie mich auch noch nie offensichtlich vor meinen Angestellten gefragt, ob ich sie ans andere Ende der Welt begleite, damit wir vögeln können.«

»So hat sie es nicht gesagt!«, stärkte ihr Andrew den Rücken und ich kniff mir mit Daumen und Zeigefinger in den Nasenrücken.

»Ich muss arbeiten!«, wies ich ihn auf das Offensichtliche hin. Okay, Sarah zu googeln und alles über sie herauszufinden, war doch auch irgendwie Arbeit, oder? Immerhin war sie die Tochter des Bürgermeisters, dem Mann, den ich regelmäßig sah, um ihn über unsere Projekte zu informieren. Ha! Mein Gesicht erhellte sich, ich brauchte nur einen Termin beim Bürgermeister zu machen, vielleicht wäre sie da? Dafür müsste ich aber erst etwas mehr über ihren Tag herausfinden ... das würde sich schwierig gestalten.

»Alter!«, rief Andrew plötzlich. »Hörst du mir zu?«

»Nein«, sagte ich ehrlich, denn Lügen konnte ich nicht ausstehen. »Willst du mir erklären, wieso Mindy gekündigt hat?«

»Nein«, antwortete er ebenfalls so wie ich gerade und ließ sich auf den Stuhl vor meinem Schreibtisch fallen. Er wippte hin und her und wusste, wie sehr mich das nervte. Mental machte ich mir eine Notiz, dass ich endlich neue Stühle bestellen ließ. Irgendwelche aus Holz, mit denen er nicht so schwingen konnte.

»Willst du mir erklären, wieso sie geheult hat?«

»Vielleicht hatte sie was im Auge?«, schlug er als mögliche Begründung vor. Ich kniff die Augen zusammen, lehnte mich an der Rücklehne meines großen Ledersessels an und wartete. »Oder eine Allergie? Könnte ja auch sein, im Frühling kämpfen damit einige Menschen.« Wieder schwieg ich ihn an und sah ihm fest in die Augen. So gut wie Andrew mich kannte, so gut kannte ich auch ihn. »Vielleicht geht's ihren Eltern auch schlecht?« Plötzlich setzte er sich aufrecht hin. »Das muss es sein, ja. Ich meine, das würde passen, wenn sie so Knall auf Fall gekündigt hat, oder?«

»Aha«, mehr sagte ich nicht. Seufzend griff ich nach meiner Kaffeetasse und nahm einen Schluck. Natürlich war er kalt. Ich hatte keine Ahnung, wann ich das letzte Mal warmen Kaffee getrunken hatte. Ich war Vater, die Wahrscheinlichkeit, dass ich meinen Kaffee wirklich heiß in mich hineinschüttete, ging gegen null. Mein Kind hatte ein Radar dafür, immer dann etwas suuuuppppeeerrr Dringendes zu brauchen, wenn ich frischen Kaffee hatte oder ein frisches Bier. Mittlerweile trank ich zu Hause Rotwein, wenn mir nach Alkohol war. Der musste atmen, es machte ihm nichts aus, wenn er ein paar Stunden unberührt in seinem Glas am Tisch stand.

»Was sollte ich denn tun?«

»Ich weiß nicht. Vielleicht deinen Schwanz in der Hose behalten?«

»Ahhhh«, erklärte Andrew mit einem Grinsen. »Wie kommst du denn darauf, dass ich etwas damit zu tun habe?«

»Weil du immer etwas damit zu tun hast?«, fragte ich ihn und er seufzte tief.

»Okay, es war aber nur einmal, und ich hatte vorher die Bedingungen abgesteckt, so wie du es wolltest.«

»Andrew, mein Lieblingsbruder, ich sage dir, was ich gesagt habe: Du sollst, wenn du rumfickst, die Regeln klarmachen, damit es keine beschissene Klage oder Überraschungen gibt.«

»Hab ich getan! Danke für den Tipp übrigens«, warf er ein und legte den Knöchel seines einen Fußes auf den anderen. »Was kann ich dafür, wenn sie Ja sagt und sich dann nicht an ihre eigenen Regeln hält?«

»Ich habe dir auch gesagt, dass mir scheißegal ist, wen du fickst –«

Andrew unterbrach mich: »Na offensichtlich ja nicht!«

»Nicht, wenn es die Nanny von Sophie ist!«, entfuhr es mir. »Vögel, wen du willst, aber Nannys wachsen nicht auf Bäumen und die Agentur will uns schon niemanden mehr schicken, weil es sich rumspricht, dass sie mit gebrochenen Herzen wieder rauskommen. Was wirft das für ein Licht auf mich?«

»Gar keines«, sagte Andrew vollkommen ernst. »Jeder weiß, dass ich der bessere Liebhaber bin und du es niemals schaffen würdest, eine Frau so zu befriedigen.« Idiot. *Frag das mal Sarah White.* Ich ging nicht auf seine Stichelei ein.

»Andrew, ich bitte dich, lass die Finger von den Mädchen. Sophie hat Mindy echt gemocht.«

Jetzt sah er wirklich zerknirscht aus. »Das wollte ich nicht. Aber ich schwöre dir, ich habe ihr meine Bedingungen genannt und sie war einverstanden.«

»Natürlich war sie das!«, rief ich aus und warf die Hände in die Luft. »Du fährst mit einem Ferrari vor und wedelst mit deiner Platinkarte, natürlich sagt sie Ja.«

»Du willst mich heute echt beleidigen, oder?«, fragte er mich und hob die Brauen. »Als würd ich einen Ferrari fahren. Es ist ein Lamborghini, Jackson.«

Ich rollte die Augen, aber er fuhr fort. »Sag es mal langsam, Lam-bor-ghi-ni.«

»Leck mich, Andrew! Du weißt, was ich meine.« Ich seufzte.

»Also wenn du mir Vorwürfe machst, dann bitte die Wahrheit«, erklärte er todernst. »Sie hat Ja gesagt, und so getan, als wäre alles bestens, ich konnte doch nicht wissen, dass sie sofort kündigt.«

Diese Diskussion brachte nichts, sie hielt mich nur davon ab, dass ich endlich nach Sarah White googeln konnte. Wie ein Geistesblitz fiel mir ein, dass der Bürgermeister am Samstag immer im Country Club war, um

Golf zu spielen. »Lass bitte einfach die Finger von Sophies Nannys, okay?« Mein Bruder nickte knapp. »Und könntest du Samstag auf Sophie aufpassen? Ich müsste mich mit Bürgermeister White treffen.«

Andrew bejahte sofort, ohne in seinen Kalender zu schauen. Auch wenn er allen Frauen der Welt gegenüber ein Arschloch war, dann würde er egal was und egal wie wichtig es wäre, jedes Date der Welt für Sophie absagen. Oder für meine Mutter. Die einzigen beiden weiblichen Wesen, die er nicht verachtete oder ausnutzte. Manchmal wunderte es mich nicht, so wie er gelitten hatte ... aber hin und wieder machte es mich wahnsinnig.

»Das Nicken gilt hoffentlich für beides, oder?«

Andrew stand auf und salutierte. »Aye, aye, Kommander, Samstag darf ich mit Sophie verbringen und keine Nannys mehr vögeln.«

»Richtig.«

»Meinst du, Sophie will bei mir übernachten? Ich meine, ich könnt mit ihr in mein Haus in die Hamptons fahren und wir verbringen das Wochenende am Strand.«

»Ich bin sicher, sie würde sich freuen.«

»Ich versprech dir auch: kein Koks, keine Nutten, kein Bier.«

»Du bist so ein guter Onkel.«

Theatralisch seufzte er und griff sich an sein Herz. »Ich weiß, Jackson. Ich weiß. Ohne mich wärt ihr verloren.«

»Wenn du das sagst.«

Wir beide lachten. Auch wenn wir diskutierten, nicht einer Meinung waren oder uns stritten, dann wussten wir dennoch, dass wir immer ehrlich zueinander waren und uns aufeinander verlassen konnten.

»Glaube aber nicht, dass ich dich davonkommen lasse.«

»Mit was, bitte schön?«, fragte ich und hob die Brauen.

»Ich merke, dass du mir etwas verheimlichst, und ich will wissen was. Also überleg dir besser eine Ausrede, bis wir uns das nächste Mal sehen.«

»Nur, weil ich Celia so angemacht habe?«

Andrew nickte. »Das und weil dein Auge zuckt. Und wenn dein Auge zuckt, versuchst du, etwas vor mir zu verbergen.«

»Raus hier!«, rief ich und Andrew lachte dieses unbekümmerte Lachen, das er erst seit einigen Jahren mit sich trug. Vorher war seine Welt finster und düster gewesen. Er trieb mich manchmal in den Wahnsinn, absolut. Aber er war mein bester Freund, er war wie ein Bruder für mich und ein Onkel für Sophie, er war, auch wenn ein bisschen schnulzig klang, unsere Stütze. Er half mir. Er war uns wichtig.

Aber das rechtfertigte noch lange nicht, dass er ständig die Kindermädchen meiner Tochter vögelte.

Kopfschüttelnd rieb ich mir die Hände, setzte eine kurze E-Mail an den Country Club ab, dass ich am Samstag auf dem Platz wäre und mein Caddy somit bereitzustehen hatte. Vielleicht würde es mir am Mittag noch in den Kram passen, dass ich bei Bürgermeister White vorbeisah. Irgendwas hätte ich schon, das ich mit ihm besprechen musste. Glücklicherweise bekam ich auch ohne Termin Zutritt zu seinem Büro. Wir kannten uns schon lange, er kannte meine Eltern und auch wenn er schon das ein oder andere Projekt abgelehnt hatte, dann schwammen wir doch auf einer Wellenlänge. *Sarah White, jetzt bist du dran, welche Leichen hast du im Keller und wo finde ich sie?*

Fünf

Sarah

Ja, okay.

Ich war abgelenkt. Super abgelenkt, aber ich konnte einfach nicht anders, als immer und immer wieder daran zu denken, wie ich unter ihm gelegen und er mit seinem wirklich großen Schwanz in mich gestoßen hatte. Ich war so davon gefangen, dass ich nicht einmal wirklich Spaß mit meinem Vibrator hatte, mit dem ich versuchte, diese Nacht mit Jackson Brewer nachzustellen. Überraschung, es hat nicht geklappt.

Es fühlte sich nichts so unglaublich gut an wie er. Das wurde mir klar, als ich jede Sekunde unserer Nacht erneut durchging. Wenn es dunkel war und ich mich völlig fallen lassen konnte, konnte ich beinahe seine Finger über meine Haut streichen fühlen.

»Wissen Sie, Miss Fluff«, sagte ich und sprach die Köchin meines Vaters an, »diese Scones sind unglaublich. Ich dachte immer, Schotten können nicht kochen.«

»Schätzchen«, begann sie und knetete den Teig energischer, während ich einen der Scones mit Marmelade verdrückte. »Ich koche seit fünfzehn Jahren für den Bürgermeister im Amt. Denken Sie, mich hätten alle der vorangegangenen Kollegen Ihres Vaters bleiben lassen, wenn ich nicht kochen könnte?«

»Auch wieder wahr!« Ich hopste vom Tresen, als wäre ich ein Teenager und nicht die Tochter des Bürgermeisters, und verließ die Küche, nachdem ich mich bedankt hatte. Ich liebte es, wenn ich bei meinem Dad vorbeisah und es etwas Frisches, Selbstgemachtes zu Essen gab. Mein Vater hatte seine Büroräume in seinem Stadthaus, das Gracie Manson, nahe des Hell Gates am East River. Manchmal, wenn ich mit einem meiner wenigen Aufträge zur Restauration fertig war, kam ich hierher.

Soweit ich wusste, hatte er heute keine Termine mehr, und würde vielleicht mit mir Mittagessen gehen. Ich hatte unglaublichen Hunger.

»Hi, Da-«, begann ich, nachdem ich mit einem schnellen Klopfen, durch eine Seitentür in sein Büro geplatzt war, und dort einen Mann sitzen sah, der mich in meinen Träumen verfolgte.

Jackson Brewer.

Mit der ganzen Breitseite seiner unglaublichen, anziehenden Schönheit. Blitzschnell scannte ich sein Erscheinungsbild und auch wenn ich hätte wegsehen wollen, schaffte ich es nicht, denn sein Blick hielt mich wie magisch fest. Er trug einen einfachen schwarzen Pullover mit Rundhalsausschnitt, der so weich und fein aussah, als wäre er frisch von der Nadel gesprungen. Dazu trug er, und das hätte ich niemals erwartet, eine graue Chino mit zarten schwarzen Karos. Sie war elegant, sie war businesslike, aber nicht so wie ein Anzug. Die Haare perfekt gestylt. Sie zogen mich geradezu an und nur mit starkem Willen schaffte ich es, nicht zu zucken und mit meinen Fingern hindurchzufahren.

»Hallo«, sagte ich überrumpelt und ein schiefes, sehr sinnliches Lächeln zupfte an seinem Mundwinkel. Seine dunklen Augen fixierten mich, es fühlte sich an, als würde er mich streicheln und mich damit sanft und langsam vögeln. Obwohl ich ja wusste, dass es sanft und langsam vögeln bei Jackson Brewer nicht gab.

»Hi«, kam es schließlich mit rauer Stimme von ihm. Es war genau die Tonlage, die er auch beim Sex anwandte. Dummerweise wurde ich feucht – was bestimmt daran lag, dass ich vor vergangenem Samstag solange keinen Sex mehr gehabt hatte. Dass ich vollkommen ausgehungert war, zeigte mir mein Körper überdeutlich, und dass er als Mahlzeit Jackson Brewer nackt auf Eis wollte, ließ er mich ebenfalls spüren.

»Sarah«, sagte mein Dad. »Dich habe ich nicht erwartet.«

»Ja, ich hatte in deinem Kalender nachgesehen und dachte, du wärst alleine. Entschuldige bitte, wenn ich euch gestört habe.«

»Sie stören doch nicht, Miss White!«, kam es eindeutig von Jackson.

Mein Mund öffnete sich einen Spalt und ich ging einen Schritt auf ihn zu. Als ich kapierte, was ich hier gerade tat, hielt ich mich davon ab, der Magie seiner Stimme weiter zu folgen und ihr nachzugeben. Dabei fühlte es sich so verlockend an, sich einfach auf seinen Schoß zu setzen und sich tragen zu lassen.

»Da hat Mr. Brewer allerdings recht.«

»Ich wollte sowieso nur vorbeischauen und über ein paar Projekte reden.«

Fragend hob ich die Braue und blickte zwischen meinem Vater und ihm hin und her. Ich wusste nicht, dass die beiden so engen Kontakt zueinander hatten, und nahm mir vor, bei Gelegenheit einmal mit meinem Dad darüber zu sprechen.

»Was kann ich für dich tun, Sarah?«

»Ach, nichts Wichtiges, ich wollte nicht alleine zu Mittag essen, und da dachte ich, ich könnte dich kurz von der Arbeit entführen.«

»Ach, Liebling.« Für meinen Dad würde ich wohl immer seine kleine Prinzessin bleiben. »Ich habe heute so viel Arbeit, dass ich nicht wegkann.«

»Ich könnte Sie begleiten, Miss White. Wenn Sie nicht alleine essen wollen und nichts gegen meine Gesellschaft haben.« Erschrocken weiteten sich meine Augen und ich fuhr mir mit der Zunge über die Lippen. Was? Er wollte mit mir essen gehen? Fuck. Das klang ziemlich ... ziemlich ... verlockend. Gut. Sinnlich. Atemraubend. War das eines der Dates, das er einfach so einfordern würde, wie er es mir beim Sex gesagt hatte? War es das? Das zweite Treffen? In meinem Körper begann es zu kribbeln vor lauter Vorfreude, obwohl ich nicht wusste, was genau jetzt los war.

»Das wäre doch wundervoll!«, rief mein Dad aus und sah von Jackson zu mir und wieder zurück. »Ich bin mir sicher, Sie als Immobilienmogul und meine Tochter als Innenarchitektin, da gibt es eine Menge Gesprächsstoff.« Jackson hob die Brauen und ich zuckte nur die Schultern. Ja, es war in den Medien nicht groß bekannt gemacht worden, dass ich ebenfalls studiert hatte und einen anständigen Beruf erlernt hatte. Mein Ex hatte es immer so dargestellt, als wäre ich nur das Anhängsel an seinem Arm, das sich von ihm aushalten ließ und den Status des Vaters genoss.

Aber so war es nicht. Ich besaß vielleicht nicht viele Kunden, denen ich helfen konnte und mit Luxus hatte das nicht viel zu tun, aber ich liebte es. Heute zum Beispiel hatte ich einen Termin mit dem Kinderwaisenhaus in Brooklyn gehabt, weil sie so viele Kinder aufzunehmen hatten, dass der Platz anders aufgeteilt werden musste. Ich sah mir das an, um zu helfen, und verdiente nicht viel dabei. Auf das Geld war ich nicht wirklich angewiesen, und die Arbeit machte mir Freude.

Wenn ich einmal im Jahr einen großen Auftrag hätte, dann würde ich eben sparsamer leben und konnte sonst viele kleinere Dinge annehmen, die mir einfach am Herzen lagen. Als meine Mutter noch gelebt hatte, hatte sie sich sehr um die Waisenhäuser von New York City bemüht. Ich konnte und wollte das nicht aufgeben.

»Es scheint, ich weiß so einiges nicht über Sie, Miss White«, sagte Jackson mit einem Hauch von Sinnlichkeit in der Stimme. Schwer schluckte ich.

»Woher auch?« Zitterte meine Stimme nur in meinen Ohren oder allgemein? »Wir kennen uns nicht.«

Mein Vater klatschte in die Hände, ich kannte ihn gar nicht so übereifrig. »Umso besser, dann bin ich noch mehr davon überzeugt, dass Sie beide sich glänzend verstehen werden.«

»Dad.«

»Was denn, Sarah?« Er zwinkerte mir zu. Ich erkannte, dass er versuchte, mich auf seine ganz eigene verdrehte Art und Weise zu verkuppeln. »Du willst was essen, Mr. Brewer will was essen und ich habe keine Zeit. Da ist es doch naheliegend, dass ihr einfach zusammen geht?«

»Damit hat er recht, Miss White!« Jackson grinste mich an und ich rollte die Augen. Wenig damenhaft, wenig gut erzogen, aber ich konnte nicht anders, die Reaktion kam einfach so aus mir heraus.

»Wie lange braucht ihr beide denn noch?«

»Wir sind eigentlich durch, nicht wahr, Mr. White?«, fragte Jackson an meinen Vater gerichtet und war bereits dabei, aufzustehen. Heilige Scheiße, als er nun in dem dunklen, maskulinen Büro meines Vaters stand, stellte ich fest, wie perfekt auch Jackson Brewer auf diesen Stuhl passen würde. Seine große, muskulöse Gestalt, die perfekt sitzende Hose, der Pullover, der sich um seinen Sixpack schmiegte und das genau in der perfekt lockeren Art, wie es Frauen verrückt machte, ließ mir das Wasser im Mund zusammenlaufen.

Jackson Brewer war der Teufel im Schafspelz und ich würde jetzt mit ihm essen gehen dürfen.

»Dann sehen wir uns gleich draußen vor der Tür.«

»Wunderbar, ich sage meinem Fahrer Bescheid, dass er uns abholt.«

»Wir können doch einfach die Straße runter laufen? Es gibt genügend schöne Restaurants, in denen man einen hervorragenden Lunch bekommt.« Matt lächelnd sah ich ihn an. »Außerdem ist das Wetter nahezu perfekt, um den Tag zu genießen.«

»Damit hast du recht, liebe Sarah!«, klinkte sich mein Dad wieder ein und sah mich entschuldigend an. »Lass uns morgen zusammen essen, ich schaufel mir eine Lücke.«

»Danke, Dad!«, erwiderte ich, gab ihm einen Kuss auf die Wange und verließ durch den Seiteneingang, durch den ich gekommen war, wieder das Büro. Verdammt noch mal, das würde ein höschennasser, besonderer Tag werden.

Und eines der wichtigsten Dinge, die ich sofort herausfinden musste, war, ob das heute eines der drei Dates war. Eines der drei Treffen, an denen wir wieder Sex haben würden. Ich konnte an nichts anderes mehr denken als daran, wie wunderbar sich sein praller Schwanz zwischen meinen Beinen angefühlt hatte.

»Was für eine Überraschung!«, sagte Jackson ganz offen, nachdem wir den Fahrer in dem dunkelblauen Rolls Royce ignorierten und einfach die Straße entlangliefen. »Ich hatte schon überlegt, wann wir uns wiedersehen.«

Er lächelte mich an und ich lächelte schüchtern zurück. Warum war ich jetzt so? Der Kerl hatte mich nackt gesehen, hatte mich in sämtliche Öffnungen, in jeder Position gevögelt und ich war jetzt schüchtern? Ernsthaft? Anscheinend fehlte es mir, in seiner Gegenwart angetrunken zu sein.

»Nur fürs Protokoll«, sagte er und legte seine Hand auf meinen unteren Rücken, als er mich durch die Menschentraube vor uns führte. »Das hier ist keines der von mir geforderten und verhandelten Dates.«

»Ach nein?«, fragte ich und genoss die Sonnenstrahlen, die jetzt im Mai endlich wieder vorhanden waren. »Wieso nicht? Unter was läuft das dann?«

»Es ist nicht abends, Dates hat man abends.«

»Und wie würdest du das hier nennen?«, erkundigte ich mich, schulterte meine Tasche neu und schob mir die Sonnenbrille, die ich beim Verlassen des Hauses aufgesetzt hatte, wieder höher auf die Nase. »Ich meine, das hier ist doch ein Lunch Date.«

»Wir essen zusammen Mittag, weil wir beide zufällig Hunger haben und dein Vater keine Zeit hat.«

»Zufällig, ja?«

»Sagen wir so, vielleicht hatte ich gehofft, dass ich dich hier treffe.«

In meinem Bauch erwachten Hunderte von Schmetterlinge zum Leben. Sie kribbelten durch meinen Körper und ich warf einen schnellen Seitenblick auf Jackson, der sich gerade wieder mal durch sein bereits zerzaustes Haar fuhr.

»Bilde dir nichts drauf ein, Babe«, fügte er noch hinzu, aber die Schmetterlinge wollten einfach nicht aufhören zu fliegen. »Das ist einfach nur Hunger.«

»Idiot!«, zischte ich und wusste es in mir drin viel besser. Ich wusste, dass es ihm wichtig sein musste, sich mit mir zu treffen, denn ansonsten hätte er sich auch auf dem Heimweg einfach ein Sandwich besorgen können.

»Hier?«, fragte ich ihn, am erstbesten Lokal. Jackson schüttelte den Kopf. »Lass uns dort drüben über die Straße gehen, in Zoes Bistro gibt's das beste Mittagessen, das du jemals hattest.«

»So?« Fragend hob ich eine Braue und als wir über die Straße liefen, berührte er mich wieder mit seiner großen warmen Hand an meinem unteren Rücken. Ich sehnte mich beinahe danach, dass sie weiter nach unten glitt und mich fester, bestimmender, härter berührte. Aber er tat es nicht. Er tat nichts von dem, lächelte mich nur weiterhin einfach an, zog sich seine Sonnenbrille von der Nase und hielt mir die Tür auf, damit ich das kleine, aber wirklich süß aussehende Bistro betreten konnte.

»Eine junge Dame, die ich sehr gut kenne, geht hier gerne essen«, erklärte er mir, während wir warteten, einen Tisch zugewiesen zu bekommen. »Es ist also etwas Besonderes, dass ich es dir zeige.« Bei den Worten »junge Dame« erwachte sofort eine irrationale Eifersucht in mir. Ich wusste ja, dass er nicht einfach so so gut in Sex sein konnte, sondern dass er es sich antrainiert hatte. Geübt hatte. Mein Gott, sicher gab es in ganz New York Hunderte Frauen und junge Damen, die mit ihm ins Bett gehen würden. Im Umkehrschluss bedeutete das, dass ich mich glücklich schätzen sollte, weil er mit mir mehr als nur einmal ins Bett ging? Seine Absichten und seine Regeln waren deutlich. Wieso also hatte er mit mir verhandelt, dass wir mehr als nur eine gemeinsame Nacht hatten?

»Mr. Brewer!«, sprach ihn die Frau an, die hier mittags offensichtlich das Sagen hatte, und klimperte mit ihren verdammten künstlichen Wimpern. »Wie schön, dass Sie wieder einmal hier sind. Ohne Sophie?«

Ahhh, Sophie hieß die junge Dame also. Offenbar war ich doch nicht die Ausnahme der Ausnahmen, denn wenn die Frau den Namen seines damaligen Dates kannte, war das auch schon früher sicher kein einmaliges Thema gewesen.

Die beiden unterhielten sich kurz, aber ich wollte nicht zuhören. Ich war gerade verfangen in diesem Spinnennetz an Gedanken, die ich nicht wirklich zuordnen konnte. Ich wusste also, dass ich eifersüchtig war auf eine Frau namens Sophie, die genauso gut seine Schwester sein könnte.

Okay, nein, könnte sie nicht, denn das, was ich aus den Medien hatte, war, dass er einen seiner Geschäftspartner als eine Art Bruder bezeichnet hatte. Das war es, zumindest, was in einem der Magazine abgedruckt worden war und ich bei Google und in den sozialen Medien herausgefunden hatte.

»Bitte«, sagte er, schob mir ganz gentlemanlike den Stuhl zurecht und nickte mir auffordernd zu. »Setz dich.«

»Danke«, kam es murmelnd aus mir heraus und ich atmete tief durch. Ich musste mich zusammenreißen, denn scheiße, ich hatte keinerlei Anspruch auf ihn. Nichts. Ich sollte mich also einfach wie eine erwachsene

Frau verhalten und nicht wie dieses Kindergartenkind, das ich gerade raushängen ließ. »Es ist hübsch hier!«, versuchte ich mich auf neutralem Boden zu bewegen und er nickte.

»Ich mag es auch sehr. Es ist unglaublich lecker, nicht so überrannt wie andere Schuppen in Manhattan. Das Penrose ist seit vielen Jahren im Besitz derselben Familie und das merkt man einfach.«

Nickend sah ich mich um. Ich mochte das Holz zusammen mit der modernen Einrichtung. Es wirkte durch die Holzdecke nicht drückend, sondern gemütlich und die mit einem Ornament verzierte Tapete in Grau und Beige harmonierte dazu. Dazwischen hingen immer wieder Bilder von Leuten, die vor dem Penrose posierten und lachten. »Das sind dann die Familien?«

»Immer dieselbe, weitergegeben von Generation zu Generation.«

»Wow, das ist wirklich eine Seltenheit heutzutage.«

»Ja, das ist es. Das Gebäude sollte einmal verkauft werden, aber meine Firma und ich haben uns darum gekümmert, dass das nicht passiert. Deshalb kenne ich auch deinen Dad so gut.«

»Mein Vater kennt den Laden?«

Jackson nickte. »Klar, hier hatten wir unser erstes Meeting!« Er schien ehrlich amüsiert darüber zu sein, dass mir beinahe die Kinnlade herunterfiel. »Was? Was stört dich daran?«

»Stören? Nichts, aber ich wundere mich. Ich hätte dich nicht für den normalen Typen gehalten, sondern eher für einen reichen Kerl, der mittags Austern, Champagner und Kaviar in sich reinschaufelt.«

Er verengte die Augen, sah mich aufmerksam an. Die Kellnerin brachte die Karten, aber weder er noch ich griffen danach. Es stand etwas Unausgesprochenes zwischen uns. Etwas, das ich nicht erklären konnte, aber sich greifbar wie dicke schwarze Nebelschwarten ausbreitete. »Ich wollte dir nicht zu nahetreten«, sagte ich deshalb und meinte es ehrlich so. Ich wollte nicht unser spontanes, überraschendes Mittagessen davon trüben lassen. Ganz im Gegenteil, ich wollte, dass wir es genießen konnten.

»Du kennst mich nicht, Sarah, und das, was du in den Medien liest, ist das, was ich irgendjemanden sehen lasse.« Er sah mir eindringlich in die Augen. Als wollte er, dass ich hinter die Fassade blickte. Als wollte er mir stumm etwas sagen. »Das solltest du doch am besten wissen, oder?« Schwer schluckte ich, schaffte es kaum, dem durchdringenden Blick aus seinen Augen standzuhalten.

»Darf ich Ihnen schon etwas bringen?«, fragte uns eine Kellnerin, die ganz normal angezogen war.

»Wir haben noch gar nicht geguckt«, antwortete ich automatisch und Jackson nickte mir zu.

»Vertraust du mir?«

»Was?«

»Vertraust du mir, Sarah?«

Jetzt war es an mir, dass ich seinen Blick suchte und festhielt. Er offenbarte mir etwas, das mir zeigte, wie wichtig ihm meine Antwort war. Wie wichtig ihm war, was ich dazu zu sagen hatte.

Von mir selbst überrascht nickte ich. »Ich vertraue dir.«

»Bringen Sie uns die 16, 33, 7 und die 64 mit extra Knoblauch. Bitte.«

Ich faltete die Hände in meinem Schoß, bisher hatte ich nicht gewusst, dass es mich anmachte, wenn ein Mann Essen bestellte. Wenn er einfach eine Bestellung für uns beide aufgab. Seltsamerweise fühlte ich mich beschützt und behütet, nicht übergangen oder in meiner emanzipierten Art beschnitten. Nein, es fühlte sich verflucht noch mal richtig gut an. »Dazu hätten wir bitte gerne Wasser und eine Flasche *Palacios Valdeorras* aus Spanien. Ich danke Ihnen.«

Mir stand der Mund offen, während er die Karten schloss. »Woher willst du wissen, dass ich Weißwein mag?«

Er zuckte die Schultern, lehnte sich gönnerhaft zurück und kreuzte die Arme vor der Brust. Diese Position brachte seine Bizepse noch mehr zur Geltung und machte mich beinahe verrückt. »Ich wusste es nicht hundertprozentig. Aber ich weiß, dass du Wein mögen solltest, immerhin warst du mal im *›Finest Wine's all over the World‹*.«

»Du hast mich gegoogelt.«

»Hast du mich etwa nicht gegoogelt?«

»Touché!«, sagte ich leise und nickte. »Ich mag Weißwein und ich mag den Spanischen besonders gerne.«

»Er passt richtig gut zum Essen, du wirst es lieben.« Er lächelte matt, zog sein Handy aus der Tasche und sah darauf. »Ich muss da leider kurz rangehen«, entschuldigte er sich, blieb aber am Tisch sitzen, statt aufzustehen. »Hi Süße«, sagte er und ich hörte eine weibliche Stimme. »Das ist doch nicht schlimm«, sprach er weiter und insgeheim ärgerte ich mich, weil ich nicht hörte, wer genau am anderen Ende der Leitung war. Eifersucht bahnte sich langsam, aber bestimmend ihren Weg. Schwer schluckte ich. War es nicht ich gewesen, die ihrer Freundin nach dieser unglaublichen Sexnacht erzählt hatte, dass so ein Mann niemals von alleine solch ein Talent für Frauen hätte? »Ich finde das nicht schlimm. Entspann dich ein bisschen, geh in den Pool, Sophie.« Ah, Sophie also. »Ich hol dich dann später dort ab, Süße.«

Der Kellner kam mit der Flasche Wein, aber Jackson beendete sein Telefonat nicht. Ich fand es unhöflich, aber er bedankte sich dennoch beim Kellner, wenn auch etwas umständlich und mit abgedeckter Sprechmuschel. »Süße, ich hol dich dort nachher ab und dann verbringen wir den Abend zusammen, versprochen!« Meine Stirn legte sich in Falten, obwohl ich es nicht wollte. »Schatz, ich bin in einem Meeting, nur noch ein bisschen und ich bin da, okay?« So wie er sprach, fragte ich mich, ob nicht ein Kind am anderen Ende der Leitung wäre. Es klang seltsam.

Der Kellner machte auf unserem Tisch ein wenig Platz, nachdem er Wein eingeschenkt und wieder verräumt hatte. Jackson musste den Wein nicht probieren, anscheinend war er wirklich oft hier und wusste, um welche Qualität es sich handelte. Er beendete sein Telefonat und seufzte tief. Es war nur ein winzig kleiner Moment, aber irgendwas schien nicht zu passen und ihn zu belasten.

»Alles okay?«

»Alles bestens!«, beantwortete er mit einem gequälten Grinsen und hob sein Glas. »Lassen wir uns nicht das Mittagessen verderben!« *Von deiner Ehefrau!,* fügte ich in Gedanken noch hinzu, aber sprach es nicht laut aus. Meine, zugegeben nicht sehr ausführlichen Internetrecherchen hatten nichts über eine Ehefrau oder feste Beziehung ergeben. Es war allgemein sehr wenig über sein Privatleben in den Medien zu finden. Ich fand es irgendwie gut, dass er öffentlich war, aber privat ein Mysterium. Ganz anders als mein Ex Clyde, der jede Gelegenheit genutzt hatte, um sich in den Medien zu zeigen und zu präsentieren. Der Punkt war doch der: Wenn Jackson verheiratet wäre, dann würde es doch irgendwie durchgesickert sein, oder? Dann wüsste ich doch davon, oder? Aber was, wenn er ... wenn seine Frau krank zu Hause war oder .... wenn er sie vor der Öffentlichkeit versteckt hielt, weil er illegale Sachen trieb? Was, wenn er vielleicht ein Narzisst war und nicht nur beim Sex auf sanfte Gewalt stand? Was, wenn er ...

»Bist du verheiratet?«

»Wie bitte?« Jackson hatte mich in der letzten Minute nur beobachtet, als meine Gedanken das Rasen begonnen und nicht mehr gestoppt haben.

»Bist du verheiratet und versteckst deine Frau vor der Öffentlichkeit?«

Skeptisch legte er leicht den Kopf zur Seite und sah mich aus zusammengekniffenen Augen an. »Ist das dein Ernst?«

»Ich meine, du telefonierst mit einer Frau, nennst sie Süße und sagst ihr, dass du sie nachher abholst, um den Abend mit ihr zu verbringen, während du gerade mit mir eindeutig in keinem Meeting sitzt, sondern bei einem gemütlichen Mittagessen mit Weißwein. In einem Restaurant, das klein und süß, vollkommen unbekannt ist, indem du aber offensichtlich Stammgast bist, weil du hier immer mit einer Frau herkommst. Ich bin doch nicht blöd, ich kann doch zuhören, was andere Menschen sagen, und es zusammensetzen.« Ich beugte mich etwas weiter in seine Richtung und blickte ihm eindringlich in die Augen. »Also lass die Spielchen und sag die Wahrheit, denn das hier ist kein Geschäftsessen.«

»Nun«, begann er und dieses unwiderstehliche Lächeln, das ich auch schon auf dem Ball im Hotel gesehen hatte, zupfte an seinen vollen Lippen. »Also ehrlich gesagt, ist es ein Geschäftsmeeting und kein privates Mittagessen.«

»Was?«, entfuhr es mir wenig damenhaft. »Bitte?«

»Ja, ich kann nämlich auch zuhören, was jemand über einen anderen Menschen sagt und Google hat mir gesagt, dass du Innenarchitektin bist.«

»Was?« Ich stand vollkommen auf der Leitung. »Ich dachte, das hier ist ...«

»Ein privates Date? Und du dachtest, dass ich dich

danach ficken werde?« Er lehnte sich zurück, seine Stimme klang tief und dominant. Und wenn ich ehrlich war, war es genau das, was ich gedacht hatte, gehofft hatte. »Nein, werde ich nicht. Tut mir leid, wenn ich dich da enttäuschen muss.«

»Ich glaube ...«

»Ich denke, du hast hier einiges fehlinterpretiert, liebe Sarah.«

»Bist du immer so ein Arschloch oder nur bei Tageslicht?«, fragte ich ihn zuckersüß. Okay, ich wurde ziemlich zynisch und gemein, wenn mir jemand wehtat, oder wenn mich jemand bei etwas ertappte, dass ich zu verbergen versucht hatte – das war schon immer meine Reaktion darauf gewesen.

»Oh«, erwiderte er mit einem breiten Grinsen. »Ich denke, ich bin immer so ein Arschloch. Hat dir das Google nicht gesagt?«

»Du bist wirklich so ein Wichser, wie ich dachte.« Okay, jetzt waren wir beim untersten Niveau angekommen und ich wusste, dass es fies und gemein war, aber ... Fuck, ich konnte nicht anders. Ich fühlte, wie sich mein Herzschlag beschleunigte und mir die Röte ins Gesicht stieg.

»Können wir jetzt über deine Arbeit reden, oder hast du noch mehr Fragen? Wichtigere Fragen als die nach einer Ehefrau?«

Provokant sah er mir in die Augen. Verlangen schoss durch mich hindurch und das war vollkommen irrational. Dieser Mann demütigte mich gerade bis aufs Blut und ich wollte von ihm angefasst werden. Das war das typische Verhalten von Narzissten, richtig? Ich war mir fast sicher. So musste es sein. Es musste einfach so sein.

»Ein Narzisst bist du also auch noch!«, stellte ich fest und jetzt lachte er wirklich laut los. Genau in dem Moment kam der Kellner mit diversen Speisen, die er kunstvoll zwischen den Händen trug, zu uns und stellte alles nacheinander zwischen uns.

»Mac & Cheese, ein Caesars Salat mit extra Parmesan, das Knoblauchhühnchen mit extra Knoblauch wie immer, Chicken Wings, ein Milchshake Schoko & Banane, und der berühmte Fried Dough mit Puderzucker.«

Meine Augen weiteten sich, nachdem Jackson sich bei dem Kellner bedankt hatte und wir wieder alleine waren.

»Und dazu trinken wir spanischen Weißwein?«

»Ja, passt perfekt zum Knoblauchhühnchen.«

»Super. Dann stink ich auch noch.«

»Magst du mir vielleicht verraten, wieso du so zickig bist?«

»Weil du verheiratet bist und es mir nicht gesagt hast und ich mit dir im Bett war.«

»... und auf dem Tisch, dem Boden, der Dusche und den Badezimmermöbeln.«

»Haha«, kam es sarkastisch von mir.

Jackson seufzte schwer. »Würde es dich beruhigen, wenn ich dir sagen würde, dass ich nicht verheiratet bin?«

»Mir gefällt dieser kraftlose Konjunktiv ›würde‹ nicht.«

»Du willst doch, dass ich nicht verheiratet bin.«

»Also bist du's?«, fragte ich erneut nach, beinahe am Ausflippen, weil er mir keine zufriedenstellende Antwort gab. »Bist du verheiratet?«

»Nein, bin ich nicht«, kam es von ihm. »Können wir das jetzt lassen und das wunderbare Essen genießen?«

Nachdenklich sah ich ihn an. Er hatte verneint, dass er verheiratet war, aber das bedeutete nicht, dass er nicht vergeben sein konnte. Das Telefonat mit einer Frau hätte es ja jetzt bestätigt und scheiße, das klang nicht nach seiner Mom, Schwester oder Cousine. Abgesehen davon, dass er keine Schwester hatte.

»Also, Sarah White«, begann er, nahm sich von den Mac & Cheese und ich war beinahe neidisch auf seine Gabel, welche er mit den Lippen umschloss. *Scheiße, Sarah, reiß dich zusammen. Du bist neidisch auf eine verfluchte Gabel.* »Innenarchitektin, was?«

»Immobilienmakler, was?«

»Nicht nur«, setzte er entgegen. »Brewer & Wellington ist ein bisschen mehr als nur das.«

»Das darfst du mir gerne erklären«, sagte ich und musste gestehen, dass das das beste Knoblauchhühnchen war, welches ich jemals gegessen hatte. »Es ist wirklich unglaublich gut.«

»Glaub mir, die, mit der ich hier immer herkomme, ist sehr kritisch, was essen angeht.«

»Möchtest du wieder über potenzielle Ehefrauen diskutieren?«

»Zurück zur Arbeit«, sagte er mit einem Schmunzeln auf den Lippen. Offensichtlich genoss er es, dass mir das ein Dorn im Auge war. Ich konnte es noch nie leiden, wenn ich die Unwissende war. »Wir vermitteln natürlich auch Immobilien, Bestandsobjekte, die weiterverkauft werden müssen oder wollen, aber unser Hauptgeschäft machen wir mit alten Objekten, die abgerissen werden müssen oder sehr heruntergekommen sind. Wir steigern ihren Wert, indem wir sie dem Stadtviertel anpassen, Luxusimmobilien daraus machen, Altertümliches und Denkmalgeschütztes erhalten und sie anschließend weiterverkaufen.«

»Also macht ihr alle Stadtteile nur für die Reichen und für den Rest unerschwinglich, richtig?« Wieso war ich so auf Krawall aus? Was genau stimmte mit mir nicht?

»Falsch«, kam es postwendend von ihm. »Andrew, mein Partner und bester Freund, ist aus der Bronx.«

»Du arbeitest mit jemandem aus der Bronx zusammen?« Ich rümpfte meine Nase, auch wenn ich so eigentlich gar nicht war.

»Und du dachtest, ich sei ein Snob, nicht wahr?«

»Bist du auch. Oder willst du abstreiten, dass deine Kleidung mehr kostet, als die meisten Arbeiter dort im Jahr verdienen?«

Er lächelte mich an, sagte aber nichts dazu, lieber nahm er sich ebenfalls von dem Knoblauchhühnchen. Umständlich war ich gerade dabei, mit meiner Gabel und dem Messer das Fleisch abzubekommen. Zu Hause hätte ich es wie gute alte Chicken Wings einfach in die Hand genommen. Aber hier?

»Und ja, ich arbeite mit Andrew wahnsinnig gerne. Er weiß, was er tut, er ist unglaublich talentiert und für mich wie ein Bruder.«

»Jetzt macht es klick«, sagte ich, ohne großartig darüber nachzudenken. »Du bist schwul.«

Jackson sah mich einen Moment perplex an und lachte dann lauthals. Er lachte so laut, dass sich einige der Gäste des Restaurants zu uns umdrehten.

»Ich denke, du darfst mir guten Gewissens glauben, wenn ich dir sage, dass ich nicht schwul bin, liebe Sarah White.« Seine Stimme war wieder dunkel und rau. Er brachte mich mit dieser Stimme um den Verstand und irgendwie glaubte ich, dass er wusste, was er in mir auszulösen vermochte. »All das, was ich mit dir gemacht habe, wie ich auf dir gespielt habe wie auf einem Musikinstrument, das ich beherrsche ... das würde niemand können, der eigentlich auf Schwänze statt auf Muschis steht.«

»Hast du gerade Schwanz und Muschi gesagt?«

»Hast du das gerade wiederholt?«

»Lass uns wieder über deine Arbeit reden. Du arbeitest also mit Andrew, der wie ein Bruder für dich ist, zusammen.«

»Ja, wir haben nach der Uni unser eigenes Unternehmen gegründet.«

»Nicht, dass es mich etwas angehen würde, aber wie kann sich jemand aus der Bronx eine Universität leisten?«

»Andrew ist und war wahnsinnig fleißig und hatte den richtigen Lehrer. Er kam zu uns, nachdem er die Highschool abgeschlossen hatte.«

»Er ist bei dir und deiner Familie aufgewachsen?«
Jackson nickte.

»Ja, das kann man so sagen, wenn es in diesem Alter noch als Aufwachsen gilt.«

»Hätte ich nicht gedacht.«

»Glaube nicht alles, was die Medien über einen schreiben, Sarah, ich tu es auch nicht.«

»Ich weiß, worauf du anspielst«, sagte ich vermeintlich selbstbewusst, auch wenn ich mich dabei eigentlich unwohl fühlte. »Aber Clyde hat mich verarscht. Von vorne bis hinten und ich möchte nicht über ihn sprechen.«

»Akzeptiert.«

»Du gibst das Thema einfach so auf?«

»Clyde, oder wie der grenzenlose Idiot heißt, der dich aufgegeben hat, geht mir am Arsch vorbei.«

»Du solltest etwas auf deine Sprache achten, oder? Ich meine, für einen Jungen aus gutem Hause.«

»Hat dich nicht gestört, als ich bis zum Anschlag in deiner Pussy war.«

Ich verschluckte mich an dem Wasser, von dem ich gerade trank. Mein Kopf lief rot an und ich war mir sicher, er könnte meinen Puls schlagen sehen. »Ich bringe dich in Verlegenheit. Versteck das nicht, das ist verdammt scharf.«

»Wie … das Hühnchen«, stammelte ich unbeholfen und fragte mich, ob ich vielleicht in einem Wachkoma war und das alles irgendwie träumte. Musste ja so sein.

»Ich mach es kurz, Sarah, wir sind auf der Suche

nach einer Innenarchitektin, die mit uns bei einigen größeren, anstehenden Projekten arbeiten möchte.«

»Ihr habt niemanden?«, fragte ich ihn skeptisch und er schüttelte den Kopf.

Bot mir Jackson Brewer gerade einen Job an? Die Chance meines Lebens? Oder war es wie mit den meisten Dingen, die von einem Mann kamen: heiße Luft und nichts dahinter.

Sechs

Jackson

Bisher hatte mein Schwanz seinen eigenen Kopf noch nie durchsetzen können, wenn es nicht um etwas Privates ging. Aber jetzt ...

Ich bot ihr einen Job an? War ich von allen guten Geistern verlassen? Nicht nur das, wie bescheuert war ich denn eigentlich, denn solch wichtige Entscheidungen trafen Andrew und ich gemeinsam. Nicht jeder für sich und ohne den anderen überhaupt zu informieren.

Ganz abgesehen von einer der wichtigsten Regeln in meinem Leben: Dass ich mit niemandem fickte, der meinen Berufsweg kreuzte.

Ich war vollkommen bescheuert, dass ich das gesagt hatte. All das hier. Dass ich mit ihr hier war, in dem Lieblingsrestaurant meiner Tochter! Offenbar schmeckte es Sarah hier. Was, wenn sie wieder her käme? Wenn sie wiederkäme und mich und Sophie sah? Es war mir egal, wenn jemand wusste, dass ich die wundervollste, wunderschönste Tochter auf der Welt hatte, aber was ich nicht mochte, war, wenn eine meiner Affären oder One-Night-Stands sich plötzlich in unserem Leben breitmachen wollte und sich diese zwei Welten vermischten. Ich war nun mal tagsüber Daddy, ich hatte eine Tochter, um die ich mich kümmern musste, und ich war eben nicht nur für mich verantwortlich. Aber ich war auch ein Mann. Einer, der gerne vögelte, ohne dabei zu viel Gefühl zu investieren. Das Schöne an meinem Leben war unter anderem, dass sich diese zwei Welten nie begegneten.

Und genau darum fragte ich mich, ob ich gottverdammt verrückt geworden war, dass ich Sarah mit in diesen Laden gebracht hatte. Es gab Hunderte die Straße entlang, aber nein, ich Depp, der, der an nichts anderes mehr denken konnte, als an diese verdammte Pussy, nahm sie mit hierher.

»Du musst die Frage nicht beantworten«, sagte Sarah schließlich mit einem leichten Lächeln, welches ihre Augen nicht erreichte. Sie wirkte verschreckt, sauer und so, als würde sie sich mühsam kontrollieren müssen. Dass es in diese Richtung laufen würde, merkte ich schon alleine daran, weil sie offenbar eifersüchtig darauf war, nicht genau zu wissen, mit wem ich telefoniert hatte. Aber ich hielt Sophie von den Frauen, die ich bumste, fern. Deshalb auch die Penthousesuite. Zwei getrennte Leben für zwei getrennte Männer.

»Schon gut. Doch, wir haben jemanden, aber ich bin nicht zufrieden.«

»Du bist nicht … zufrieden?«, fragte sie aufgrund meiner anhaltenden Doppelzüngigkeit nach.

»Nein, bin ich nicht.«

»Was tut sie denn?« Schön, dass sie davon ausgeht, dass es sich um eine Frau handelte.

»Mich nicht auf dem Laufenden halten, was die Materialien angeht. Mehr sage ich dazu nicht, denn das sind Firmeninterna, die in der freien Welt nichts zu suchen haben.«

»Verstehe«, sagte sie und legte ihr Besteck zur Seite. Sie nahm einen Schluck von dem Weißwein und ich sah ihr an, wie sehr sie es genoss, ihn zu trinken. Es stand ihr breit über das Gesicht geschrieben. »Es ist nur so, dass ich kein Interesse habe.«

Lehnte Sarah gerade meine Offerte ab, dass sie für uns arbeiten könnte? Ich wusste aus dem Internet, dass ihr Ex-Verlobter ihr anscheinend sehr viel versprochen haben musste, denn nach ihrem Abschluss hatte sie nicht wirklich gearbeitet. Sarah machte auf mich nicht den Eindruck einer Frau, die gerne zu Hause saß, sich mit Kleidung und Schminke beschäftigte und darauf wartete, dass ihr Mann nach Hause kam. Also ging ich davon aus, dass er ihr irgendwelche beruflichen Chancen nach einer Eheschließung versprochen haben musste. Ich dachte, dass sie jetzt mehr oder weniger ohne alles da stand und dankbar wäre.

Was war ich nur für ein Idiot, wenn es um sie ging? »Darf ich fragen, wieso?«

Nun lachte sie und es erreichte ihre Augen, die Farbe sprühte beinahe vor lauter Freude. »Das kannst du dir gar nicht ausmalen, nicht wahr? Wie eine Frau ein Angebot von jemandem wie dir ablehnen kann, richtig?«

»Ehrlich gesagt, nein.« Ich spielte mit offenen Karten. »Ich dachte, du würdest es wollen.«

»Nein, du dachtest nicht, dass ich es wollen würde, du dachtest, dass ich es brauche. Das sind zwei verschiedene Dinge.« Erneut nahm sie einen Schluck Wein, beobachtete mich ganz genau und ich gab mir keine Mühe, eine Antwort zu geben. »Ich habe im Jahr vielleicht nur einen großen Auftrag, der wirklich Geld einbringt, aber das ist nicht der Grund, warum ich das tue.«

»Du arbeitest also nicht des Geldes wegen?«

»Doch, natürlich, ich muss ja von irgendwas leben. Aber ich möchte nicht nur Geld abschöpfen. Ich mache das eigentlich, weil ich Menschen helfen möchte, die es nicht so gut haben wie ich. Die vielleicht in einer schimmeligen Wohnung leben müssen, weil sie sich nichts Neues in New York suchen können, da das Geld knapp ist. Ich möchte Menschen helfen, sie glücklich machen, ihnen eine Art neues Leben schenken. Und wenn ich für dich arbeite, dann geht das nicht.«

»Ich verstehe«, murmelte ich, schwer beeindruckt davon, was sie mir gerade sagte und vermittelte. Jede andere Frau, mit der ich ausging und die wusste, dass ich sie gerne noch mal ficken wollen würde, würde versuchen, in meiner Nähe zu sein, bleiben zu dürfen und sich darum bemühen, die Stelle zu kriegen. Aber nicht so Sarah. »Also reicht dir im Jahr ein großer Auftrag, der Geld abwirft, und dann kannst du den Rest des Jahres deiner Leidenschaft nachgehen?«

»So ziemlich, das hast du richtig verstanden.«

»Gut, Sarah White, dann lautet meine nächste Frage, wie ich dich erreichen kann.«

»Aber ich sagte doch eben, dass ich nicht mit dir arbeiten will.«

»Nicht für die Arbeit, ich schlafe mit niemandem, mit dem ich arbeite. Ich meinte gerade eher dafür, dass ich dir sage, wo wir uns das nächste Mal treffen.«

»Noch mehr essen? Noch mehr Lunch Dates, die keine Dates sind?« Provozierend leckte sie sich über die Lippe.

»Nein, Sarah, das nächste Mal, wenn du von mir hörst, dann wirst du dich darauf freuen, ein paar Stunden später unter mir zu liegen.« Ich nippte langsam an meinem Weinglas, beobachtete sie genau dabei, wie sich ihr Blick auf meine Lippen heftete und wie sie sie ansah, als ich darauf biss. »Oder vor mir kniest. Oder über mir bist.« Scheinbar lässig zuckte ich die Schultern, ihre Atmung beschleunigte sich und ich liebte es, dass es einen wahnsinnigen Effekt auf sie hatte, wenn ich nur mit meiner Stimme spielte, und sie nicht einmal anfasste. »Ich meine damit, dass ich dich ficken will. So oder so, Sarah. Drei Abende. Das ist die Vereinbarung.«

»Und die Vereinbarung wäre hinfällig, wenn ich den Job angenommen hätte?«

Ohne zu zögern, nickte ich, auch wenn ich mir selbst nicht so sicher wäre, dass die Vereinbarung wirklich beendet sein würde. Ja, es war eine meiner Regeln, aber ich zweifelte an mir, ob ich sie bei Sarah hätte aufrechterhalten können. »Ich finde es beeindruckend.«

»Was genau?«, erkundigte sie sich, während der Kellner wiederkam, um ihr nachzuschenken. »Dass ich abgelehnt habe oder wie ich arbeite?«

»Beides irgendwie.« Ich nahm mir noch etwas Salat und beobachtete sie. Sarah war eine der Frauen, die wirklich versuchte, mich nicht zu beeindrucken. Sie sah ganz danach aus, als würde sie sogar versuchen, zu vermeiden mich zu beeindrucken. Es gelang ihr nicht. Aber sie lehnte einen Job ab, der ihr mehrere Hunderttausende Dollar im Jahr einbringen würde. Um ... gerade so mit ihrer Firma über die Runden zu kommen. Ich wusste aus dem Internet, und das war ein Fluch der wohlhabenderen Menschen in unserem Land, dass sie einen Treuhandfond von ihrem Großvater besaß, der niemand anderes als der berühmte Dr. Kilian White war, der maßgeblich daran beteiligt gewesen war, ein Medikament gegen Parkinson zu entwickeln.

»Ich möchte nie wieder von einem Mann abhängig sein«, sagte sie überraschend, sehr leise. Ich glaubte, dass ich sie kaum verstand, fragte aber vorsichtig nach.

»Wie meinst du das?«

»Nun«, begann Sarah und holte tief Luft, »ich habe mich durch meine langjährige Beziehung mit Clyde dazu hinreißen lassen, mich auf ihn zu verlassen.«

»Ist es etwas Verkehrtes, sich auf seinen Partner zu verlassen?« *Definitiv, ja.* Für mich würde ich diese Frage so beantworten, aber andere Menschen sahen das sicherlich anders. Ich hatte nicht so viel Erfahrung damit und legte keinen Wert darauf, weitere damit zu machen.

»In meinem Fall ja. Wir waren seit der High School zusammen, wir haben das College und dass wir auf verschiedenen Unis waren überstanden. Ich dachte wirklich, dass er mich liebt und dass er der Mann meiner Zukunft wäre. Heiraten, Kinder, Familie, all so Kram eben.« Oh, dass sie Kinder wollte, fand ich gut. *Was? Wieso bitte fand ich das plötzlich gut? War ich verrückt geworden?* Kaum merklich schüttelte ich den Kopf, um diese Gedanken zu vertreiben. »Ich habe mich darauf verlassen, weil er drei Jahre vor mir die Uni abschloss, dass ich ihm glauben konnte, dass ich einen Job hätte. Dass ich mich darauf verlassen konnte, Fuß zu fassen und das nicht, weil ich die Tochter des Bürgermeisters war. Nein, ich wollte arbeiten, wollte etwas bewirken, wollte aus weniger schönen Dingen absolute Träume kreieren. Ich hatte eine Vision, ich hatte Ideen, Kreativität und ich habe gesprüht.« Sie schien nun wie in einer Art Trance zu sein. Sie war begeistert, aber sie war gerade ganz weit weg, in einer anderen Zeit. »Ich habe richtig geleuchtet, gebrannt, ich hatte all das, was man als Innenarchitektin haben musste, was am Markt gefehlt hat und was verzweifelt herbeigesehnt wurde. Ich hatte es, ich war hoch motiviert, schloss das Studium mit Auszeichnung ab und war bereit, endlich durchzustarten und meinen Platz in der arbeitenden Gesellschaft zu finden. Herrgott, ich war so was von verdammt noch mal bereit für all das.« Gegen Ende ihrer Ausführung wurde ihre Stimme leiser.

»Und dann?«

»Dann eröffnete mir Clyde, dass die Mitinhaber der Firma noch keinen Platz für mich hätten und ich erst mal woanders unterkommen sollte.«

»Das ist hart und unfair.« Das meinte ich so, wie ich es sagte. Abgesehen davon, dass Clyde Flynn der größte Hurensohn auf diesem Planeten war.

»Ich habe mich gefangen, etwas Neues gesucht und Clyde hat mir versichert, dass es nach unserer Hochzeit losgehen würde. Wir waren seit der High School verlobt. Er eröffnete seine Firma, ich kündigte meinen Job, weil ich direkt nach den Flitterwochen dort anfangen wollte …«

»Nur, dass es dazu nicht kam.«

Sarah nickte, sah mir dabei in die Augen, auch wenn ihre Finger mit der Gabel spielten. »Der Rest ist Geschichte und in den Medien ausgeschlachtet worden.«

»Ich höre lieber die Wahrheit als das, was irgendwelche Zeitschriften über einen schreiben.«

»Erfahrungswerte?«

»Nicht nur einen.«

»Das tut mir leid. Bisher war immer ich diejenige, die im Hintergrund war. Klar, stand ich mal in der Zeitung, wurde erwähnt, schon alleine wegen meinem Vater, aber Clyde hat mich in die Öffentlichkeit gedrängt, da wollte ich nicht hin. Ich glaube im Nachhinein, er hat das getan, weil er gerne in der Öffentlichkeit gestanden hätte.«

»Das denke ich auch.«

»Hat ja funktioniert.«

»Allerdings nicht auf die positive Art und Weise, wie ich gelesen habe.«

Sarah zuckte die Schultern, seufzte tief. »Ich glaube, das ist ihm egal, Hauptsache Aufmerksamkeit, egal zu welchem Preis.«

Ich sah sie nachdenklich an, ihre schlanke Gestalt, erkannte Schatten unter ihren Augen und dass sie sich mir gerade in einer Art und Weise geöffnet hatte, wie es noch nie ein Mensch getan hatte. Ich wusste, dass sie mir die Geschichte nicht erzählte, weil sie mich beeindrucken oder Mitleid wollte. Ich glaubte, sie hatte es mir erzählt, weil sie es mir erzählen wollte.

Das war ein wesentlicher Unterschied und definitiv etwas Neues. Normalerweise platzierten Frauen Bemerkungen so wohlüberlegt, wie es nur geht, damit ich mich möglichst in sie verliebte. Aber das hier war anders.

Es war echt. Und diese Erkenntnis traf mich völlig unvorbereitet.

Sieben

Sarah

Ich musste definitiv den Verstand verloren haben. Aber so was von.

Wieso erzählte ich ihm das? Scheiße, meine Gedanken kreisten nur noch darum, dass ich einem fremden Menschen, einem Mann, der das jederzeit gegen mich verwenden konnte, die Geschichte mit Clyde erzählte. Okay, ich beschränkte mich auf die berufliche Seite, denn alles andere brachte ich nicht über die Lippen. Und auch wenn Jackson mir sagte, dass er bei Google alles gesehen hatte, wusste ich dennoch nicht, ob er es auch gelesen hatte. Es war böse. Aber okay, das war der Preis für manche Fehler im Leben. Ich war gestärkt und wieder als ich selbst daraus hervorgegangen. Das zeigte mir auch, dass ich mich nie wieder auf jemanden verlassen würde, was meinen Lebensunterhalt anging. Nie wieder. Und jetzt, mit meinem Plan, dass ich erst im Frühjahr nächsten Jahres wieder ein großes Projekt annahm, und den damit verbundenen Kalkulationen, sollte ich eine ganze Weile richtig gut leben und meiner Leidenschaft nachgehen können. Außerdem besaß ich den Fonds meines Großvaters, auch wenn ich bisher davon keinen einzigen Cent angerührt hatte.

Nachdenklich nippte ich an meinem Wasserglas, denn Wein hatte ich heute Mittag definitiv genug gehabt. Es war so ... seltsam, Jackson war seltsam. Es schien ihn wirklich überrascht zu haben, dass ich sein Jobangebot nicht wollte. Aber erstens fand ich Almosen schon immer scheiße und beleidigend und zweitens wollte ich mein eigenes Ding machen.

Nachdem ich das Gespräch immer wieder durchgegangen war, und jetzt alleine in meiner großen Wohnung bei einer Folge Two and a half Men saß, fragte ich mich, ob ich wirklich die Möglichkeit auf weitere Treffen mit ihm ausgeschlagen hatte. Wieso hatte ich das getan? Wieso?

Meine Gedanken wanderten zu der Nacht mit Jackson zurück. Es war sowas von unglaublich fantastisch gewesen, dass ich fast alles dafür getan hätte, genau das wiederzubekommen.

Es war heute sehr deutlich geworden, dass wir unser Lunch Date, das sich nach anfänglichem Geplänkel in ein gutes und ernstes Gespräch entwickelt hatte, beide genossen hatten.

Es war nicht nur so, dass Jackson ein großartiger Liebhaber war, nein, er schaffte es auch, ein Gespräch zu führen ohne zu viel von sich preiszugeben. Das war eine Gabe, die ich ebenso beherrschte. Als wir beide das festgestellt hatten, hatten wir uns angegrinst und das zwischen uns auf ein neues Level gehoben.

Es war seltsam, denn ich dachte, wir würden körperlich und auch im Kopf gut miteinander harmonieren. Aber nachdem wir beide anscheinend etwas zu verbergen hatten, fühlte es sich besser an, nicht mehr auf der Hut zu sein.

Ja, das stand im vollkommenen Widerspruch zueinander, aber das war es, was ich empfand.

Jackson hatte mich nach meiner Handynummer gefragt, die ich ihm gegeben hatte. Das war auch der Grund, wieso ich mich jetzt in einen verdammten Teenager verwandelt hatte und immer wieder auf mein Handy blickte, um herauszufinden, ob er schon geschrieben hatte. Natürlich war es auch auf laut und würde definitiv klingeln. Jackson hatte spontan entschieden, nicht mehr ins Büro zu gehen, sodass wir nach dem Essen einen Spaziergang am Hudson machten. Jackson hatte mir von der Uni erzählt, von seinem Bruder und von einem der neuen Projekte, bei dem er unsicher war, wie er es angehen sollte. Seltsamerweise hatte ich mich nicht in meinem Fachwissen ausgenutzt gefühlt, wie es bei Clyde immer der Fall gewesen war. Ich hatte mich gut gefühlt und hatte es gemocht, mit ihm darüber zu diskutieren, was der Vorteil von bodentiefen und deckenhohen Fenstern war, wie sich Fronten auf die Statik auswirkten – okay, davon hatte er kaum Ahnung, wie er zugegeben hatte – und wie sich kleinere Familienunternehmen, die in der Marmorindustrie arbeiteten, mehr Mühe geben und Engagement zeigen würden im Vergleich zu einem großen Hersteller. Er hatte mir den Namen seines jetzigen Lieferanten genannt und ich hatte ihn wissen lassen, dass ich gehört hatte, dass er gut war, aber nicht wirklich die exzellente Qualität lieferte, für die er warb. Wir unterhielten uns über den Vor- und Nachteil von Immobilien und er gewährte mir einen Einblick, dass mehr dahintersteckte, als Menschen zu Luxus zu überreden und Häuser unerschwinglich zu machen. Er sagte mir, dass er und sein Firmenteilhaber aufgrund der Fülle und Größe die Häuser teilweise dennoch erschwinglich verkauften, damit sich auch der weniger betuchte Mitbürger ein Eigenheim leisten konnte. Allerdings machte er keinen Hehl daraus, dass seine Hauptkunden aus der High Society kamen und reiche Töchterchen, denen Daddy eine Penthousewohnung in der Upper East mit Blick auf den Central Park kaufte, seine Haupteinnahmequelle waren. Auf meine Nachfrage, ob es wirklich so unglaublich lief, hatte er die Schultern gezuckt und geantwortet, dass bei Google eines der ersten Suchergebnisse eine Tabelle sein müsste, in der sein Name aufgelistet war.

Ich hatte mir das zu Hause angesehen. Und er hatte recht. Es war mir nicht bewusst gewesen, dass sich sein Vermögen auf knappe 25 Milliarden Dollar belief und er nicht nur reich, sondern unanständig reich war. Ich wunderte mich darüber, dass man in der Presse so wenig zu seiner Person fand, freute mich aber, dass er für sich eine Anonymität leben konnte, die er offenbar brauchte und liebte.

Jackson war ganz anders, als ich es jemals hätte vermuten können.

Sein Handy hatte bei dem Spaziergang nochmals geklingelt und wieder hatte er der Person am anderen Ende gesagt, dass er bald da wäre.

Diesmal hatte es einen ernsteren Eindruck erweckt, denn bald darauf hatte er sich verabschiedet und meine Hoffnung, dass er mich am Wasser entlang zum Skyline Palace Hotel führte und wir den Abend in dieser verdammten Luxussuite ausklingen lassen würden, hatte sich zerschlagen.

Jackson hatte mir einen Kuss auf die Wange gegeben, mich angegrinst und ich hatte bemerkt, dass er gezögert hatte und irgendetwas hatte sagen wollen, was er aber nicht tat. Ich hatte unbewusst die Lippen gespitzt und auf einen Kuss gehofft, aber es war nichts gekommen. Nichts außer einem leisen Lachen und den geflüsterten Worten, dass er sich bald bei mir melden würde und ich dann wohl besser bereit wäre. Und schon war er verschwunden gewesen und ich hatte alleine an der Promenade gestanden, verdattert und verwirrt.

Und ehrlich gesagt auch ziemlich aufgegeilt.

Selbst wenn Jackson mich nicht berührte, turnte er mich so unglaublich an, dass ich dieses ständige Kribbeln zwischen meinen Beinen übermächtig fühlte. Seine Wirkung auf mich und auf die Frauen, die uns während unseres Spaziergangs begegnet waren, war unglaublich.

Er hatte mir etwas über die Landung des Flugzeuges damals auf dem Hudson erzählt, weil er zufällig in der Nähe gewesen war und das hatte mitansehen können. Er hatte mit einer Ehrfurcht von diesem Erlebnis gesprochen, dass ich eine Gänsehaut bekommen hatte.

Nachdenklich nippte ich wieder an dem Wasser und sah Charlie gerade dabei zu, wie er eine Frau auf seine ganz eigene höfliche Art und Weise dazu aufforderte, zu gehen. *Könnte auch Jackson sein,* schoss es mir in den Kopf und ich war froh, dass wir wirklich die ganze Nacht gevögelt hatten und diese peinliche, ›schlaf ich jetzt ein oder geh ich heim‹ Sache somit abgehakt gewesen war.

Mein Blick wanderte zu meinem Handy, ich konnte wirklich an nichts anderes mehr denken, das war unglaublich. Nicht einmal nachdem ich Clyde kennengelernt hatte und unsere Liebe ein zartes Blümchen gewesen war, war es mir so ergangen. Nicht einmal als ich bemerkt hatte, dass ich mich wirklich in ihn verliebt hatte. Es war seltsam. Das alles zwischen Jackson und mir war seltsam. Dennoch hatte ich fest den Plan, es zu genießen, egal was kommen sollte.

Drei Dates. Drei Nächte. Ich wusste, dass das seine Bedingung gewesen war, ich wusste nur nicht, ob er die an all seine Affären und Bettgeschichten stellte, oder ob ich die Ausnahme war. Ich hoffte es, wünschte es mir, aber wissen konnte ich es nicht.

Jackson gewährte ich heute Abend wahnsinnig viel Raum in meinen Gedanken und ich nahm mir vor, dass ich ab morgen wieder eine normale Frau war und nicht so eine liebestolle Teenagerin, die sich nach einem Mann verzehrte und auf seinen Anruf wartete.

Ach Charlie, dachte ich für mich, *ich wünschte, ich wäre ein bisschen mehr so abgebrüht wie du.*

Nachdenklich sank ich tiefer zwischen die Polsterkissen und sah mir die Uraltfolge der Sitcom an. Ja, definitiv.

Definitiv hätte ich gerne ein bisschen mehr Charlie Sheen in mir.

~

AM NÄCHSTEN MORGEN war ich immer noch in meinem Jackson-Brewer-Universum und beschloss, mich mit Shoppen abzulenken. In den Malls von New York war immer viel los, aber an einem Vormittag unter der Woche würde es schon gehen, hoffte ich es zumindest.

Ich nahm mir beim Betreten des riesigen Einkaufszentrums vor, dass ich mich heute nur um mich selbst kümmern würde. Wie könnte ich das besser, als wenn ich Schuhe und Unterwäsche kaufte?

Ich betrat also *Victoria Secret's* zu meiner Linken und bereute es sofort wieder, da mich dieses künstlich versprühte Parfum hier immer nervte. Wieso machte man das? Wieso? Es war doch schön, normale Gerüche in sich aufzunehmen und nicht … nicht irgendwelche Parfums, die hier in regelmäßigen Abständen versprüht wurden.

»Kann ich Ihnen helfen?«, fragte mich eine blonde Frau, auf deren Namensschild Ana stand. »Sie sehen etwas verloren aus.«

Danke fürs Gespräch, jetzt kannst du mir sicher nicht mehr helfen. »Ich sehe mich nur um«, erwiderte ich und blickte demonstrativ durch den Laden. Es war noch eine weitere Frau im Geschäft, die gerade in einer Kabine verschwand, und ein Mann, der mit dem Rücken zu mir stand. Es kribbelte in meinem Nacken und ich versuchte, mich zu entspannen. Ich würde nie verstehen, wieso ein Mann in ein Damenunterwäschengeschäft ging, ohne eine Frau dabei zu haben. Das fühlte sich für mich befremdlich an und störte mich. Ich versuchte, den Kerl auszublenden. Sicher war er kein perverser Irrer, der an Höschen roch oder noch schlimmer, getragene Höschen bei eBay ersteigerte. Sondern einfach nur ein Mann, der für seine Frau, Freundin oder Tochter Unterwäsche kaufte. Okay, wenn es für die Tochter wäre, dann würde ich es auch wieder irgendwie merkwürdig finden, wenn er ihr verdammt teure Spitzenwäsche dieses Labels schenkte.

»Heilige Scheiße, reiß dich zusammen, Sarah«, flüsterte ich mir zu und drehte mich weg, um zu den Ständern, die die Aufschrift *New in* trugen, zu gehen. Ich fragte mich, nach welcher Farbe mir heute war und Überraschung, es war rot. Warum war es rot? Weil ich rot immer dann trug, wenn ich mich selbst unglaublich fühlte. Grinsend griff ich nach einem der Sets, betrachtete es von allen Seiten und stellte fest, dass es im Schritt offen war. Aber ... wieso? Das hier war ein Unterwäsche-, kein Pornoladen, oder? Mhm. Ich hob den Blick, sah nach oben und stellte fest, dass der Kerl immer noch bei den rosa Schleifchen Sets war, die Frau vor der Kabine mit der Verkäuferin sprach und ich nicht weiter beachtet wurde. Dadurch, dass ich nicht beachtet wurde, fühlte ich mich ein Stück weit sicher.

Ich suchte mir die Größe heraus, einmal von dem Balconette BH, der mit Sicherheit ein wahnsinnig schönes Dekolleté machen würde, und den normalen String Tanga. Alles war in knalligem Rot, komplett aus Spitze, von der ich mich fragte, ob sie mich nicht an den Nippeln kratzen würde, und verriet einiges, aber meiner Einschätzung nach nicht wirklich alles. Genau perfekt also, um einen Mann wahnsinnig zu machen. Den Tanga gab es offenbar in meiner Größe nicht mehr. Also griff ich mit roten Wangen zu dem Teil, das im Schritt offen war – den Namen Slip hatte es nicht verdient. Heilige Scheiße, das war wirklich Unterwäsche, die man nur ganz kurz anhaben würde, denn damit würde ich wirklich niemals aus dem Haus gehen.

Zur Sicherheit, und weil ich den BH wirklich schön fand, nahm ich noch Hotpants mit, komplett aus Spitze und demselben gewebten Stoff wie der Balconette BH.

Meine Tasche neu schulternd machte ich mich auf den Weg zur Garderobe. Ich ging allerdings auf die andere Seite des Ladens, denn dort, wo die Frau und die Verkäuferin immer noch in ein Gespräch vertieft waren, stand auch der Mann, der weiterhin damit beschäftigt zu sein schien, irgendwelche Sets aus den Ständern zu ziehen.

Ich wollte meine Ruhe haben, ich wollte diese Unterwäsche für mich alleine anziehen und ausprobieren. Ich wollte ... okay, wenn ich ehrlich war, dann brauchte ich für mich alleine keinen Slip, der im Schritt offen war, aber irgendwas in mir hoffte, dass ich wirklich ein Wiedersehen mit Jackson haben würde. Er würde vermutlich ausflippen. Wieso wollte ich ihn so dringend beeindrucken? Weil er mich beeindruckte. Definitiv. Nicht auf die ›ich bin in dich verliebt und will dich um den Finger wickeln‹ Art. Nein, das definitiv nicht, aber auf die ›ich will, dass du verdammt gerne mit mir ins Bett gehst und mich immer wieder anrufst‹ Art. Natürlich nur, um meinen Orgasmushunger und meinen Hunger auf diesen Mann zu befriedigen.

Das Schöne bei *Victoria's Secret* war die Diskretion. Ja, es gab auch Kabinen, die direkt mit dem Show Room verbunden waren, aber es gab auch eine Art kleinen abgetrennten Raum, in dem es ein paar im Kreis angeordnete Umkleiden gab. Sie waren großzügig und man konnte sich die Beleuchtung selbst auswählen. Von ganz fiesem ›man sieht jede mini Unebenheit an deinem Körper‹ bis ›Gedimmtes Schlafzimmerlicht‹ war alles vorhanden.

Ich schlüpfte in die hinterste Kabine in einem Eck, fragte mich, wieso man die Schwingtüren nicht abschließen konnte, und prüfte, ob man nicht doch irgendwo hindurch sah. Da war aber nichts. Na gut, dann eben so.

Ich streifte mir das weiße einfache Shirt über den Kopf, öffnete die taillenhohe hellblaue Jeans und schlüpfte aus meinen weißen Schuhen. Das Wetter war heute richtig warm, da hatte ich nicht widerstehen und endlich einmal wieder die Hose etwas hochkrempeln und ohne Jacke aus dem Haus gehen können. Es war Ende Mai und es ging stramm auf den Sommer zu. Ich liebte das.

Ich zog meinen weißen Spitzen BH und das passende

Höschen dazu aus. Ich trug jeden Tag schöne Unterwäsche, denn ich tat das für mich. Wirklich nur für mich, nicht weil ich damit rechnete, dass ich irgendjemanden abschleppte. Jackson mochte ich vielleicht auf den ersten Blick einen falschen Eindruck vermittelt haben, aber ich sprang nicht einfach so mit jemandem ins Bett. Er war da wirklich eine große Ausnahme gewesen. Aber diese Wäsche war einfach nur für mich. Ich fühlte mich dadurch sexy, großartig und unglaublich gut. Und am besten gefiel mir daran, dass es niemand wusste. Dass niemand wusste, was ich darunter trug. Ich fragte mich gerade, ob ich das Höschen wirklich probieren sollte, als ich sah, dass dort ein Schild hing, mit einem Hinweis, dass das nicht gestattet war. Na toll. Nackt wie ich war, hob ich den Slip hoch, sah mir noch mal genau seine Form und die Öffnung an. Es war ja schon irgendwie heiß, oder? Auch wenn ich ihn nicht anziehen durfte, dann hob ich ihn zumindest gegen meinen Unterleib, als ich zu Tode erschreckt wurde.

Eine der Schwingtüren öffnete sich einen Spalt und es kam ein Mann herein. Der Mann, der zuvor bei der rosa Wäsche mit den Punkten gestanden hatte.

Mein Herz blieb kurz stehen. Meine Atmung stockte. Nur um anschließend rasend schnell weiterzuschlagen.

Acht

Jackson

Ihre Augen waren geweitet, ich sah den schnellen Puls an ihrem Hals. Er pochte verführerisch unter ihrer Haut und ich streckte die Hand aus, legte einen Finger darauf.

»Nervös?«, fragte ich leise, kam noch einen Schritt näher und berührte mit meiner Brust, meiner Hüfte und meinen Armen, ihren Rücken und den herrlichen Arsch. Der Abdruck meiner Hand, den ich vergangene Woche darauf hinterlassen hatte, war nicht mehr zu sehen und wieder durchfuhr mich diese abartige Besitzgier, die ich im Zusammenhang mit ihr immer fühlte.

»Überrascht«, antwortete sie schließlich und biss sich auf die Lippe.

»Ich konnte nicht anders.«

»Ich dachte, du bist ein Perverser, der Unterwäsche für seine Tochter aussucht.« Sie biss sich auf die volle, natürlich aussehende Lippe. Sie trug kaum Make-up, und hatte die Betonung auf ihre großen, unschuldigen Rehaugen gelegt. Es machte mich wahnsinnig.

»Nein, keine Unterwäsche für eine Tochter!«, sagte ich und beugte mich vor, gab ihr einen Kuss auf die nackte Schulter. »Unterwäsche für dich.«

»Du wolltest Unterwäsche für mich kaufen?«, kam es überrascht von ihr und sie brach den Blick durch den Spiegel und wollte sich zu mir umdrehen. Nach wie vor hob und senkte sich ihre Brust schnell. Meine Hände zuckten, ich wollte die steifen Nippel anfassen, streicheln, küssen und sie mit sanftem Schmerz quälen. Aber ich hielt mich zurück. Ich hatte sie gerade damit überfahren, dass ich wusste, dass sie hier war, dass ich Unterwäsche, jene Teile, die diesen Namen gar nicht verdient hatten, für sie aussuchen wollte.

»Was tust du hier?«, wechselte ich das Thema, obwohl es offensichtlich war. Ihre Hände ließen den roten Stoff fallen. Mein Blick hielt ihren wieder durch den Spiegel fest. Ich hielt sie mit meinen Händen an ihren nackten Hüften an Ort und Stelle. »Schämst du dich für diesen Slip?«, wisperte ich in ihr Ohr und sofort öffnete sich ihr Mund einen Spalt. Ich stand so dermaßen darauf, welche Wirkung ein paar Worte und mein Körper auf sie hatten. Ich wusste vom ersten Augenblick an, dass Sarah White etwas ganz Besonderes war, dass sie durch meine Dominanz und bestimmenden Worte erblühen würde wie eine Rose in einem Vorgarten. Kaum merklich nickte Sarah. »Heb ihn auf«, wies ich sie an. »Lass mich ihn ansehen.«

Sie zögerte ein oder zwei Sekunden, ehe ich durch

den Druck meiner Hände auf ihre Hüften vermittelte, dass ich es ernst meinte. »Heb den Stoff so hoch, dass ich ihn sehen kann.«

Sarah tat, was ich ihr sagte. »Im Schritt offen?«, flüsterte ich heiser in ihr Ohr. »Für wen willst du den kaufen?« Sie antwortete mir nicht, schluckte nur schwer und durch ihre Augen floss nichts außer unglaublicher Lust und Verlangen. Ihre Nippel waren, auch wenn ich sie noch nicht berührt hatte, kirschrot und steinhart wie kleine Diamanten. »Möchtest du nicht antworten?«, wisperte ich weiter und strich nun mit meiner einen Hand nach vorne über ihren flachen Bauch. Sie war nicht gertenschlank wie die Models, die ich sonst vögelte. Sie war weiblich und mein Schwanz vermittelte mir in jeder Sekunde, die ich an sie dachte, wie sehr ich Weiblichkeit liebte.

Sarah schüttelte den Kopf, zeitgleich tanzten meine Finger weiter nach unten in Richtung ihres Schamhügels. Die kleine unschuldige Sarah White hatte dort einen ordentlich rasierten und getrimmten Streifen stehen, der für mich eine Straße zum Glück bedeutete. Mein Zeigefinger spielte langsam und nur ganz sanft mit den Schamhaaren dort. »Er ist im Schritt offen, also gehe ich davon aus, dass du ihn nicht einfach so tragen wirst, oder Baby?« Mit purer Absicht hielt ich meine Stimme tief und rau, denn ich erkannte, dass sie das wahnsinnig anturnte. Und scheiße, ich wollte alles dafür tun, um Sarah von mir und meinem Schwanz abhängig zu machen. Normalerweise versuchte ich, das tunlichst zu vermeiden, aber bei ihr ... Ich dachte an nichts anderes mehr als an sie. Ihre Augen, ihr Mund, ihre süße und heiße Muschi.

Wieder schüttelte sie den Kopf. »Ist der für einen Mann?«, fragte ich weiter und streifte mit meinem Finger sanft ihren Kitzler. »Ist der für einen Mann, süße Sarah?«, wiederholte ich, denn sie schien nicht antworten zu wollen. Ihre Atmung war bisher kontrolliert, nun ging sie etwas schneller. Ich fuhr mit meiner freien Hand an ihren Hals, strich mit dem Daumen, obwohl sie immer noch mit dem Rücken zu mir stand, über ihre volle Unterlippe und sie saugte sofort meinen Finger in den Mund. Ich lachte leise, rau, dunkel. Mein Schwanz drückte gegen ihren Arsch und ich wollte am liebsten sofort in ihr sein. Aber ich hielt mich zurück. Ich hatte Sarah beobachtet, ich hatte gesehen, wie groß die Überwindung für sie war, in diesem Geschäft zu bleiben, obwohl ein Mann anwesend war. Ich wusste nicht, warum es sie störte, dass Testosteron im Geschäft anwesend war. Aber ich hatte an ihrer Körpersprache erkannt und daran, wie sie sich immer wieder verstohlen nach mir umgesehen hatte, ohne mich zu erkennen, wie nervös es sie gemacht hatte. Ich war mir absolut sicher, dass dieses heiße Höschen nur für sie und mich wäre, und nicht für irgendeinen anderen Wichser, den ich sowieso aus dem Weg geräumt hätte, wenn er sie auch nur ansah. Aber ich musste es hören. Mein krankes, schwanzgesteuertes männliches Ich, musste es einfach hören.

»Antworte mir!«, wies ich sie mit etwas härterer Stimme an, legte die eine Hand um ihren Hals, ohne zuzudrücken. Aber ich machte deutlich, wer hier die

Kontrolle besaß. Meine rechte Hand strich immer wieder über ihren Kitzler. »Für wen willst du kleines, schmutziges Mädchen einen offenen Slip kaufen? Es muss schnell gehen, nicht wahr? Du willst, dass dir jemand einfach den Rock hochhebt und sich in deine feuchte Pussy schieben kann, richtig?« Sarah antwortete nicht, sie war wie paralysiert. »Ist deine Pussy immer so feucht wie jetzt?« Ich heizte sie weiter an, ließ meinen Finger zwischen ihre Schamlippen gleiten und tauchte einmal kurz in sie ein. Ein leises Stöhnen entwich ihr und sie drängte sich meiner Hand entgegen. Sie wollte sofort mehr, ich erkannte es an dem Glanz in ihren Augen, an der Röte ihrer Haut, an der abgehackten Atmung und an ihrer momentan nicht vorhandenen Fähigkeit, zu sprechen. Ich ließ meinen Mittelfinger zweimal in sie gleiten und entzog ihn ihr schließlich, was sie sofort leise wimmern ließ. Mit meiner Hand an ihrem Hals hielt ich sie unter Kontrolle. »Für wen ist der Slip?«, wiederholte ich jetzt mit strenger, bestimmender Stimme und Sarah schluckte schwer.

»Ich …«, begann sie und versuchte an meine Hand, die jetzt besitzergreifend über ihrem Schamhügel lag, zu kommen. Aber dadurch, dass mein Arm sie umfing, hielt ich sie an Ort und Stelle.

»Antworte, Sarah, für wen der beschissene Slip ist, wieso du so ein heißes Teil kaufst. Antworte mir.«

»Ich kaufe ihn für dich!«, brachte sie schließlich schwer atmend hervor. Ihre Brust hob und senkte sich schnell und verstohlen versuchte sie, die Oberschenkel aneinanderzureiben, um sich Linderung zu verschaffen.

Es klappte nicht. Ich fuhr mit dem Finger, der eben noch in ihr gewesen war und von ihrer Feuchtigkeit glänzte, über die Mitte ihres Bauches, zwischen ihren herrlichen Titten entlang und kniff sie in einen der beiden Nippel. Laut seufzte sie.

»Shhhh«, machte ich in ihr Ohr. »Wenn du nicht willst, dass wir entdeckt werden, dann sei leise.«

»Ich kann nicht …«, wimmerte sie und ihre Lider schlossen sich. »Bitte.«

Grinsend betrachtete ich sie durch den Spiegel, wie sie mit wenigen Berührungen so in Flammen stand, dass sie mich alles mit sich tun lassen würde. Wirklich alles.

»Ist deine Pussy immer so feucht, wenn du Wäsche für einen Mann kaufst?«, provozierte ich weiter und Sarah schüttelte kaum merklich den Kopf. Ich wollte – nein, ich brauchte es, dass sie es aussprach. Dass sie mir sagte, was ich wie ein besessener Bastard hören wollte. Erneut schüttelte sie den Kopf, wimmerte leise meinen Namen und immer wieder das Wort »Bitte«. Ich wusste, was sie wollte, was sie brauchte, und ich würde es ihr natürlich geben. Aber erst wenn meine eigene Lust befriedigt war. Und damit meinte ich keinen Orgasmus. Ich würde es genießen, sie heute oder morgen Abend zu einem Date zu kriegen, und dann würde ich in sie spritzen. Für jetzt reichte es mir, wenn sie mir bestätigte, dass das beschissene Höschen für mich war. Ich würde es nicht ertragen, wenn sie sich einem anderen Mann so präsentierte.

»Also ist deine süße Muschi wegen mir tropfnass?«

Sarah seufzte, als ich mit meinem Finger wieder in ihre Feuchtigkeit glitt und sie sanft massierte. »Der Slip ist für mich, weil du dir wünschst, dass ich dir das nächste Mal den Rock hebe und dich sofort nehme? Ohne dich auf meinen Schwanz vorzubereiten?« Erneutes Nicken. Pures Verlangen flammte durch ihren und auch durch meinen Körper. Das nächste Mal würde ich ihr auf einer öffentlichen Veranstaltung wirklich einfach den Rock heben und sie vögeln. »Es macht dich an, dass du dir vorstellst, dass wir es in der Öffentlichkeit treiben«, folgte ich meinem Instinkt, denn fuck, mich würde es anmachen. Ich kam beinahe in meinen Shorts, drückte meinen Schwanz, der sich protestierend gegen den Stoff meiner Hose presste, noch mal gegen ihren prallen Arsch. Irgendwann würde ich sie in den Arsch ficken. Nicht heute, nicht morgen, aber ich wollte sie vollkommen in Besitz nehmen. Sie verschlingen.

»Bitte, Jackson«, keuchte sie kontrolliert und leise. »Bitte.«

»Sag! Es!«, sprach ich in ihr Ohr. »Sag, dass du nur für mich so feucht bist, dass der Slip für mich ist, dass du willst, dass ich dich ficke, dich zum Kommen bringe. Meinen Schwanz immer und immer wieder in dich schiebe. Sag es.«

Sarah rollte die Augen nach hinten und schloss die Lider. Ich ließ sie gewähren, besaß ich doch gerade die volle und absolute Kontrolle über sie und ihren Körper. Ich nahm einen zweiten Finger dazu, den ich in ihre Muschi stieß. Sie schlug sich selbst die Hand vor den Mund, um ein lautes Stöhnen zu unterdrücken und bei

Gott, es war mir fuckegal, ob uns nun jemand hörte oder nicht.

Meine Finger stießen beständig in sie und mit meinem Handballen schaffte ich es, dass ich immer wieder ihren Kitzler berührte. Ihre Hand griff nach hinten, krallte sich in meinen Hintern und drückte mich noch näher an sie. Wie eine Katze rieb sie sich, während ich sie immer höher, immer näher an den Abgrund trieb. »Ich will, dass du mit mir schläfst, wenn ich dieses Höschen trage. Ich bin nur … ich bin nur wegen dir so feucht.«

»Feucht?« Zog ich sie auf. »Du tropfst, Baby …«

Sarah schaffte es nur, zu nicken, denn genau in dem Moment kam sie. Ihre engen Muskeln zogen sich um meine Finger zusammen und ihr ganzer Körper war angespannt und verkrampft. Sie seufzte und biss sich heftig auf die Unterlippe, damit sie nicht weiter stöhnte und uns damit verriet. Ich fingerte sie langsam weiter, bis sie wieder zu Atem kam. Sie hielt sich immer noch an mir fest und langsam ließ ich von ihrem Hals ab, strich mit meinen Fingern sanft über ihren vollen, üppigen Busen und streichelte sanft ihre Nippel. Zischend zog sie wieder die Luft ein.

»Das war ein Vorgeschmack, auf das, was ich mit dir vorhabe, sobald wir uns dort sehen, wo ich mit dir machen kann, was ich will.« Sarah nickte erneut und versuchte, sich irgendwie wieder zu beruhigen. »Kauf den Slip. Definitiv. Kauf ihn.«

Jetzt lächelte sie und nickte etwas euphorischer. »Und wenn du so einen sexy Strapshalter kaufen willst, werde ich nicht Nein sagen, wenn du ihn bei mir trägst.« Ich stand auf heiße und sexy Wäsche bei Frauen. Ich stand darauf, wenn ich sie nach vorne beugte und ihren prallen Arsch sah, mit den Strümpfen und hohen Schuhen. Ich stand so dermaßen darauf, dass ich schwer schlucken musste.

Nur mühsam konnte ich mich davon abhalten, meinen Hosenstall zu öffnen und mich einfach grenzenlos geil in ihr zu verlieren. Ich schaffte es nur mit äußerster Willenskraft, einen Schritt von ihr zurückzutreten. Wir sahen uns wieder nur durch den Spiegel an, sie lächelte.

»Du magst heiße Wäsche?«, fragte sie, nachdem sie sich anscheinend wieder gefasst hatte.

Schwerfällig nickte ich. Nun brachte sie mich beinahe um den Verstand. »Und du magst es, wenn ich für dich feucht bin.«

Erneut brachte ich nur ein Nicken zustande, ich traute gerade meiner Stimme nicht. Und dem, was ich sagen würde, denn es wäre bestimmt: Beug dich nach vorne, ich will dich hart ficken. »Wie gut, dass ich das auch mag«, erwiderte sie salopp und ich ließ meinen Blick an ihrem nackten Körper auf und ab gleiten.

»Hier«, brachte ich hervor und gab ihr eine meiner Kreditkarten.

»Ich kann meine Unterwäsche selbst bezahlen!«, brachte sie hervor und schob die Lippe nun schmollend nach unten.

»Das weiß ich, aber ich möchte es. Lass mich dafür bezahlen.«

»Alles in Ordnung bei Ihnen?«, fragte plötzlich eine weibliche Stimme und Sarahs Augen weiteten sich.

»Alles bestens!«, antwortete sie schnell und ich hörte, wie sich die Schritte entfernten. »Du gehst jetzt besser.«

»Ich werde gehen, Sarah, aber wir sehen uns bald wieder. Ich kann es kaum erwarten, dass dein Körper wieder mir gehört!« Sie sah mich an, als würde sie darauf etwas sagen wollen, tat es aber nicht. Also ging ich. Lautlos schlüpfte ich wieder aus der Umkleide hinaus und ging durch einen der Seiteneingänge, die hier als Notausgang gedacht waren, hinaus. Ich wusste, dass der Alarm nicht losgehen würde, schließlich hatten Andrew und ich das Gebäude redesigned.

Grinsend trat ich an die frische Luft und zündete mir eine Zigarette an. Ich rauchte total selten, hatte aber immer eine für den Notfall dabei. Heute war so ein Notfall, auch wenn ich nicht gekommen war.

Sarah White stellte etwas mit mir an, das noch keine Frau davor geschafft hatte. Und ich fragte mich, wie ich das jemals wieder ignorieren sollte.

Drei Dates hätten wir noch. Danach war es vorbei.

Und ich wusste jetzt schon, dass das ein harter Kampf werden würde.

Neun

Sarah

Immer wieder.

Er schaffte es verdammt noch mal immer wieder, mich zu überraschen und völlig aus dem Konzept zu bringen. Ich fragte mich, wie das werden sollte nach Ablauf unserer drei Dates. Es fühlte sich so unglaublich gut an, dass ich mehr davon wollte.

Scheiße, hatte er mich gerade wirklich in der Umkleide in einem Geschäft zum Orgasmus gebracht? War das wirklich geschehen? Nein, ich musste mir das doch eingebildet haben. Das war doch nicht normal, oder? Was machte er mit mir? Mein Kopf war immer noch hochrot gewesen, nachdem ich mich wieder angezogen und die Wäsche, ohne sie anzuprobieren, zusammengerafft hatte und den BH, die Hotpants und das Höschen mit dem offenen Schritt gekauft hatte. Meine Gedanken rasten zu sehr, als dass ich wirklich eine Kombination mit Strapsen hätte kaufen können.

All das zwischen uns war absolut unglaublich.

Ich bildete mir ein, dass die Verkäuferin mich skeptisch beäugte. Nach dieser Aktion war mir eher nach einem Cocktail als einem Kaffee, daher beschloss ich, etwas zu tun, das ich schon lange nicht mehr getan hatte: Ich würde ein Date mit mir allein haben und Kaffee trinken.

Nachdem ich einen Cappuccino bestellt hatte, mich in dem kleinen Café mitten in der Mall setzte und die Leute beobachtete, stellte ich fest, wie sehr sich binnen einer Woche mein Leben verändert hatte. Zuerst hatte ich gedacht, dass ich auf dem absteigenden Ast wäre. Aber mein Vater hatte recht: Es geschah nichts Schlechtes, was nicht auch etwas Gutes für sich hatte. Und das Gute hier war definitiv, dass ich es wieder schaffte, Zeit mit mir alleine zu verbringen. Wenn ich mich nicht liebte, wie sollte es ein anderer Mensch tun? Wie sollte mich jemand so annehmen, wie ich war, wenn ich mich nicht selbst so akzeptierte? Ich fand den Zuspruch, den ich durch Jackson bekam, unglaublich. Irgendwas sagte mir, dass ich aus der Begegnung mit Jackson Brewer mehr als nur gestärkt hervorgehen werde. Dass ich mich inniger, besser und selbstbewusster lieben würde, als ich es bisher getan hatte.

So wie heute. Ich saß das erste Mal seit Jahren, alleine in einem Café, hing meinen Gedanken nach und war mit mir selbst so im Einklang, wie man es ohne buddhistischen Beistand nur sein konnte.

Danke, Jackson Brewer, flüsterte ich in Gedanken,

denn ich wusste irgendwie, dass ich ihm zu verdanken hatte, dass ich den Weg zu mir selbst zurückfand.

Ich wusste es. Und ich gönnte es mir selbst von Herzen. Es gab nichts Schöneres, als dass man sich selbst so bewusst darüber war, in welch guter Gesellschaft man sich eigentlich befand.

Vielleicht sollte ich nachher noch etwas für mich tun. Ich könnte zur Kosmetik gehen oder einfach mal wieder das Repertoire meiner Sexspielzeuge erweitern. *Ja,* dachte ich für mich. *Das klingt nach einem verdammt guten Plan.* Wenn ich mich richtig erinnerte, gab es in der Mall sogar einen Laden, der darauf spezialisiert war. Und wenn mich jemand sah, dann sah mich eben jemand. Durfte ich als Tochter des Bürgermeisters keinen Sex haben? Zumindest achtete ich auf Safer Sex und war mit meinem Körper selbst vollkommen im Einklang. Das wäre eine richtig gute Idee.

Schnell trank ich den Rest meines Kaffees, bezahlte und machte mich gut gelaunt mit meiner Tüte voll mit heißer Wäsche auf den Weg in den ersten Stock. Es war einige Jahre her, dass ich einmal mit Lucy zusammen in dem Laden gewesen war. Sie würde die Geschichte von der Umkleidekabine lieben. Clyde hatte es nicht gemocht, wenn ich einen Vibrator benutzte. Er beklagte immer, dass er sich dann so vorkam, als würde er es nicht bringen.

Na ja, was sollte ich sagen? Nach meiner Zeit mit Jackson war mir irgendwie klar, dass er es nicht gebracht hatte, denn das mit Jackson war ein vollkommen anderes Kaliber.

Ich schlenderte die Mall entlang, genoss es, dass hier alles schon sommerlich eingerichtet war und die Schaufenster mit den neuesten Trends dekoriert worden waren. Ich hatte mich selten in meinem Leben, zumindest in dem Teil, in dem ich durch meinen Vater in der Öffentlichkeit stand, so frei gefühlt.

Es machte mir auch gar nichts aus, dass ich in den Sexartikelladen schlenderte, als wäre es eine Bäckerei. Na gut, war ich ehrlich, dann war es für mich eine Art Bäckerei, immerhin würde ich hier auch Leckereien kaufen können. Der Laden war in dunklen Tönen gehalten, das sollte wohl der Versuch sein, eine verruchte Atmosphäre zu erzeugen. Es klappte. Zielstrebig ging ich zu der Wand zu meiner Linken, an der in sämtlichen Formen, Größen, Farben und Preisklassen Vibratoren aufgereiht waren. Das letzte Mal, dass ich so ein Ding gekauft hatte, war ewig her und auch in diesem Laden gewesen.

Wenn ich ehrlich zu mir selbst war – und ich versuchte immer, ehrlich zu mir zu sein –, wollte ich schon etwas Größeres, etwas mit einer schönen Spitze, mit einer Eichel, die hübsch war.

»Kann ich Ihnen helfen?«, sprach mich eine Verkäuferin an und ich überlegte kurz, ob ich Ja oder Nein sagen sollte. Mhm. Schneller würde es gehen, wenn ich ihr sagte, was ich gerne hätte und wenn ich dann erfuhr, ob das möglich war.

»Ich denke schon. Ich suche einen Vibrator.«

»Okay, cool. Für Sie selbst oder als Geschenk?«

»Beides irgendwie.«

»Okay, also Sie wollen ihn gerne mit ihrem Partner benutzen, richtig?«

»Ja, so kann man es sagen. Oder ... zumindest möchte ich, dass er nah an den ... das ... Genital von diesem Kerl herankommt.« Ich fühlte, wie mein neu eingeredetes Selbstbewusstsein verschwand und ich rot anlief. Scheiße. Es half ja nichts.

»Okay«, sagte die Verkäuferin, sah mir in die Augen und zurück zur Wand. »Ich glaube, ich weiß, was Sie meinen. Sie wollen etwas, das lang und dick ist, Ihren G-Punkt erreicht, aber auch ihre Klitoris verwöhnt?«

Mit hochrotem Kopf nickte ich. »So in der Art.«

»Hier. Unser Rabbit 200. Durch die gebogene Spitze und den langen Schaft werden Sie pure Lust empfinden und ihren G-Punkt erreichen. Zusätzlich dazu kann mit dem separaten Motor ihre Klitoris stimuliert werden.« Die Verkäuferin schaltete den Vibrator an und ich sah, dass es zwei kleine Knöpfe zum Drücken gab. »Sie können zwischen drei verschiedenen Modi und sieben Intensitätsstufen wählen.«

»Das klingt gut.« Was sollte ich auch sonst sagen? Ich hatte es mit einem Mann wie Jackson Brewer zu tun, dem Gott der Götter im Bett. Und wenn ich auch nur ansatzweise etwas wollte, das wie sein Schwanz war, dann musste ich wohl hier durch. Ich gab mein Bestes.

»Ist einer unserer high Runner. Zumindest bei den Frauen, die wissen, was sie wollen.« Sie lächelte. »Nur zu, nehmen Sie ihn mal in die Hand, machen Sie sich vertraut und überlegen Sie.« Ich war froh, dass die sensible Verkäuferin erkannt hatte, dass ich einen Augenblick brauchte, um mich zu fangen. »Ich bin gleich dort drüben, wenn Sie Fragen haben oder Hilfe brauchen.«

Ich nickte und schluckte schwer. Seltsamerweise fühlte sich der Vibrator sehr gut in meiner Hand an, das schwarze Silikon war sehr weich und die in goldfarben abgesetzten Knöpfe wirkten edel. Irgendwie fühlte es sich für mich nicht billig und seltsam an, dieses Ding in der Hand zu halten. Ich wurde eher von einer Art Vorfreude erfasst, den Rabbit auszuprobieren, mich fallen zu lassen und mir zu nehmen, was ich mir als Frau wünschte.

Wieso war es in Ordnung, wenn ein Mann einen Porno sah und sich dabei selbstbefriedigte und wieso war es nicht in Ordnung, wenn eine Frau dasselbe wollte? Okay, man wurde deshalb nicht gesteinigt oder gehängt, aber es wurde mit einem gewissen Ausdruck der Schmach verurteilt. Es war verpönt, wenn sich eine Frau fallen lassen konnte und auch wollte und das mit visueller Unterstützung tat. Wieso war das so? Wieso war die Gesellschaft immer noch so festgefahren in dieser Hinsicht? Vermutlich war das der Grund, wieso die meisten Frauen Bücher lasen. Liebesromane oder erotische Romane. Klar ausgesprochene und sinnliche Sexszenen. Natürlich war das nichts anderes, als wenn ich mir einen Film mit Sexszenen ansah. Frauen griffen zu erotischen Büchern. Ja, dort war auch Sex, aber es war Sex, den man von außen nicht sehen konnte. Es änderte nichts daran, dass es uns scharf machte. Der Unterschied war lediglich, dass ein Buch einen Menschen intellektueller wirken ließ, als es ein Porno oder zumindest ein erotischer Film jemals tun würde.

»Ich nehm das Ding!«, sagte ich plötzlich zu der Verkäuferin, die rechts von mir Ware einräumte.

»Prima, werden Sie nicht bereuen. Darf ich Ihnen das Reinigungsmittel dazu empfehlen? Sehr hygienisch und langlebig, Sie werden damit viel Freude haben. Und Ihr Freund auch.« Sie nickte lächelnd, während wir zur Kasse gingen und ich bezahlte. Zweihundert Dollar. Ja, das Ding würde mir besser mal gute Dienste leisten.

Mit einer knallpinken Tüte, die ohne Logo war, verließ ich den Laden und fühlte diese wundervolle Euphorie von etwas Großem.

Getrübt wurde sie auf dem Fuße.

Ich sah ihn.

Jackson Brewer.

Er war nicht verschwunden, so wie ich dachte, nein, er stand direkt gegenüber an der Brüstung des Sex-Shops.

Und er grinste mich ziemlich breit, unglaublich dreckig und voller Feuer an.

Zehn

Jackson

Es war wirklich knapp gewesen, aber da ich noch mal in die Mall musste, weil ich Sophies Mütze noch in der Tasche hatte, sah ich, wie Sarah in den Laden für Sextoys ging. Kurz überlegte ich, ob ich nachgehen sollte, ließ es aber, da ich es spannender fand, mit was sie herauskam. Nachdem ich also der neuen Nanny von Sophie das Kleidungsstück übergeben hatte, wartete ich vor dem Geschäft auf Sarah. Himmel, ich musste mich zusammennehmen und normalerweise war Geduld definitiv eine meiner Stärken. Aber gerade fiel es mir mehr oder weniger schwer.

»Kleine Shoppingtour?«, fragte ich provokant, genoss, wie sich bei meinen Worten die Röte über ihren hohen Wangenknochen ausbreitete und sie kurz ins Straucheln kam. *Ja, süße Sarah, ich habe dich erwischt und scheiße, ich genieße es.* Wir brauchten ein nächstes

Date, denn auch wenn das in der Umkleidekabine ganz nett gewesen war, hatte es mich nicht erfüllt.

»Stalkst du mich?«, fragte Sarah mit dunkler Stimme. »Du weißt, dass Stalking in den meisten Staaten verboten ist?«

»Würde es dir gefallen, wenn ich zusehe?«, fragte ich, als ich näher zu ihr trat und mit meinen Lippen beim Sprechen ihr Ohr berührte. »Würde es dir gefallen, wenn ich dich mit deinem neuen Spielzeug beobachte?«

Sarah antwortete nicht, aber ihre Lippen öffneten sich einen Spalt. Ich hatte sie am Haken. »Vergiss nicht, Sarah, dass wir bei diesen drei Dates alles tun dürfen, was wir wollen, uns wünschen, uns ersehnen. Wirklich alles. Niemand wird es erfahren, solange es für uns okay ist.« Sie nickte kaum merklich und ich fühlte, wie meine Ruhe auf sie überging. Sie blendete die schwachsinnige Musik in der Shopping Mall aus, achtete nicht mehr auf die Menschen um uns herum. Weiterhin blieb sie mir eine Antwort auf meine Frage schuldig.

»Treffen wir uns –« Mein Handy klingelte und unterbrach das Gespräch. Ich warf einen schnellen Blick darauf. »Entschuldige bitte. Warte einen Moment. Brewer?«, bellte ich ins Telefon, denn gerade konnte ich keine Störung brauchen. »Bitte beruhig dich, Letizia.« Ich hätte nicht rangehen sollen.

Sarahs Blick hob sich und ihr dunkles Braun bohrte sich in meines. »Ich weiß und es tut mir unglaublich leid, dass das so gelaufen ist.«

»Gefickt. Gefickt hat er mich und dann hat er mich

fallen lassen«, schrie sie ins Telefon und ich war mir nicht sicher, was Sarah hören und verstehen konnte.

»Ich weiß und das tut mir wahnsinnig leid, das war nicht in meinem Interesse. Ehrlich, ich kann mich nur in aller Form entschuldigen.«

»Und der Sex war nicht mal gut!«, brüllte sie weiter und jetzt wusste ich, dass Sarah sie hören konnte, sie rollte die Augen und wollte sich abwenden. Sicher dachte sie, dass es eine meiner ehemaligen Affären war, die hier am Telefon schrie. Aber das stimmte nicht, Letizia war die Nanny, die – wieder einmal – wegen Andrew vor längerer Zeit gekündigt hatte. Einem Andrew, der seinen verdammten Schwanz nicht in der Hose lassen konnte. Ich griff, ohne großartig darüber nachzudenken, nach Sarahs schmalem Handgelenk, hielt sie an Ort und Stelle, damit sie wartete. Ich würde sie nicht einfach so gehen lassen, ohne dass sie wusste, was genau hier vorging.

»Es tut mir leid, wenn der Sex nicht gut war, aber ich kann –«

Letizia unterbrach mich erneut mit wüsten Beschimpfungen und legte anschließend einfach auf. Ich seufzte tief. Offenbar hatte das Gespräch, das ich mit Andrew schon öfter geführt hatte, nicht gefruchtet. Oder es waren Nachwehen.

Ich schob mein Handy zurück in die Tasche und Sarah sah mich verletzt an.

»Dein Ernst?«, fragte sie mit hohler Stimme und ich wusste genau, was sie dachte. Scheiße, ich war vielleicht kein einfühlsamer Frauenversteher, aber weder Anfänger noch Idiot.

»Das ist nicht so, wie du denkst.«

»Sagen das Männer, die man ertappt hat, nicht immer?«

»Letizia war die … sie war eine Angestellte und Andrew hat sie gevögelt.« Gerade noch mal die Kurve gekriegt.

»Andrew?«, fragte sie nach. »Dein quasi Bruder?«

»Richtig.«

»Und wieso ruft sie dann dich an?« Ich bemerkte, dass sie die Eifersucht aus ihrer Stimme nicht fernhalten konnte, aber es störte mich nicht weiter. Irgendwie, auch wenn Eifersucht eigentlich etwas war, das mich unfassbar nervte, war es bei ihr jetzt okay.

»Weil sie bei mir angestellt war und nicht bei Andrew.«

»Macht er das öfter?«

»Reden wir nicht drüber!«, wiegelte ich ab. »Aber ich werde und ich hatte niemals was mit ihr.«

»Aha.«

»Wenn ich eine Frau im Fokus habe – und solltest du es nicht bemerkt haben, *du* bist gerade in meinem Fokus –, dann habe ich nicht noch jemand anderen.« Eindringlich sah ich ihr in die Augen, hielt sie immer noch am Handgelenk fest. Dass sie es mir nicht entzog, hielt ich für etwas Gutes. »Das Gleiche gilt übrigens auch für dich!«

Ich zog sie näher an mich ran, genoss, wie ihr Duft in meine Nase kroch und flüsterte: »Ich habe heute Abend noch ein Essen mit meiner Familie, aber danach … werde ich hungrig sein. Treffen wir uns im Penthouse um dreiundzwanzig Uhr!« Es war keine Frage. Es war ein Befehl und meine Worte begleitete ich damit, dass ich eine Schlüsselkarte zum Penthouse in ihre Hosentasche schob. Natürlich würde diese erst zehn Minuten vor elf bis zehn Minuten nach elf aktiv sein. Das war mit der Technik heutzutage alles möglich. Ich mochte keine Überraschungen. Das kam wohl daher, dass ich bei einem der wichtigen Punkte in meinem Leben – bei Sophie – während der Schwangerschaft von diesem Miststück kein Mitspracherecht gehabt hatte.

Atemlos nickte Sarah, ihre Augen glänzten und ihre Atmung ging etwas schneller. »Und bring das Spielzeug mit!«, raunte ich ihr ins Ohr, biss sie in ihr Ohrläppchen und verschwand, ehe ich etwas Dummes tun würde. Etwas noch Dümmeres, als sie in mein Leben zu ziehen und ihr Wissen über und einen Einblick in mein Privatleben zu geben.

»GRANDMA!«, rief Sophie und stürmte auf meine Mutter zu und direkt in ihre Arme »Grandma, schau mal!« Heute stand, nachdem ich Sophie von dem ersten Date mit ihrer neuen Nanny abgeholt hatte, ein Familienabendessen auf dem Plan. Weil Freitag war und morgen alle ausschlafen konnten, würde Sophie bei meinen Eltern übernachten. Normalerweise blieb ich auch, aber heute nicht. Heute wollte ich mich mit Sarah treffen. Bei dem Gedanken an sie wurde mein Schwanz steif. Gut, dass meine dunkelgraue Jeans das relativ gut verbarg.

»Ohhh, wie hübsch du das gemalt hast!«, lächelte meine Mom sie an, und lobte das Bild über alle Maßen. Ich rollte die Augen, gab ihr einen Kuss auf die Wange und ging rüber ins Wohnzimmer, um meinen Dad und Andrew zu begrüßen. Sein Ferrari, er hatte mehrere Fahrzeuge, stand vor der Tür, darum wusste ich, dass er schon hier war.

»Hi«, sagte ich und die beiden rissen den Blick vom Fernseher los. Es lief ein Footballspiel. Ich stand mehr auf Basketball, sah mir aber gerne jegliche Art von Sport im TV an. »Alles klar?«

»Alles bestens!«, murmelte mein Dad und war schon wieder abgelenkt. Sophie und meine Mutter kamen ebenso ins Wohnzimmer und die Kleine hüpfte sofort los, um ihren Onkel und ihren Grandpa zu umarmen und loszuplappern. Kinder waren unglaublich unvoreingenommen und Sophie war es egal, ob im Fernsehen der Präsident der Vereinigten Staaten sprach, eine Landung auf dem Mond oder Werbung gezeigt wurde. Sie wollte Aufmerksamkeit und bekam sie. Mit einem breiten Lachen reichte mir meine Mom ein Glas Rotwein und ich bedankte mich, während ich den Blick auf meine Tochter legte. Sophie sah mir sehr ähnlich, hatte nur die tiefblauen Augen ihrer Mutter, aber sonst meine Stirn, mein kantiges Gesicht und die gerade Nase. Sie hatte mein dunkles, leicht gewelltes Haar, das ich ihr heute Morgen zu zwei Zöpfen geflochten hatte. Ja, ich konnte so etwas, seitdem ich mir nächtelang irgendwelche Tutorials im Internet angesehen hatte. Ich wollte, dass meine Tochter auch ohne ihre Schlampe von Mutter das Leben haben konnte, das sie sich wünschte. Und wenn meine Tochter nun mal geflochtene Zöpfe wollte, dann bekam sie verdammt noch mal geflochtene Zöpfe. Ich war damals auch von allem überrascht worden und hätte es zu Beginn ohne meine Eltern nicht geschafft. Ohne meine Eltern und Andrew. Aber für mich war immer völlig klar gewesen, dass Amalia sich nicht mehr zu melden brauchte. Tat sie auch nicht. Ich verstand nicht, wie sie unsere gemeinsame Tochter nicht lieben, nicht wollen konnte. Ich war dankbar, dass mir Sophie geschenkt worden war, egal wie groß der anfängliche Schock mit voller Wucht zugeschlagen hatte. Das war gleichgültig, denn ich war nicht mehr nur für mich verantwortlich, sondern auch für dieses kleine Menschlein. Ein kleines Mädchen, das mich mit ihren sechs Jahren in den Wahnsinn trieb.

»Ich hab heute eine neue Nanny kennengelernt, Onkel Andrew.«

»So?«, fragte dieser und hob die Brauen. »Und? Wie ist sie so?« Ich verengte die Augen zu Schlitzen und sah ihn mahnend über den Rand des Rotweinglases an. Das konnte er unmöglich ernst meinen.

»Was denn?«, fragte er an mich gewandt. »Das war vor unserem Gespräch.«

»Ich bin nicht sicher, welches Gespräch du meinst«, sagte ich sarkastisch. »Das, das wir nach jeder Nanny führen?«

»Wieso redet ihr über meine Nannys?«, schaltete sich Sophie ein. Schlaues Mädchen.

»Wir reden nicht über sie, wir tauschen uns aus«, erklärte Andrew und ich hob lediglich die Brauen.

»Ich verstehe nicht, dass sie immer bei uns anfangen und dann so schnell wieder gehen. Andere Kinder haben auch Nannys und die haben sie jahrelang.«

»Mein schlaues Mädchen!«, sagte ich triumphierend und bedachte sie mit einem stolzen Blick.

»Es gibt einfach Kinder, die haben nicht so einen coolen Onkel wie du, und brauchen dringender eine Nanny.«

»Ahh«, kam es von Sophie, die sich nun zwischen meinen Dad und Andrew quetschte. Mein Vater lauschte dem Gespräch aufmerksam. Meine Mom war in der Küche verschwunden. »Ich verstehe, du hast sie süß angesehen!«, stellte Sophie fest und ich hätte beinahe meinen Wein herausgeprustet.

»Was?«, fragte ich nach und Andrew grinste.

»Ja, Daddy. Mir hat meine Freundin Mia erklärt, dass wenn man von einem Jungen nicht süß angesehen wird, sollte man sich anderweitig orientieren.«

»Anderweitig orientieren?«, kam es schrill von mir. »Weißt du überhaupt, was das bedeutet?«

»Na klar, Onkel Andrew hat mir das erklärt.« Andrew saß mit Stolz geschwollener Brust neben Sophie und nickte gönnerhaft.

»Hat er das …«

»Ja, und ich weiß jetzt, dass er darum nie eine Freundin hat.« Sophie kletterte aus ihrer sitzenden Position heraus auf das Sofa und sah mich über die Rücklehne an. »Und ich weiß, dass du deshalb auch nie eine Freundin mit nach Hause bringst. Dabei wäre ein Mädchen zu Hause zu haben so schön.«

»Bin ich dir nicht genug? Wir sind doch ein absolutes Dreamteam«, sagte ich und nahm mir vor, dass Andrew und ich wieder mal ein Gespräch haben müssten. »Wir machen doch auch so Mädelskram.«

»Na ja, dann kannst du mir ja mal erklären, wie ich dir die Haare flechten soll, Daddy.«

»Na gut, das wird etwas schwer.«

»Also orientiere dich doch mal an einer Frau, damit ich auch mal Frauengespräche führen kann.«

»Aber du hast doch Nannys.«

»Die ja immer wieder gehen, weil ihr beide sie nicht süß anseht.« Andrew nickte mit einer Ernsthaftigkeit, die ich ihm aus dem Gesicht prügeln wollte.

»Oder Andrew hat sie zu süß angesehen!« Sophies Augen weiteten sich aufgrund meiner Aussage und sie formte den Mund zu einem Stummen ›O‹, sah ihren Onkel an, der breit grinste und den Kopf schüttelte. Sophie tat es ihm gleich.

»Neeee, nie im Leben«, sagte sie und rollte die Augen.

Ich beschloss, dass ich das Gespräch gut sein lassen sollte, denn ansonsten würde ich wohl ausrasten. Lieber konzentrierte ich mich darauf, dass ich heute Abend noch ein Date hatte. Vielleicht würde ich ja Sarah auch einmal »süß ansehen«.

»Mom?«, fragte ich, als ich die große Wohnküche

betrat. Hier hatte sich früher das Leben abgespielt. Auch wenn wir immer eine Haushälterin und Köchin hatten, dann stand an den Wochenenden meine Mom hinter dem Herd. Ich liebte es. Seit mein Vater und sie in Rente waren, kümmerte sie sich um all das hier alleine. Ja, wir besaßen – schon immer – sehr viel Geld, aber wir waren mit Sicherheit keine Snobs.

»Was ist los, mein Junge?«, fragte sie und ich lächelte müde. Ich war wirklich müde. Die letzten Nächte waren nicht sonderlich gut, da Sophie bei Vollmond immer in mein Bett gekrochen kam. Ich hoffte, dass sie das noch lange Zeit tun würde, denn ich genoss die gemeinsamen Momente mit meinem Kind und ich wollte, dass sie niemals endeten. Egal wie scheiße es gerade lief, wie anstrengend es war oder wie sehr meine Gedanken von einem Thema beherrscht waren. Sophie stand immer an allererster Stelle. »Du siehst müde aus.«

»Ich bin müde.«

»Ahhh, es war Vollmond, richtig?«

»Ja, und dass sie wieder eine neue Nanny hat, trägt nicht dazu bei.«

»Wieso ist Mindy gegangen?«

»Es gab Unstimmigkeiten«, antwortete ich und beließ es dabei. Ich liebte meine Eltern, aber sie brauchten nicht alles über ihre beiden erwachsenen Söhne zu wissen.

»Sophie und du bleibt ja heute hier. Sie kann bei uns im Bett schlafen!«

»Die letzte Nacht war schon besser, ich denke, wir

haben es erst mal wieder geschafft. Aber ich wollte allerdings was fragen, das damit zusammenhängt.«

»Und was?«

»Ich würd heute Abend gerne noch ausgehen und würde dann im Hotel schlafen.« Meine Eltern wussten natürlich, dass das Skyline Palace Hotel Andrew und mir gehörte und dass wir aufgrund der exzellenten Lage auch ab und zu dort übernachteten. Dass ich allerdings das Penthouse zu meiner stetigen Verfügung hatte, wussten sie nicht. War auch nicht nötig. Ich war viel zu früh Vater geworden, auch wenn ich es nicht bereute. Und die ersten Jahre, in denen ich Sophie hatte, war ich fast nur zu Hause geblieben. Es dauerte eine Weile, bis sie alt genug war und ohne Probleme bei Andrew oder meinen Eltern übernachtete. Für mich war es okay, wenn meine Tochter mich brauchte, war ich da. Und ich würde sie, auch wenn sie schon sechs Jahre alt war, solange sie es wollte in mein Bett lassen und ihr beim Einschlafen helfen. Ich versuchte, ihr Mutter und Vater zu sein. Wenn ich ehrlich war, klappte das sehr gut, wir brauchten Amalia nicht. Und wir wollten sie auch nicht. Wenn man Sophie aktuell nach ihrer Mutter fragte, war es ihr egal. Sie sagte dann, dass sie die Frau, die sie weggegeben und als Baby nicht gewollt hatte, jetzt auch nicht brauchte. Ich wusste nicht, ob sie wirklich verstand, was das bedeutete. Ich für meinen Teil meinte das wirklich so. Ich erkundigte mich immer wieder, ob sie sich wünschte, dass wir zu Amalia Kontakt aufnehmen sollten, aber solange sie mir das mit einem Nein beantwortete, würde ich einen Teufel tun und dieses billige Dreckstück in unser Leben lassen.

»Natürlich, mein Junge. Ich wollte morgen früh einkaufen gehen, das liebt sie doch, ich nehm sie gerne mit, sobald mein Mädchen ausgeschlafen hat.«

»Danke, Mom!«

»Kein Problem«, sagte sie und mischte den Salat. »Wie ist die neue Nanny?«

»Nett, sehr nett.« Und nicht sehr hübsch, was bedeutete, dass wir eine gute Chance hatten, dass sie eine Weile blieb. »Sie hat einen Abschluss in Biochemie und einen Abschluss in Kinderpsychologie.«

»Wie passt denn das zusammen?«, erstaunt hob meine Mutter die Brauen. »Und jetzt arbeitet sie als Nanny?«

»Ja, sie möchte sich Geld dazuverdienen.«

»Wie alt ist sie denn?«

»Ende fünfzig.« Ich ließ die Bombe platzen und meine Mutter lachte.

»Du willst auf Nummer sicher gehen, dass es nicht wieder ... Unstimmigkeiten gibt?«

Fragend sah ich sie an, aber sie lächelte nur geheimnisvoll und schüttelte den Kopf. Anscheinend wusste sie doch mehr, als ich vermutet hatte. Eigentlich sollte ich das wissen, denn hier war es ja genauso. Auch wenn Sophie dachte, ich wusste nichts davon, dann war ich doch über so gut wie jeden Schritt informiert. Offenbar änderte sich das nie, auch dann nicht, wenn man erwachsen war.

»Das Essen ist fertig!«, rief meine Mom, nahm die

Lasagne aus dem Ofen und tat jedem von uns auf. Ich trug die Teller mit an den Tisch. Den Salat stellte sie in die Mitte.

»Schön, dass ihr alle da seid!«, sagte mein Dad und ließ sich von Sophie Wasser in ein Glas einschenken.

»Langsam!«, kam es von mir ganz automatisch, aber meine altkluge Tochter rollte die Augen und kippte weiter. Sie machte das Glas bis zum Rand voll, so voll, dass ihr Granddad sich nach vorne beugen und erst einmal ein bisschen abschlürfen musste, ehe er das Glas in die Hand nehmen konnte. Das war ihr Ding. Die beiden machten nur Quatsch miteinander.

»Wie läuft es in der Firma?«, fragte mein Dad an Andrew und mich gewandt. Er wollte immer auf dem Laufen bleiben.

»Richtig gut«, sagte ich. »Das Projekt an der Upper East nimmt Gestalt an.«

»Wie schön«, sagte er.

»Ich hab übrigens heute gehört, das Mitch Newton sein Haus verkaufen will.«

»Die Luxusvilla in den Hamptons?«

»Richtig«, stimmte Andrew auf meine Frage zu. Mitch Newton war einer der Abgeordneten. »Ich denke, die Gerüchte um seine Pleite sind also wahr.«

»Mag sein«, murmelte mein Dad und ich warf einen schnellen Blick auf Sophie, ob sie mit dem Essen klarkam. Meine Mom saß neben ihr und die beiden schafften das. Es war schön, auch mal ein warmes Essen genießen zu können.

»An was denkst du?«, fragte ich meinen besten Freund, denn scheiße, ich kannte diesen Blick.

»Was würdest du davon halten, wenn wir das Haus kaufen und so umbauen, dass auch mal die weniger Betuchten von New York sich dort ein Wochenende buchen könnten?«

»Du denkst nicht an vermieten?«

»Na ... mhm. Also wenn es stimmt, dass die Villa wirklich 811qm Wohnfläche hat, dann denke ich eher an eine Art Skyline Palace im Kleinformat.«

»Ein weiteres Hotel?«, fragte mein Vater und lächelte.

»Klingt nicht schlecht. Ich denke, dazu sollten wir uns morgen mal die Infos besorgen.«

»Ich wusste, dass du das sagst, und hab damit schon angefangen.«

»Du kennst mich gut.«

»Du mich auch«, setzte er entgegen und wir nickten beide. Mein Vater lächelte und sah meine Mutter an. Ich wusste, dass sie sich schon immer zwei Söhne gewünscht hatten oder einfach allgemein zwei Kinder, aber das Schicksal hatte es nun einmal anders mit ihnen gemeint. Durch Andrew hatten sie ihr zweites Kind bekommen. Wir alle waren dankbar, so wie es war.

»Bleibst du heute auch über Nacht?«, fragte Sophie an Andrew gewandt und er schüttelte den Kopf.

»Nein, leider nicht. Ich habe heute noch was vor.«

»Ach schade, ich hätte gedacht, dass wir noch einen Kinoabend machen können.« Mit Kinoabend meinte die kleine Kröte, dass sie lange wach blieb und Süßigkeiten in sich hineinstopfte. Das war so ein Ding, das sie mit Andrew durchzog.

»Du kannst gerne morgen bei mir übernachten und dann ist Onkel Andrew am Start!« Ich hob die Braue, überrascht sah ich ihn an. Ich ging davon aus, dass er Samstagabend schon etwas vorhätte.

»Nichts vor?«, fragte ich skeptisch und er zuckte die Schultern.

»Niemand ist so wichtig wie meine liebste Nichte.«

»Daddy?«, rief nun Sophie ganz aufgeregt. »Darf ich? Bitte sag ja, Daddy!« Grinsend sah mich Andrew an. Als würde ich zu einem freien Samstagabend Nein sagen. Und gerade in der momentanen Situation. Wobei er davon eigentlich gar nichts wusste.

»Klar darfst du, wenn dein Onkel denkt, dass er damit klarkommt!«

»Das ist ein Klacks. Wir werden uns Zöpfe machen, Einhorn spielen und Popcorn futtern.«

»Und«, rief Sophie und hob den Zeigefinger. »Fernseh schauen, okay?«

»Geht klar, Prinzessin!«

»Dann ist das natürlich drin.« Ich sah meine Mom an. »Soll ich dann heute lieber hierbleiben?«

»Ach was, geh du zu deiner Verabredung. Wir kriegen das schon hin.«

»Ja, Daddy, geh nur. Du musst langsam wirklich lernen, dass du ohne mich zurechtkommst.«

»Aha.« Ich sah auf meine neunmalkluge Tochter herunter.

»Ernsthaft, Daddy, du kannst nicht immer so abhängig von mir sein. Was ist, wenn mich mal ein Junge süß anschaut? Dann hat er Angst, weil du immer an mir klebst.«

»Wie ein Spinnennetz an einer Spinne.«

»Onkel Andrew«, belehrte ihn nun meine Tochter. »Das ist ekelig, aber so in etwa.«

»Wenn du das sagst, Süße!«, stimmte ich lachend zu. »Dann versuche ich, ein wenig mehr Abstand zu halten.«

»Ja, und dein eigenes Leben zu leben. Es ist wirklich nicht nett, wenn man sich immer in das Leben von anderen einmischt.«

»Du kleiner Klugscheißer!«, sagte ich und erkannte in ihren Worten die meinen wieder. Wir hatten das Thema schon gehabt und jetzt schlug sie mich mit meinen eigenen Waffen. Natürlich wusste sie nicht, was genau das bedeutete, aber sie wandte den Satz an der richtigen Stelle an.

»Ja, Jackson!«, erklärte nun auch Andrew. »Du solltest Sophie wirklich etwas mehr Freiheit und Raum lassen!« Meine Tochter stopfte sich Lasagne in den Mund und nickte aufgeregt.

»Hör auf Onkel Andrew, der ist ein weiser Mann!«, sagte sie im Brustton der Überzeugung und wir brachen alle in Gelächter aus.

»Wenn du das sagst, Liebes«, brachte meine Mom lachend hervor. »Dann ist das natürlich wahr. Andrew ist wirklich ein weiser Mann.«

»Woher kennst du nur solche Sätze«, murmelte ich

und auch wenn ich keine Antwort gewollt oder erwartet hätte, gab sie mir eine.

»Von dir natürlich. Woher denn sonst?« Meine wunderschöne, über alles geliebte Tochter rollte die Augen und ich musste wieder grinsen. Sie schaffte es einfach immer, dass ich für kurze Zeit alles vergaß. Selbst an Sarah hatte ich bis gerade keinen Gedanken verschwendet.

An eine Sarah, die ich heute noch sah und die ich rein theoretisch das ganze Wochenende bei mir behalten konnte.

Um die Wahrheit zu sagen, interessierte es mich einen Scheiß, ob sie das wollte, oder nicht.

Ich war ein Bastard.

Und jeder, der mich unterschätzte, musste damit klarkommen.

Elf

Sarah

Ich wollte es tun. Ich war nervös, mein Herz klopfte in meiner Brust, aber ich wollte es tun.

Nachdem mich Jackson heute in der Mall zweimal so überrascht hatte, wusch ich das sexy Höschen in einem Kurzwaschprogramm, trocknete es und wagte wirklich, dieses anzuziehen. Seit wir heute aufeinandergetroffen waren, wusste ich, dass ich auch den Vibrator zum Einsatz bringen würde. Es war für mich eine Art, dass ich über mich hinauswachsen konnte, dass ich mich anstrengen und versuchen konnte etwas wahnsinnig Wichtiges zu lernen. Nämlich, dass ich mir nehmen durfte, was ich wollte.

Ich entschied, was passierte. Ich entschied, was wir machten. Und wenn ich etwas nicht wollte, dann würde es auch nicht passieren.

Ja, ich konnte mich sehr gut an mein Safeword erinnern, ich konnte mich aber auch sehr gut daran erinnern, dass ich bei unserem Sex nicht nur eine Sekunde daran gedacht hatte, es zu benutzen.

Tief durchatmend betrat ich die Penthousesuite und es fühlte sich seltsam an, ohne zu klopfen einfach einzutreten. Wie das letzte Mal auch, war hier alles in warmes und gedimmtes Licht getaucht, es lief leise Musik – irgendein Song, der verdammt nach Achtziger Rock klang – und als ich etwas tiefer in diese wunderschönen Räumlichkeiten ging, bemerkte ich etwas, das ich zu vor nicht gesehen hatte. Diese Suite besaß eine eigene Bibliothek, die Tür stand weit offen, und ich blieb wie angewurzelt stehen. Ich betrat den Raum nicht, nahm ihn allerdings vollkommen auf. Darin stand ein Flügel aus tiefem Schwarz, und die deckenhohen Regale waren prall gefüllt mit Büchern. Es gab hier, wie in beinahe jedem Raum, den ich bisher schon gesehen hatte, eine Panorama Aussicht auf die Stadt New York, die uns zu Füßen lag. In der Mitte des Raumes befand sich ein Arrangement aus Sofas und Lesesesseln mit einem Tisch, auf dem ein Tablett mit einer Whiskeykaraffe und den passenden Gläsern standen.

»Du magst Bücher?«

»Mögen?«, fragte ich, nachdem ich den winzigen Stromschlag, der durch mich hindurch ging, als ich seine Stimme hörte, versuchte zu ignorieren. »Ich liebe sie.«

»Dann haben wir etwas gemeinsam.« Was? Dieser Mann, der nach Sex, Geld und Spaß beinahe stank, mochte Bücher?

»Spielst du?«, fragte ich ihn leise und deutete auf

den Flügel, der direkt vor der atemraubenden Kulisse stand.

»Manchmal.«

»Noch etwas, das ich nicht vermutet hätte.«

»Noch etwas?«, wiederholte er, in mein Ohr raunend und hob die Brauen.

»Die Bücher, das Klavier.«

»Ahhh ...« Dadurch, dass er hinter mir stand und ich ihn nur riechen, aber nicht sehen konnte, fühlte ich wieder dieses Verlangen durch mich hindurch strömen, das ich im Zusammenhang mit ihm immer spürte. »Weißt du, an was ich denke, wenn ich den Flügel und dich sehe?«

»Ich ... nein?« Wieso noch mal klang meine Stimme jetzt so heiser und atemlos?

»Ich stelle mir vor, dass ich dich darauf nehme.«

»Ich ... ja?« Jackson lachte leise in mein Ohr und das bewirkte, dass eine wohlige Gänsehaut über meinen Körper rieselte.

»Ja, Sarah, das stelle ich mir vor. Es ist Nacht, New Yorks Lichter strahlen, du liegst nackt auf dem Flügel und ich stehe vor dir, kurz davor dich zu ficken.« Schwer schluckte ich, meine Atmung beschleunigte sich, mein Puls ebenso. »Hart zu ficken.«

Er machte eine Pause und das Verlangen bündelte sich in meinem Schoß, ich war feucht. Sehr feucht. Langsam gewöhnte ich mich an diesen aufgeheizten Zustand, der mich immer befiel, wenn Jackson in meiner Nähe war.

»Ich bin nicht sicher, ob ein Flügel dafür gebaut

wurde«, brachte ich ziemlich erbärmlich hervor. Dabei hatte Jackson schon lange gemerkt, wie mich seine Worte anmachten. Diesmal antwortete er nicht, griff nach meiner Hand und sagte: »Komm.«

Es war anders, als ich es erwartet hätte. Ich hätte vermutet, dass wir übereinander herfallen würden, nach allem, was heute in der Umkleide und anschließend vor dem Sextoy Laden passiert war. Ich hätte gedacht, dass er es nicht erwarten könnte, mich zu berühren, denn scheiße, wenn ich ehrlich war, dann ging es mir so. Ich konnte es nicht erwarten, ihn zu berühren und auf der anderen Seite gleichermaßen seine Hände auf mir zu fühlen. Ich konnte es nicht abwarten, wie Jackson mich heute über die Klippen stoßen würde. Ruckartig hielt ich in meiner Bewegung inne, als mir klar wurde, dass ich jetzt schon so weit war, zu wissen, süchtig nach ihm zu sein.

Jackson bekam von meinen Gedanken nichts mit, da er an der kleinen Bar in seinem Wohnzimmer stand und uns beiden einen Whiskey einschenkte. Was machte ich hier? Ich hing doch schon viel zu sehr drin. Und wie würde ich jemals wieder damit aufhören können? Wie sollte ich das schaffen?

»Alles okay?«, fragte mich Jackson und sah mir fest in die Augen. »Du siehst aus, als würdest du weglaufen wollen?« Wollte ich auch, aber aus anderen Gründen, wie er vielleicht dachte.

»Nein«, erwiderte ich stattdessen und atmete tief durch, bezwang die kleine Panik, die in mir aufkam, und versuchte wieder zu meinem ›ich will Spaß haben und bin abgebrühten Ich‹ zurückzufinden, das ich in der Nacht des Balls, auf dem ich ihn kennengelernt hatte, heraufbeschworen hatte.

»Sicher?«, skeptisch verengte er die Augen. »Ich kann nicht fassen, dass ich das frage, aber bist du okay?«

Ich nickte schnell. »Es ist alles gut. Die Tatsache, dass du Bücher lesen kannst und ein Klavier besitzt, macht mich nur fertig.« Puh. Er lächelte und legte dabei den Kopf schief, als würde er mich provozieren wollen, ihn zu fragen, ob er eine Runde spielte. Gerade noch mal gerettet.

»Nicht dass du denkst, ich glaube dir den Scheiß, aber ich lass jetzt mal gut sein.« Oder eben auch nicht gerettet. Jackson reichte mir das Glas mit der bernsteinfarbenen Flüssigkeit und nachdem wir anstießen, nahmen wir einen Schluck. Ich hustete. Das Zeug brannte wie Feuer.

»Langsam, Sarah«, sagte er. »Das ist kein Wasser.«

Ich nahm mir einen Augenblick, Jacksons Aussehen in mich aufzunehmen. Ich kannte keinen Mann, der so adrett, sinnlich, sexy, dunkel und rau zugleich aussehen konnte. Ich kannte niemanden, der so viel Selbstbewusstsein und Arroganz ausstrahlte, aber auf eine Art und Weise, die niemanden einschüchtern würde. Er war einfach da, und wenn er einen Raum betrat, dominierte er diesen.

»Wieso hast du dieses Penthouse?«, fragte ich aus dem Nichts und Jackson hob provokant eine Braue.

»Ist das nicht offensichtlich?« Ja. Nein. Ich wusste es nicht. Ich betete irgendwie, dass meine Vermutung dahingehend falsch war.

»Nein, ist es nicht. Du wohnst doch nicht hier, oder?« Auf keinen Fall, dafür waren zu wenig persönliche Dinge hier, die ich entdecken konnte. Oder er war einer dieser absolut cleanen Menschen.

»Nein, das ist nicht mein Zuhause.«

»Also wieso hast du es, und nutzt es wie ein Zuhause?«

»Weil ich Privates und Geschäftliches gerne trenne.«

Autsch. Das war krass. »Das hier ist ein Geschäft für dich?«

Jackson seufzte tief, er war offensichtlich davon genervt, dass ich gerade reden wollte. »Müssen wir jetzt darüber diskutieren?«

»Ja.«

Er seufzte tief und fuhr sich durch seine Haare. Seine Frisur erinnerte mich daran, dass sich vermutlich schon viele Frauen mit den Händen in seine Haare gekrallt hatten.

»Nein, Sarah, du bist kein Geschäft für mich. Das war etwas übertrieben. Aber ich halte mein Privatleben, sollte es dir noch nicht aufgefallen sein, extrem fern von all dem, was in der Öffentlichkeit passiert.«

»Das tust du doch hier auch«, warf ich ein. Ich verstand es nicht, aber plötzlich wollte ich es unbedingt verstehen, dringend.

»Okay, pass auf.« Er gab nach, weil er anscheinend

merkte, er würde so nicht ans Ziel kommen. Die feine Spitze rieb an meiner Haut und erinnerte mich daran, wieso ich eigentlich hier war. Allerdings war dieser Drang, gerade etwas über ihn zu erfahren, das niemand sonst wusste, übermächtig. »Es gibt die Öffentlichkeit, es gibt mein Privatleben. Mein Privatleben ist das, was es ist. Privat. Ich lasse niemanden daran teilhaben. Niemanden.« Das Wort »niemanden« sprach er mit so viel Nachdruck aus, dass ich mich automatisch fragte, ob er etwas zu verbergen hatte. »Und das hier? Das ist eine Art meines Privatlebens.« Das Wort meinem betonte er so, als würde er sein anderes privates Leben mit jemandem teilen.

»Ich bin nicht sicher, ob ich nicht schreiend weglaufen sollte.«

»Wenn du das hättest tun wollen, wärst du schon lange nicht mehr hier.«

»Ich mag auch nicht, wenn es zu privat wird, aber ein bisschen was will ich schon über den Kerl wissen, mit dem ich ins Bett geh.«

Jackson kreuzte die Arme vor der Brust. »Was willst du denn wissen?«

»Wie alt bist du?«

»Als hätte das Google nicht verraten.« Ertappt. Ich wusste, dass er Mitte dreißig war.

»Wo genau wohnst du?«

»Hier?«, schlug er mit einem matten Lächeln vor.

»Privat.«

»In einer Wohnung in der Upper East.«

»Alleine?« Mein Herz schlug mir bis zum Hals.

»Nein.« Ich. Wusste. Es. Gerade als ich etwas sagen wollte, sprach er weiter. »Es ist keine Freundin und keine Ehefrau. Mehr sage ich dazu nicht.«

»Haushälterin?«

»Ja«, antwortete er und ich wusste somit also, mit wem er zusammen wohnte.

»Wie oft bist du hier?«

»Kommt drauf an, meist drei bis vier Abende pro Woche.«

»Was?« Der Schock schien mir offen ins Gesicht zu stehen, denn er lächelte milde.

»Ich bin hier auch ohne weibliche Begleitung«, stellte er klar. »Wenn ich dir etwas sage, dann hat das Hand und Fuß. Und ich sagte dir: Wenn ich mich mit einer Frau treffe, dann nur mit dieser.«

»Das hast du getan.«

»Du kannst mir vertrauen, Sarah. Ich weiß, dass du offenbar miese Erfahrungen gemacht hast, aber du kannst mir vertrauen. Entspann dich.«

»Ich …«

»Stell die Frage, die du eigentlich stellen willst«, forderte er mich mit ruhiger, geduldiger und dunkler Stimme auf. Er hatte recht! Bis gerade eben war mir nicht einmal klar gewesen, dass es nur eine Frage gab, auf die ich wirklich eine Antwort wollte. Und wenn ich mich nicht traute, sie zu stellen, dann würde ich sie auch nicht bekommen. »Komm schon, ich werde ehrlich antworten.« Seine Stimme drängte mich. Mir wurde klar, dass er offensichtlich wirklich wusste, was ich wollte und brauchte, ehe es mir selbst klar war.

»Wie viele Frauen triffst du?«, fragte ich leise und fühlte mich dabei wie ein kleines eifersüchtiges Mädchen.

»Viele«, antwortete er brutal, aber ehrlich. »Allerdings ist das nicht die Frage, die du stellen willst.« Nein? War sie das nicht? Nein! Sie war es nicht. Er hatte recht, ich wollte eine andere Frage stellen.

»Bin ich die einzige Frau, mit der du dich triffst?« Mein Herz schlug wie wild in meiner Brust, pumpte bis zum Hals und ich schluckte schwer. Jacksons Blick war kühl, ehrlich und direkt in meine Augen. Ich versuchte, mein Herz vor seiner Antwort zu schützen. Ich befürchtete Schlimmstes. Wieso wollte ich noch mal unbedingt diese Frage stellen? Wieso?

»Ja, du bist die einzige Frau, mit der ich mich treffe«, kam es schließlich von ihm und überrascht stieß ich die Luft aus, obwohl ich mir nicht mal im Klaren gewesen war, das ich sie anhielt. »Wieso schaust du so überrascht? Hast du damit nicht gerechnet?«

Langsam schüttelte ich den Kopf. Wenn er ehrlich war, wollte ich es auch sein. »Du kannst dir eines bei mir merken, Sarah. Ich bin ehrlich, auch dann, wenn es wehtut. Ich meinte es ernst, als ich dir sagte, dass du dein Herz vor mir gut verschließen solltest, denn so etwas wie Liebe, eine Zukunft, Rosarotes und all das, was Frauen sich vielleicht wünschen, gibt es bei mir nicht. Niemals. Nicht heute, nicht morgen, auch nicht in naher Zukunft.

Du wirst mich nicht ändern können, also rate ich dir, es gar nicht zu versuchen. Ich bin immer ehrlich. Du kannst dich darauf verlassen, dass ich dir die absolute Wahrheit sage, wenn ich antworte, dass du die einzige Frau bist, mit der ich mich momentan treffe.« Seine Worte schnitten scharf in meine Seele und ich wusste, ich war verloren, konnte aber nicht damit aufhören und einfach gehen. Konnte ihn nicht zurücklassen und mich in Sicherheit bringen. Ich wollte so dringend bei ihm sein, dass ich nehmen würde, was ich kriegen konnte. Solange ich es aushielt.

Und solange es anhielt.

»Ist das für dich in Ordnung, Sarah? Denn wenn nicht, dann geh jetzt, dann beenden wir das hier. Dann hatten wir eine schöne Nacht zusammen und damit ist das Thema abgeschlossen, aber entscheide dich jetzt.«

Ich schüttelte den Kopf. Ich wollte auf keinen Fall gehen und ich fühlte die Erleichterung, dass er mir die Wahl ließ. Das brachte mich erneut auf Augenhöhe zu ihm.

»Sag es.«

»Ich ...«

»Sag. Es. Ich war auch ehrlich zu dir.«

»Ich möchte nicht gehen.«

»Dann komm her!«, wisperte er, streckte die Hand nach mir aus, stellte unsere beiden Gläser zur Seite und zog mich an meiner Taille in seine Arme. Jackson senkte den Kopf und küsste mich.

Es fühlte sich unglaublich gut an, seine vollen Lippen, die meine mit sanftem Druck massierten. Seine Zunge, die in meinen Mund glitt. Wir tanzten umeinander, Sehnsucht machte sich breit und mündete in unendliches Verlangen. Seine behutsamen Hände strichen über meinen Körper und schließlich griffen sie den Saum meines Kleides. Ohne dass er mich aufforderte, hob ich die Hände über meinen Kopf und er zog mir den weichen Stoff aus. »Ich mag dich in dem Kleid.« Es war rot mit weißen Blumen. Es wirkte beinahe unschuldig und saß sehr locker. »Aber noch lieber hab ich dich ohne Stoff am Körper!«

»Sicher?«, raunte ich, als ich sah, wie sein Blick hungrig über meinen Körper glitt und an dem neuen Set Unterwäsche hing wie ein Ertrinkender.

»Wie schön, dass du meine Anweisungen befolgst.« Ich gewann mein Selbstvertrauen dadurch zurück, dass ich in seinen Augen die gleiche Lust, das gleiche unglaubliche Verlangen sah.

»Du erinnerst dich, dass ich den Slip kaufen wollte, bevor du in der Umkleide aufgetaucht bist?«

»Die Frage ist doch eher, hättest du ihn auch gekauft, wenn ich es dir nicht gesagt hätte?«

Ich ließ die Frage unbeantwortet, denn ich konnte gar nicht mehr antworten. Jackson drehte mich in seinen Armen, sodass ich, wie heute schon in der Umkleide, mit dem Rücken an seiner Brust war. Er war weiterhin voll bekleidet und ich spürte seinen Harten durch die tief auf den Hüften sitzende Jeans hindurch. Das raue Material der dunkelblauen Hose rieb an meiner nackten Haut. Jackson fuhr langsam mit beiden Händen über meine Schultern nach vorne und neckte kurz meine harten Nippel durch den Stoff des Spitzen Balconette BHs. Sein sanfter Atem gegen meine Haut und die kühle Umgebungsluft, die gleichzeitig meinen erhitzten Körper traf, machten mich wahnsinnig. Ich zitterte leicht, allerdings eindeutig vor Lust.

»Wie konntest du nur daran zweifeln, dass ich neben dir noch jemanden brauchen würde?«, fragte mich Jackson und dieses ehrliche Bekenntnis, vollkommen aus dem Nichts, traf mich unvorbereitet. Zusammen mit seinen Händen, die in Richtung des hauchdünnen, im Schritt offenen Tangas wanderten. »Als würde ich dich teilen, als könnte ich das.«

Tief seufzend wartete ich darauf, wohin seine Finger die Reise fortsetzen würden. Es fühlte sich unglaublich an, was er mit mir machte, und dabei machte er noch nicht einmal wirklich was. Sanft tanzten seiner Fingerspitzen auf meiner Haut.

»Ich wusste, dass mich dieser Tanga wahnsinnig machen würde, Sarah.« Heiser sagte er die Worte in mein Ohr. »Ich mag es, wenn ich dich berühren kann, wann immer ich es will.«

Er glitt mit seinen Fingern tiefer, fuhr durch meine Schamlippen und ich stöhnte. Ich liebte und hasste es gleichermaßen, dass er so eine unglaubliche Wirkung auf mich hatte.

»Mehr«, wisperte ich und er reagierte genauso, wie ich es wollte. Er lachte leise in mein Ohr. All meine Synapsen, all meine Empfindungen waren auf ihn programmiert und ich sehnte mich einfach nur noch danach, dass er mich anfasste. »Wo ist das Spielzeug, das du heute gekauft hast? Hast du es mitgebracht?« Ich nickte und lehnte den Kopf gegen seine Brust. Seine Hände schafften es, dass ich kaum mehr denken konnte. Wie besessen und in Trance senkte ich den Kopf, sah dabei zu, wie er mit seinen Fingern meinen Kitzler massierte. Ich konnte kaum mehr klar sehen. »Hast du ihn mitgebracht?«, kam es erneut von ihm.

Schwer nickte ich. »Hab ich, ja. Er ist in meiner Tasche, die ich im Flur abgestellt hatte.«

Ruckartig ließ Jackson von mir ab und verschwand, um die Tasche zu holen. Das gab mir einen Moment, um aus diesem Strudel aufzuwachen und zurück in die Wirklichkeit zu finden.

Es fühlte sich unglaublich an, bei ihm zu sein. Und wenn ich ehrlich war, dann flutete mich eine Welle der Erleichterung, weil er mir versichert hatte, dass ich die Einzige für ihn war und er sich sonst mit niemandem traf.

»Nette Wahl«, sagte er grinsend und betrachtete das Teil. »War ich die Vorlage?«

»Werd nicht größenwahnsinnig, Brewer!« Ich grinste ihn an, nickte aber gleichzeitig. »Was soll ich sagen, du hast eben einen sehr talentierten und ansehnlichen Schwanz.«

»Fasse ich als Kompliment auf!«, knurrte er dunkel, zog sich sein einfaches Shirt mit einer Hand über den Kopf und ich konnte endlich wieder die Aussicht auf seinen nackten, gebräunten, muskulösen Oberkörper erhaschen. Es war irgendwie brutal, dass ein einziger Mann so schön sein durfte.

Jackson griff nach meiner Hand und führte mich grinsend in Richtung Flur.

»Wohin gehen wir?«, wisperte ich.

»Gerade als ich im Gang war, hatte ich eine Idee.«

Ich mochte seine Idee, als ich die Bibliothek betrat. Jackson hatte das Licht bereits zuvor gedimmt, zwei Gläser mit Rotwein standen auf einem Tisch und er hatte einen der großen, gemütlich aussehenden Ohrensessel so gedreht, dass er die Skyline von New York und den schwarzen polierten Flügel, der davorstand, sehen konnte.

»Komm her!«, forderte er mich auf. Schwerfällig nickte ich, biss mir auf die Lippe. »Ich möchte, dass du dich auf den Flügel setzt, dass du die kühle polierte Oberfläche unter deinem Hintern spürst und mir zeigst, wie du es dir selbst machst.«

»Was?«, entfuhr es mir, obwohl ich wusste, dass er das gerne sehen wollte.

»Ich wiederhole mich nicht, Sarah!« Seine Stimme, war sie vorher noch liebevoll gewesen, war jetzt streng, schneidend. Ich fühlte, wie eine neue Welle von Feuchtigkeit aus mir heraussickerte.

Wie schaffte es dieser Mann, dass ich in seiner Gegenwart absolut willenlos war? Wie schaffte er es, dass ich ihm immer Folge leistete? Jackson setzte sich mit nackten Füßen und oberkörperfrei in den Sessel, griff sich das Glas mit dem Rotwein und forderte mich mit seinen Blicken auf, zu dem schwarzen, in sanftes Licht getauchten Flügel zu gehen. Direkt darüber an der Decke war ein Spot, den er angestellt hatte. Wie bei einem Konzert, wenn der Musiker im Vordergrund stand.

»Ich komme mir blöd vor!«, rutschte es aus mir heraus, aber das war es, was ich empfand. Ich kam mir absolut bescheuert vor.

»Ich bin ziemlich sicher, dass es dir Vergnügen bereiten wird und mir wird es das auch. Deshalb musst du dir nicht blöd vorkommen. Du wirst sehen, dass es dich anmachen wird, wenn ich hier sitze und dich dabei beobachte.«

Er stand auf, kam auf mich zu und hob mir sein Rotweinglas entgegen. Zuerst nahm ich einen tiefen Schluck und anschließend, nachdem er es abgestellt hatte, umgriff er mit seinen großen Händen meine Taille und hob mich nicht auf den Hocker vor dem Klavier, sondern direkt auf dem Flügel. »Hier«, wisperte er in mein Ohr und stellte meine nackten Füße auf den Tasten ab. Es klimperte. Dieses Geräusch war hoch erotisch und schaffte es, dass sich eine Gänsehaut über meine Haut zog. »Ich will dich sehen können.« Er schob mit seinen Fingern meine Knie etwas weiter auseinander und dadurch wurde ihm die direkte Aussicht auf meine Vagina geschenkt. »Heilige Scheiße, du bist so verdammt schön!« Seine Stimme klang ehrfürchtig und nachdem er sich anscheinend für den Moment sattgesehen hatte, nickte er. Ich fühlte mich nicht so, als würde er mich wie Ware oder irgendeine billige Tussi betrachten. Ganz im Gegenteil. Ich fühlte mich begehrt und gewollt. Noch nie in meinem ganzen Leben war ich so mächtig gewesen.

Denn genau das war es, was er mir zeigte. Er ließ

mich sehen, dass ich hier das Sagen hatte, die Macht besaß und dass ich es war, die er mehr als alles andere wollte.

Erneut schluckte ich schwer, lächelte aber. Es war nicht so, als hätte ich das geplant, aber es passierte von selbst, dass mein Zeigefinger über meinen nackten Bauch nach unten fuhr und meinen Kitzler berührte. Ich seufzte. Jackson ebenso. Grinsend trat er einige Schritte zurück, ließ mich aber nicht aus den Augen, als er sich auf den Stuhl setzte und mich beobachtete. Den Vibrator hatte er neben mir abgelegt, aber zuerst wollte ich, dass er ebenso wie ich am Rande des Wahnsinns taumelte. Ich wollte, ich musste es versuchen, ihn genauso abhängig von mir zu machen, wie ich es von ihm war.

»Wie fühlt sich das an?«, fragte Jackson mit heiserer Stimme und ich seufzte erneut. »Fühlt sich das ... gut an?«

»Es ist ... besser als nur gut, nicht so unglaublich wie deine Berührungen, aber dass du zusiehst, macht mich an.«

»Sehr schön«, murmelte er, nippte wieder an seinem Wein und heftete den Blick auf mich. Er verbrannte mich, obwohl er mich nicht berührte. Er machte mich fertig, zeigte mir, zu was ich fähig war, wenn ich es zuließ. Das hier kostete mich unglaublich viel Mut. Aber ich tat es. Ich wollte es.

Ich wollte ihn.

»Nimm den Vibrator!«, sagte er dunkel zu mir. Ohne weiter darüber nachzudenken, tat ich es.

Ich schaltete ihn ein, legte ihn auf meine Klitoris und

bäumte mich auf. Ich war so erregt und geil, dass ich ihn anflehen wollte, zu mir zu kommen. Sein prüfender, alles versengender Blick machte mich wahnsinnig und ich wünschte mir nichts mehr, als dass er mich berühren und ausfüllen würde.

»Steck ihn dir rein!« Die erneute Anweisung war nicht sanft oder zärtlich gemeint, sie war roh und voller Verlangen. Meine Augen weiteten sich. Ich war überfordert, auch wenn ich natürlich wusste, was er meinte. Hitze ballte sich in meinem Körper, mein Puls beschleunigte sich. Vorfreude und Kribbeln. Ich zog mit meiner freien Hand meine Schamlippen etwas auseinander, ließ ihn so alles von mir sehen, und führte den Vibrator nach unten. Durch das heftige, konstante Vibrieren fühlte er sich wie ein Folterinstrument an.

Der extrem scharfe Mann auf dem Stuhl räusperte sich, rutschte etwas weiter an die Kante. Das war alles an Reaktion, was er mir gönnte, damit ich wusste, dass meine Show ihn anturnte. Das, und seine heisere Stimme. »Fick dich mit dem Vibrator so, wie ich es tun würde.«

»Ich …«, wimmerte ich weiter und stöhnte laut, als ich ihn so tief in mich einführte, dass ich meinen G-Punkt traf. Die Verkäuferin hatte recht gehabt, aber es war wohl gerade der falsche Moment, das auszusprechen.

»Gut so, Baby … Nimm dir das, was du möchtest. Nimm dir, was du brauchst.«

»O mein Gott«, keuchte ich, trieb mich selbst in die Höhe. Mein Blickfeld verschwamm, ich legte den Kopf auf dem Flügel ab und bäumte gleichzeitig den Rücken wieder auf. Ich drängte meinen Unterleib meiner eigenen Hand entgegen und wollte mehr. Stärkere Vibrationen, mehr Reibung, mehr Druck.

Mehr von allem.

Viel mehr.

»Das fühlt sich gut an, nicht wahr?«, fragte Jackson leise und auch wenn ich ihn kaum verstand, waren all meine Sinne so auf ihn gepolt, dass ich jede klitzekleine Regung von ihm wahrnahm, ohne wirklich hinzusehen.

»Ja, das tut es.«

»Stellst du dir vor, dass ich es wäre, der dich fickt? Der sich immer wieder in dich schiebt? Stellst du dir das vor? Denn ich tue es.« Erneut brachte ich nur ein Nicken zustande, war zu sehr gefangen in dem Strudel aus Leidenschaft und nackter Lust.

»Jackson«, klagte ich mit vor Sehnsucht erfüllter Stimme. »Bitte.«

»Bitte was?« Seine Stimme klang näher und ich legte leicht den Kopf zur Seite, während ich es mir immer noch selbst mit dem Vibrator besorgte. Er kam auf mich zu, drückte und knetete durch seine Jeanshose seinen riesigen, harten Schwanz.

»Ich will ...« Ein erneuter Stromschlag raste durch meinen Körper. »Ich wünschte, du wärst es, der in mir ist.«

»So?« Plötzlich fühlte ich seine Hand auf meiner, die Führung übernehmend. Dankbarkeit durchflutete mich. Ich zog meine Hand darunter hervor und legte sie an meinen Busen. Meine Nippel schmerzten vor Verlangen und ohne, dass ich mir auch nur im Entferntesten Gedanken darüber machte, kniff ich mich selbst hinein.

Ich hörte Jackson stöhnen. Ich hörte, wie er seine Hose öffnete und den Vibrator aus mir herauszog. Ich hörte das obligatorische Aufreißen einer Kondompackung und spürte anschließend, wie er mich an die Kante und darüber hinauszog und mich auf seinen Schoß setzte. »Reite mich!«, befahl er heiser und sofort begann ich damit, mich zu bewegen.

»Fuck!«, stöhnte er laut und ungezügelt.

»Jackson!«, stieß ich erneut einen Seufzer aus. Er war so tief in mir wie noch nie zuvor.

Meine Finger krallten sich in seine nackten Schultern, bohrten sich in seine Muskeln, aber dennoch war es nicht genug. Unsere verschwitzten Körper rieben sich aneinander, meine harten, aufgestellten Nippel kratzten über seine Haut und ich keuchte bei jedem Mal, das er mir mit den Hüften entgegenkam. Wenn ich mein Becken nach unten ließ, stieß er nach oben und andersherum. Wir fickten uns gegenseitig, es war pur und animalisch und ich liebte es.

Jacksons Hand legte sich in meinen Nacken und hielt mich an Ort und Stelle, die andere Hand lag auf meinem Arsch, krallte sich in das zarte Fleisch und würde dort Abdrücke hinterlassen. Aber wieder einmal war es mir vollkommen gleichgültig, ob ich irgendwelche Male von ihm davontragen würde. Ich wollte einfach nur erlöst werden.

Jackson schien es nicht hart genug zu sein, denn er stand plötzlich mit mir auf den Hüften auf, blieb mit mir auf der Empore, auf der der Flügel stand, und legte sich mit mir auf den Boden. Er rollte uns beide herum, damit er oben war, und hämmerte plötzlich in mich, dass ich vor lauter Überraschung laut aufschrie. »Jackson!«

Er grinste, biss sich auf die volle Lippe, während er sich mit den Händen neben meinem Kopf abstützte. Er ließ meinen Blick nicht los.

»Du bist so verflucht eng. So beschissen heiß. Du machst mich fertig, Sarah!« Er sprach abgehackt und schwer atmend. Schweißperlen standen ihm auf der Stirn und ich wusste, dass er ebenso nach Erlösung bettelte wie ich, dass er ebenso nach absoluter und völliger Verzweiflung strebte.

»Nicht ... genug.«

»Ich könnte dich stundenlang vögeln. Immer wieder.« Er zog sich vollständig aus mir zurück, um erneut sehr hart in mich zu stoßen. »Ich. Bin. Süchtig. Nach. Deiner. Pussy!« Jedes seiner Worte begleitete er mit einem heftigen Stoß und schließlich fielen wir gleichzeitig in den Abgrund. Meine Vagina zog sich um ihn zusammen und ich presste alles aus ihm heraus, das er bereit zu geben war. Schwer atmend, erschöpft sank er auf mich und wir beide stöhnten. Die Wellen des Orgasmus trugen uns mit sich.

Gerade als ich dachte, das war es jetzt, begann er erneut, sich zu bewegen. Sofort standen wieder all meine Synapsen bereit, fingen Feuer und trugen mich erneut in einen Strudel der Verzweiflung mit sich fort. Diesmal aber ließ Jackson es langsam angehen. Er grinste mich an, küsste mich und sofort war ich wieder süchtig nach seinen Lippen, seinen Berührungen und betete, dass es niemals aufhören würde. Es fühlte sich nach dem rauen Fick komisch an, dass er mich jetzt langsam und gemächlich vögelte.

All das vor der wunderbaren Kulisse der New Yorker Skyline. Ich war mir sicher, dass ich in einem Stadium der grenzenlosen Lust gefangen und seine Sklavin sein würde.

Er konnte mit mir tun, was auch immer er wollte. Ich würde zustimmen.

~

MATT, gesättigt. Jeder Muskel schmerzte.

So fühlte es sich also an, wenn man die vollkommene, absolute Befriedigung spüren durfte. Es war unglaublich. Er war unglaublich.

Wir zusammen waren es.

»Ich schwöre dir, ich kann mich gleich nicht mehr bewegen.«

»Ist es nicht bereits so weit?«, flüsterte Jackson in mein Ohr und ich unterdrückte nur mühsam ein Kichern. Ich fühlte mich nicht nur wie Julia Roberts in Pretty Woman, es war beinahe so, als würden wir die Badewannenszene gerade nachstellen. Nur dass es bei uns dunkel war und ich mich vor lauter matten Muskeln nicht mehr richtig bewegen konnte.

»Ich musste die ganze Arbeit leisten!«, erwiderte ich und Jackson lachte, nahm einen Schluck von dem kalten Bier, das er mit in das Badezimmer genommen hatte, und fuhr anschließend damit fort, mit dem hellbraunen Naturschwamm Wasser über mir auszudrücken.

»Ich habe das anders in Erinnerung.«

»Na ja, du bist der Mann, du solltest etwas besser in Form sein als ich.«

»Was? Bin ich das etwa nicht?« Ich schüttelte den Kopf, weil ich ihn necken wollte. Ich genoss diese Leichtigkeit zwischen uns. »Deine Schreie die letzten zwei Stunden haben etwas anderes gesagt.«

»Du reitest wirklich auf Kleinigkeiten herum, was?«

»Lieber ich, als wenn du das müsstest!« Ich lachte und er ebenfalls. Vermutlich würde darüber nur ein Mann lachen, der sich sicher und der absoluten Überzeugung war, dass er einen großen Schwanz besaß. Und einen zugegeben wirklich hübschen Schwanz. Hatte ich zuvor gedacht, dass ein Penis immer gleich aussah, belehrte mich Jackson eines Besseren. »Ich finde deinen Penis sehr hübsch.«

»Hast du meinen Schwanz gerade Penis genannt?«

»Das ist doch die korrekte Bezeichnung für das männliche Geschlechtsteil, oder?«

»Du machst es nicht besser ...«, murmelte er und platzierte einen Kuss auf meinem Scheitel. Ich liebte es, wie ungezwungen er heute war. Wie er sich um mich kümmerte und bemühte. »Sagt sie echt Penis ...« Ich kicherte wie ein Teenager.

»Ich finde deinen Schwanz ziemlich ansehnlich. Besser?«

»Ansehnlich?« Er runzelte die Stirn, wie ich nach einem schnellen Seitenblick sehen konnte. »Du hast echt keine Lust mehr, weiter mit mir zu vögeln, was?« Ich wusste, dass er nur einen Scherz machte, aber auch wenn es nur ein Scherz war, versetzte es mich sofort in Panik, dass das, was auch immer das zwischen uns war, vorbei sein könnte.

»Okay, okay«, lenkte ich also ein und war froh, dass er meiner Stimme die leichte Panik nicht anhören konnte. »Du hast einen riesigen, wunderschönen und dicken Schwanz, der mich überaus gut verwöhnt.«

»Schon besser!«, sagte er gönnerhaft und lachte. »Du bist auch nicht übel.«

»Entschuldigung?«, fragte ich übertrieben. »Ich bin ja wohl der Hammer!«

»Muss ich dir zustimmen.«

»Tsss«, sagte ich gespielt und zum Glück konnte ich die negativen Gedanken verdrängen. »Unglaublich, vielleicht lass ich deinen Schwanz, egal wie schön und groß und dick er ist, einfach nicht mehr in meine Vagina.«

»Da wären wir – das sind mein Schwanz und ich – aber ziemlich traurig.«

»Aha!« Ich tat so, als hätte ich ihn bei etwas ertappt. »Gut so.«

»Ich meine es ernst, Sarah. Ich bin verdammt gerne in dir, deine süße Pussy und mein Jonny passen gut zusammen.«

»Damit hast du recht!« Mit klopfendem Herzen wartete ich darauf, ob noch etwas kam. Immerhin hätten wir nur noch eine Nacht miteinander, dann würde seine Forderung enden und wenn ich ihn richtig einschätzte, war er kein Mann, der Prinzipien über den Haufen warf.

Nein, er hielt sich an Vereinbarungen. Und ich hatte keine Idee, wie ich diese abartige Sucht nach ihm wieder loswerden könnte.

Wir waren nicht gesund füreinander, wir waren nicht gut füreinander und doch war es unglaublich, was geschah, wenn wir uns in die Augen blickten.

»Findest du eigentlich eine frei stehende Wanne mit Panoramablick auf Manhattan nicht ein wenig übertrieben?«, fragte ich, während er damit fortfuhr, Wasser über meinen Körper laufen zu lassen. Er beschäftigte sich intensiv mit meinen Nippeln.

»Das war damals eine meiner Bedingungen.«

»Was? Dass du von der Badewanne aus die Stadt überblicken kannst, weil du ein Mann bist, der so viel Zeit hat, regelmäßig zu baden?«

»Nein, es war eine Bedingung, dass das komplette Penthouse bis auf wenige Wände rundherum bodentiefe und deckenhohe Fenster hat.«

»Du musst das ja nicht putzen!«, sagte ich mit einem Lachen in der Stimme.

»Das ist wahr. Aber ich möchte genießen, dass es meins ist, dass ich diesen Ausblick habe. Ich fühle mich dann, als wäre ich eine Art König von New York.«

»Wenn man den Medien glauben darf, bist du das auch. Und ein Mann, der niemandem in die Falle geht.«

»Ein Mann, der niemandem in die Falle geht?«, wiederholte er und ich sah aus dem Augenwinkel, wie er spöttisch die Brauen hob. »Die Info ist mir neu.«

»Dahingehend, dass niemand versteht, wie man so

gut aussehen kann wie du und immer noch Single sein kann.«

»Es ist nicht so, als hätte es noch niemand versucht.«

»Was? Dich vom Markt zu kriegen?« Bei dieser Frage spürte ich einen Stich in meinem Herz, aber irgendwie fühlte ich auch, dass ich heute ein paar Antworten bekommen würde. Antworten, die meine Seele dringend brauchte.

»Ja, mich vom Markt zu kriegen, zu heiraten, Kinder zu haben«, sagte Jackson und seine Stimme wurde plötzlich leise.

»Hast du das nie für dich gewollt?«

»Doch, irgendwann schon mal. Damals in der Uni.«

»Hattest du noch nie eine lange Beziehung?«

»Ich weiß nicht, was für dich lang ist?«

»Keine Ahnung, vielleicht so ... sieben bis zehn Jahre?«

»Nein.« Er lachte. »Hatte ich noch nie.«

»Kann ich gar nicht glauben!«

»Wirke ich wie ein Mann, der sich gerne festlegt?«

»Nun ...«

»Siehst du!«, unterbrach er mich. »Was ist mit dir und deiner Geschichte?«

»Du meinst, ob ich Kinder und einen Mann will?« Irgendwie hoffte ich, er würde seine Meinung ändern, irgendwas. Ich wollte irgendwas aus ihm herauskitzeln, das mir zeigte, dass auch er nicht wollte, dass dieses Band zerriss, welches wir unsichtbar gewoben hatten und welches sich immer stärker miteinander verband. »Möchte ich unbedingt.«

Jackson seufzte schwer, legte den Schwamm zur Seite und nahm einen Schluck Bier. Er schien seine Antwort ziemlich gut abzuwägen und ich bereute es auf dem Fuße, dass ich es nicht einfach überspielt hatte. War es nicht besser ihn ›irgendwie‹ zu haben, statt gar nicht?

»Du weißt, dass es bei mir nicht mehr gibt als Sex und ein bisschen Smalltalk, oder?« Seine Worte waren hart, und ich konnte es irgendwie nicht richtig glauben. Wir waren zusammen Mittagessen gewesen, wir hatten zusammen in der Mall, in der Öffentlichkeit gesprochen und jetzt lagen wir hier in der Wanne, unterhielten uns nicht über belanglosen Kram wie Arbeit, sondern darüber, wie wir zu Heirat und einer Familiengründung standen. Meiner Erfahrung nach gehörte das nicht in die Kategorie Small talk. Aber nach seinem Dämpfer gerade eben würde ich einen Teufel tun und ihm das sagen.

»Ich wäre erstaunt, hätte sich an dieser Vereinbarung etwas geändert.« Dunkel knurrte er und ich räusperte mich, um den Kloß in meinem Hals zu vertreiben. »Ich möchte das irgendwann und früher dachte ich, zum heutigen Zeitpunkt hätte ich all das bereits.« *Ja, Jackson, wenn du mir wehtust, auch wenn du es nicht weißt, dann holte ich nun einmal zum Gegenschlag aus.*

»Okay«, murmelte er.

»Ach komm schon«, überspielte ich das munter weiter. »Du willst doch nicht sagen, dass jemand wie du, ein Mann, der über so viel Erfahrung verfügt und der genau weiß, was eine Frau will, nur für ein Mädchen geschaffen ist?« Nervös kicherte ich. Aber er sollte nicht mitbekommen, wie meine Stimme brach, da ich mir, das erkannte ich jetzt, genau das wünschen würde. Dass er nur mir gehörte. Auch in der Öffentlichkeit, dass ich ihn anfassen durfte, wann immer ich es wollte, dass er zu mir nach Hause kam, wenn er seine Arbeit erledigt hatte ... Allerdings wusste ich, das würde nicht passieren und ich musste mich vor ihm schützen. Vor ihm und seiner Kälte, die mich unweigerlich treffen würde.

Es blieb nur zu beten, dass es nicht heute so weit war. Ich wollte diese eine weitere Nacht, die Teil seiner Vereinbarungen waren, mit ihm noch. Es war völlig bescheuert, daran festzuhalten, denn es gab keine Konsequenz, wenn sie nicht stattfand.

Ich brauchte sie, denn ich war noch nicht so weit, dass ich es sein lassen konnte. Jackson Brewer war eine Droge und auch wenn ich wusste, dass es eine verdammt beschissene Idee war, nahm ich mir solange davon, bis die Quelle versiegt war.

Über meine Gedanken hatte ich nicht bemerkt, dass er mir nicht geantwortet hatte, das wurde mir erst später in der Nacht klar, als ich nach Hause ging.

Nach Hause in eine Wohnung, die einsam und leer war.

Aber ich musste das tun. Ich musste das Bild der Frau aufrechterhalten, die mit seinen Bedingungen einverstanden war.

Dass mein Herz etwas anderes ersehnte? Das spürte ich erst seit einigen Stunden überaus deutlich.

Verfluchte Scheiße, ich hatte ein riesiges Problem. Ein wirklich riesiges, verficktes Problem, das gut aussah, einen Schwanz zum Träumen hatte und einen Intellekt, wie ich ihn noch nie bei einem Menschen erleben durfte.

Jackson Brewer verkörperte alles, was ich ersehnte.

Und ich wusste, dass ich es nie vollends haben konnte.

Nie.

Auch nicht, wenn ich mich auf den Kopf stellte.

Zwölf

Jackson

Sie wusste einen Scheißdreck, was ich wollte und was ich nicht wollte. Sie hatte keine verfickte Ahnung davon, was ich mir ersehnt hatte und wie es wirklich gelaufen war.

Null Komma null.

All meine Instinkte rieten mir, die Sache mit Sarah White sofort zu beenden. Aber ich tat es nicht, denn mein Schwanz, dieser miese Verräter, gewann den Kampf in meinem Kopf.

Das war auch der Grund, wieso ich völlig genervt und mit den Augen rollend das leere Bett im Penthouse verlassen hatte und nach Hause in meine Wohnung gefahren war.

Hier erinnerte mich nichts an Sarah.

Hier roch es nicht nach ihr.

Hier hatte ich diese Gedanken nicht, dass ich sie gegen irgendeines meiner Möbelstücke ficken wollte.

Das hier war mein Zuhause, meine Wohnung, die ich mit meiner kleinen Tochter teilte. Hier würde ich niemals an eine Frau denken.

Und was tust du dann jetzt gerade?, verhöhnte mich die Stimme in meinem Kopf und ich versuchte, mich zusammenzureißen, beschleunigte meinen Körper noch etwas mehr, indem ich die Muskeln anspannte, und kraulte in meiner gewohnten Beständigkeit durch das Wasser. In dem Haus, in dem ich mit Sophie wohnte, gab es ein Schwimmbad, was zur Penthousewohnung gehörte. Ich liebte es, dass ich direkten Zugang dazu hatte, wann immer ich wollte. Sophie ebenfalls, auch wenn ich zu Beginn extrem hatte aufpassen müssen, bis sie schwimmen gelernt hatte.

Ich drehte den Kopf, holte Luft und tauchte ihn wieder unter Wasser. Wieso reizte es mich so extrem, dass Sarah nicht das tat, was ich wollte? Normalerweise war ich derjenige, der entschied, wann eine Frau zu gehen hatte. Aber bei ihr hatte ich gar nicht die Möglichkeit, denn sie stand nach weiteren Runden Sex einfach auf, packte ihr Zeug zusammen und verabschiedete sich, ehe ich auch nur irgendwie anmerken konnte »Aber es ist schon spät, bleib doch!«. Zum Glück, ich hätte mich zum totalen Idioten gemacht, wenn ich es getan hätte, denn offenbar wollte sie gar nicht bei mir bleiben. Es konnte nicht schnell genug gehen, dass sie die Tür hinter sich ins Schloss schmiss. Irgendwie brachte sie mich dazu, all meine Grundsätze über den Haufen zu werfen.

Zugegeben, das war eine völlig neue Erfahrung für mich und brachte mich an den Rande des Wahnsinns.

Ich hatte versucht zu ignorieren, dass sie weg war, und einzuschlafen. Aber irgendwann hatte die vergangene Nacht mich eingeholt. Ich hatte die Decke zurückgeworfen, meine Badeshorts angezogen und war in einer fließenden und geschmeidigen Bewegung ins Wasser gesprungen.

»Ja, ich will das alles, aber ich will es nicht mit dir!« Ihre Worte trafen mich jedes Mal wie ein Seitenhieb, den ich nicht hatte kommen sehen. Das dachte sie über mich? Sie dachte, dass ich jemand war, der nicht nur für eine Frau geschaffen war? Jemand, auch wenn sie es nicht direkt aussprach, der nicht monogam war? Offensichtlich hatte sie keine recht hohe Meinung von mir. Anscheinend dachte sie, ich fickte mich von A nach B. Okay, das war nicht unbedingt verkehrt, aber es so aus ihrem Mund zu hören, traf mich dennoch, denn Sarah war eine extrem faszinierende Frau, der ich, wenn ich die Möglichkeit gehabt hätte, den Hof machen würde.

Wie bitte sollte ich Sarah erklären, dass ich tagsüber der Inhaber einer sehr erfolgreichen Immobilienfirma und gleichzeitig der Vater einer kleinen Tochter war?

Sophie war jetzt sechs Jahre alt und ich hatte es bisher geschafft, sie aus der Presse fernzuhalten. Ich war kein Promi, der sich, wenn er nur in einen Supermarkt ging, Gedanken machen musste, wer ihn sah. Heilige Scheiße nein. Aber wenn ich auf Veranstaltungen auftauchte oder mit der Firma in der Zeitung war, dann lag die Aufmerksamkeit auf mir. Ich war mir sicher, würde Sarah ordentlich tief graben, dann würde sie Sophie finden.

Ich wollte gerade zu einer Unterwasserrolle ansetzen, als mir klar wurde, was hier geschah. Ich hielt ruckartig in meiner Bewegung inne, tauchte aus dem Wasser auf und hielt mich mit den Armen am Beckenrand.

Sarah White benutzte mich.

Sie benutzte mich dafür, ihren Ex-Verlobten zu vergessen und über ihn hinwegzukommen. Sie benutzte mich, damit ich ihr einen Orgasmus nach dem nächsten bescherte. Heilige Scheiße, ich wurde ausgenutzt.

Ich wurde ausgenutzt und es störte mich, dass es Sarah war, die das so offen zeigte.

In einer geschmeidigen Bewegung hob ich meinen Körper aus dem Becken, ging zu einer der Liegen und griff ein weiches weißes Handtuch. Langsam trocknete ich mein Gesicht ab. Wieso zur verdammten Hölle störte es mich so sehr, dass Sarah das mit mir machte, was ich ständig, seit Jahren und immer wieder machte? Wieso störte es mich und wieso ging ich nicht, wie sonst eigentlich auch, zur Tagesordnung über? Wieso verhielt ich mich wie ein verletztes, angeschossenes Reh?

Schwer atmend stützte ich die Hände in die Hüften. Ich hasste es, wenn ich weich wurde, wenn ich Gefühle zeigte und wenn ich merkte, dass auch ich nur ein Mensch mit einem Herz war, welches ich für Frauen weggesperrt hatte – Sophies Mutter Amalia sei Dank.

»Fuck!«, fluchte ich laut und meine Stimme erschreckte mich selbst. »Fuck! Fuck! Fuck!« Ich hasste es, wenn ich verarscht wurde, und unweigerlich zog mein Kopf Parallelen zwischen Amalia und Sarah. Scheiße. Verdammte, verfickte Scheiße. Das durfte doch nicht wahr sein. Amalia hatte es damals geschafft, dass ich genau das Gleiche zu empfinden begann wie jetzt auch. Sie hatte es geschafft, dass ich kurz vorm Durchdrehen war, dass ich nicht verstanden hatte, wieso sie mich an sich gezogen und sich von mir hatte vögeln lassen, um mich anschließend abzustoßen. Es war dieses perfide Spiel einer Frau. Es waren diese Tussis, die es nicht schafften, die Karten offen auf den Tisch zu legen. Ich war doch auch ehrlich? Ich sagte doch auch, dass ich nur vögeln wollte und dass ich mich auf nichts Weiteres einließ! Aber nein, Sarah mit ihrem unschuldigen Getue, mit ihrem gebrochenen Herzen und ihrer Schlagfertigkeit hatte mich eingelullt, ohne dass ich es bemerkt hatte.

»Scheiße!«, zischte ich erneut und trat gegen einen der herumstehenden Rattankörbe, die für dreckige Handtücher gedacht waren. Natürlich war er leer, denn auch hier wurde jeden Tag gereinigt. Gespenstisch spiegelte sich das sanft wiegende Wasser aus dem beleuchteten Becken zusammen mit den wenigen gedimmten Spots, welche ich angeschaltet hatte, in den Scheiben. Verfluchte Scheiße, ich ließ mich hier gerade verarschen, schlitterte in eine verfluchte Situation wie damals mit Amalia und wusste, dass ich mit einem gebrochenen Herzen daraus auftauchen würde.

Mehr als sechs Jahre lang hatte ich mir geschworen, dass mir das nie wieder passierte. Ein Kind würde ich mir sowieso nie wieder unterschieben lassen, obgleich ich Sophie abgöttisch liebte und alles für sie tun würde, aber eines reichte. Ich hatte mir damals auf der Uni geschworen, als Amalia einfach verschwunden war, nachdem sie mir unsere Tochter in die Arme gedrückt hatte, dass ich mein Herz nie wieder verschenkte. Seitdem war es zu einem Eisblock gefroren und nicht wieder aufgetaut.

Bis jetzt.

Gut, dass ich es erkannt hatte. Gut, dass ich ihr beschissenes Spiel durchschaut hatte.

Es war damit vorbei, dass ich einen auf anständig und brav machte. Ich würde mir diesen einen Fick mit ihr noch holen, der mir zustand. Und damit würde ich sie mir aus dem System vögeln.

Ich würde das noch durchziehen und dann zu meinem gewohnten Alltag zurückkehren.

Sarah White war eine Muschi wie jede andere. Ich sollte also endlich damit aufhören, mich wie ein verfluchter Gentleman zu benehmen. Ich sollte es sofort stoppen, dass ich sie wie eine Lady behandelte, die ich zum Mittagessen ausführte und bei der ich sogar darüber nachdachte, ob sie übernachten wollte.

Denn Fuck, sie war noch raffinierter als ich, sie war noch besser in diesem perfiden, abartigen Spiel, in dem ich mich selbst als Meister betrachten würde.

Nein, Sarah White, es war vorbei, dass ich darauf achtete, dass es dir gut ging, dass du deinen Spaß hast, dass ich dich zum Lachen bringe. Dass dein Ruf gewahrt wird.

Ich würde dich ficken.

Und damit meinte ich ausnahmsweise keinen Orgasmus.

Dreizehn

Sarah

Zugegeben, bei allem, was ich hier gerade tat, dachte ich an Jackson Brewer und das würde mich in Teufels Küche bringen. Während ich unter der Dusche stand und mich fertigmachte, als ich meine Unterwäsche für heute Abend auswählte und mir in meinem begehbaren Kleiderschrank ein Designerkleid nach dem nächsten ansah und darüber nachdachte, welches ich wohl tragen wollte.

Als ich darüber nachdachte, ob ihm wohl Valentino, Gucci oder Hermés am besten an mir gefallen würde. Und direkt im Anschluss schalt ich mich eine Idiotin, weil es im Grunde absolut gleichgültig war, was ihm an mir gefiel. Eigentlich sollte ich vollkommen darauf verzichten und verdammte Jeans tragen, würde es meinem Vater nicht missfallen und würde er nicht so im Rampenlicht stehen. Es war eine verdammte Farce, die ich hier aufführte und ich wusste, dass ich daraus als

Verliererin hervorgehen würde. Ich wusste, dass ich womöglich mit einem Scherbenhaufen, der sich mein Herz nannte, zurückblieb. Und doch konnte ich nicht aufhören.

In der zweiten Nacht, die ich mit ihm verbringen durfte, zu gehen ... das war das Schwierigste, das war der Horror, aber ich wusste, als er mir wegen der Sache mit der Familie nicht widersprochen hatte, dass es wirklich so war, wie ich glaubte.

Er hatte nur schnelle, unwiderrufliche Affären und das war es. Er investierte nicht mehr als einen Fick, oder wie in meinem Fall eben drei Ficks.

Ich wusste, dass mir noch einmal übrig blieb, nur wusste ich nicht, ob ich es aushalten würde, danach wieder zu gehen. In der vergangenen Woche, in der ich nichts von ihm gehört hatte, war mir klar geworden, wie sehr ich ihn mochte. Dass ich ihn nicht nur vögeln wollte, sondern dass ich wollte, dass er mich anrief, mir von seinem Tag berichtete und wir wieder zusammen essen gingen. Ich hing bei meinem Dad im Büro rum. So lange bis ich davon ausgehen musste, dass er misstrauisch wurde und ich mit Fragen von ihm gelöchert werden würde. Ich stürzte mich in die Arbeit für ein Gemeindehaus, das dringend das komplette Potenzial der Innenräume ausgearbeitet brauchte, und ging dort gleich zweimal hin, um alles auszumessen. Die Unterlagen vom ersten Mal waren irgendwie verschwunden. Meine Gedanken waren bei Jackson Brewer und ein ums andere Mal, wenn ich es nicht mehr schaffte, mich zu kontrollieren, googelte ich nach ihm und hasste mich im direkten

Anschluss daran selbst dafür. Ich bemerkte, dass es viele gemeinsame Fotos von ihm und Andrew gab, aber nur sehr wenige mit anderen Frauen – und natürlich keines mit mir. Jedes Mal, wenn ich wie eine scheiß Stalkerin seinen Namen in die Suchmaschine tippte, schlug mein Herz bis zum Hals, weil ich jederzeit davon ausgehen musste, dass neue Fotos von ihm mit einer Frau auftauchen könnten. Dass er mich ersetzt hatte.

Nein, es ging so nicht mehr weiter, ich musste mich mehr distanzieren. Und doch stand ich hier auf dem Wohltätigkeitsball der Partei meines Vaters, trank Bowle mit Erdbeeren und suchte den Raum nach ihm ab, dass mir beinahe schlecht über mein eigenes Verhalten wurde. Ja, ich war nervös und diese Nervosität führte dazu, dass ich bisher noch nicht einmal Zeit gehabt hatte, die Schönheit des Ballsaals ins Auge zu fassen. Das Hotel hatte sich wieder einmal selbst übertroffen. Blumenarrangements in dunklem Violett, Salbei und Eukalyptusgrün wohin man nur sah. Die hohen Säulen waren mit riesigen Blumenkränzen darum geschmückt worden und auf jedem der runden, absolut perfekt eingedeckten Tische stand eines dieser Arrangements mit großen, dicken Kerzen in denselben dunklen violetten Schattierungen wie die der Hortensien und der Lisianthus. Es sah absolut umwerfend und unglaublich aus. Der Eventplaner hatte sich selbst übertroffen. Auf der Bühne war momentan ein Streichquartett, das den Empfang und das Dinner begleiten würde.

Zu Beginn dachte ich, dass mein Vater eine gewagte Idee damit hatte, dass er Menschen zu einem Dinner einlud, bei dem sie für das Essen spenden mussten. Die Gäste würden erst danach erfahren, welcher weltberühmte Sternekoch für sie gekocht hatte. Der Koch sponserte das Essen, was bedeutete, dass die kompletten Einnahmen der Charity zugutekamen. Es war eine grandiose Idee, denn was wollten denn reiche Menschen lieber als exklusives, exzellentes Essen?

»Jetzt hör schon auf«, sagte meine beste Freundin Lucy, die neben mir stand. »Von deinem sabbernden Blick und der darauffolgenden Enttäuschung, weil er noch nicht da ist, wird ja sogar mir übel.«

Ich hob beide Brauen, schürzte die Lippen und sah bedeutungsschwanger auf das Glas Bowle in ihrer Hand. »Wie viele hattest du davon schon? Ich denke, deshalb wird dir schlecht.«

»Nein, ich bin ziemlich sicher, es liegt an dir und daran, wie du den Eingang bewachst. Wie eine räudige Hündin, die darauf wartet, dass sie angesprungen wird.«

»Danke schön«, sagte ich lang gezogen, nachdem ich den Hustenanfall überwunden hatte, den mir die Worte »räudige Hündin« bescherten. »Manchmal bist du ein wenig zu ehrlich, das ist dir klar, oder?«

Lucy, ebenfalls in einem Abendkleid, zuckte die Schultern. Sie passte hier auf die eine Art so unglaublich gut rein und auf die andere einfach gar nicht. Meine Freundin war anders als alle anderen Menschen hier in diesem Raum, daran änderte auch eine Silber fließende Robe von Prada nichts.

»Was denn? Lieber so, als wenn du es morgen in der Zeitung liest, weil jemandem auffällt, dass du starrst.«

Lucy lächelte einen Mann an, der mit seiner Ehefrau vorbeilief. Er war einer der Wahlkampfhelfer und ich mochte ihn nicht. Natürlich würde ich ihn das niemals spüren lassen. »Was macht dich denn so sicher, dass er kommt? Bisher sehe ich hier noch nicht so viele Externe.« Damit hatte sie recht. Die meisten Menschen, die hier waren, waren aus dem Team meines Vaters, Politiker aus anderen Parteien oder von den diversen Stiftungen, welche es in New York gab. Dummerweise waren das eine Menge und es herrschte recht viel Trubel.

»Ich hab seinen Namen auf der Gästeliste gesehen.«

»Du hast …« Lucy senkte die Stimme, ehe uns einer der Umstehenden hörte. »Du hast dich in die Gästeliste der Veranstaltung gehackt?«

»Nun dramatisier das mal nicht. Das klingt ja so, als hätte ich die Firewall des Verteidigungsministeriums zerschossen und einen Virus eingeschleust.«

»Das ist illegal.«

Ich rollte die Augen. Irgendwie waren unsere Rollen gerade vertauscht. Eigentlich war ich die Vernünftige von uns beiden. »Entspann dich, mein Dad ging die Liste mit mir durch und wollte meine Meinung dazu, ob es noch etwas zu ergänzen gibt. Da hab ich es gesehen.«

»Deine Meinung?« Lucy schaffte es wirklich, vollkommen indiskret zu sein, ohne beleidigend zu wirken. »Ich meine, nichts für ungut, Sarah, aber sonderlich viel Ahnung von Politik hast du doch nicht wirklich, oder?«

»Nein«, gab ich zu, denn es brachte nichts, dieses Thema schönzureden. »Aber von Wohltätigkeit.«

»Damit hast du wohl recht!« Nun stieß Lucy mich

in die Seite. »Das müsste er sein, oder? Zumindest drehen sich die Frauen nach ihm um.«

O ja. Da war er. Zusammen mit seinem, wie ich von den Googlefotos wusste, Geschäftspartner, Bruder und besten Freund Andrew Wellington. Die beiden hochgewachsenen, sehr muskulösen Männer hätten wirklich blutsverwandt sein können. Sie bewegten sich absolut synchron, jeder strahlte unglaubliche Macht und Präsenz aus. Auch wenn es mit Sicherheit niemand dieser hochrangigen Menschen hier geplant hatte, wichen sie ihnen alle aus, traten zur Seite und begrüßten sie mit einer Hochachtung, als hätte der Präsident selbst den Raum betreten.

Es wäre lachhaft gewesen, wenn es nicht so unglaublich beeindruckend wirken würde, dass auch uns der Mund offen stand.

»Ich verstehe dich«, sagte Lucy plötzlich leise in mein Ohr, wandte den Blick aber nicht von den beiden ab. Sie waren noch nicht sonderlich weit gekommen, denn ständig begrüßte sie jemand und man hätte meinen können, dass die beiden die Attraktion des Abends waren.

Dabei stand etwas anderes im Rampenlicht: nämlich das Wohl anderer Menschen. Arroganter, verfluchter Jackson Brewer. Arroganter, verflucht heißer Jackson Brewer.

»Bezüglich was verstehst du mich?«, fragte ich Lucy und wandte den Blick kurz von den beiden ab. Immerhin war ich die Tochter des Bürgermeisters und sollte sie nicht so anstarren, als wären sie ein leckeres Steak, das man genießen wollte.

»Dass du nicht aufhören kannst, mit ihm zu vögeln. Der Kerl ist *Sex on Legs*, das ist dir klar, oder?«

»Hast du ihn gerade Sex auf zwei Beinen genannt?«

»Ja, schau ihn dir doch an. Da werde selbst ich ganz feucht.«

»Kannst du jetzt die Klappe halten?«, zischte ich leise, denn ich wollte einfach nur noch, dass diese Peinlichkeit ein Ende hatte. »Wenn dich jemand hört?«

»Na und? Dann wissen er und sein Bruder, dass ich ihn nicht von der Bettkante stoßen würde. Wobei doch, Brewer schon, aber sein Bruder ... Yummi.«

»Das ist widerlich.«

»Wisch du erst mal deinen Sabber vom Boden auf, liebe Sarah!«, tadelte sie mich und ich rollte mit den Augen und trank einen Schluck Bowle. Jackson und Andrew standen bei meinem Vater, begrüßten ihn und lachten miteinander. Sie schüttelten die Hände und genau in dem Moment, traf sein Blick auf meinen.

Sprühende, tobende Lava in seinen Augen.

Wütender, peitschender Sturm in meinen.

Wut.

Verlangen.

Hass.

Sehnsucht.

All das war es, was bei seinem intensiven, stechenden Blick in mir aufbrach. All die Gefühle, welche ich die ganze Woche unterdrückt hatte, brachen aus mir hervor.

Gefühle, von denen ich nicht einmal wusste, dass ich sie empfand.

»Sie kommen rüber.«

Ich sehe es, wollte ich Lucy sagen, brachte aber kein Wort heraus. Ich betete, dass die Schicht aus Concealer und Make-up dick genug war, dass er nicht erkannte, wie sehr mich sein Auftauchen durcheinanderbrachte. Wie sehr ich mit der pulsierenden Lust und der aufkeimenden Röte zu kämpfen hatte.

»Die Damen!«, sagte Andrew, ein formvollendeter Gentleman, und griff nach der Hand, welche Lucy ihm entgegenstreckte, um einen angedeuteten Kuss darauf zu platzieren. »Und Sie müssen wohl Sarah White sein. Mein Name ist Andrew Wellington und ich bin das Anhängsel dieses Typen.« »Dieser Typ« rollte die Augen und entgegnete allerdings nichts, als er mich ansah.

Wie debil brachte ich ein Nicken zustande, hob ihm meine Hand entgegen und er drückte sie leicht, statt mir einen Kuss darauf zu geben. »Das ist Lucy, meine Freundin und Unterstützung bei Events dieses Ausmaßes.«

»Lucy!«, sagte Andrew mit einem breiten Grinsen. »Wie schön, Sie kennenzulernen.« Die beiden lächelten sich an und direkt danach entstand peinliches Schweigen.

»Nun«, begann Andrew und schien sich sichtlich unwohl in seiner Haut zu fühlen. Jackson starrte mir immer noch mit einer tödlichen Gleichgültigkeit in die Augen, die mich erzittern ließ. »Wollen Sie vielleicht etwas trinken, Lucy?« Er sah auf ihr immer noch halb volles Glas Bowle, schien aber der Anspannung unbedingt entkommen zu wollen.

»Sehr gerne!«, sagte sie und die beiden drehten sich von uns weg, um zur Bar schräg hinter uns zu gehen.

»Du hast wohl sämtliche Höflichkeiten auf der Strecke gelassen, Jackson?«, fragte ich salopp und mir war natürlich klar, dass es in gewisser Weise unfair war. Ich war auch nicht besonders höflich zu ihm gewesen. Zwischen ihm und mir hatte sich etwas verändert, aber ich konnte es nicht greifen, was genau.

»So? Bist du denn sonderlich höflich?«, fragte er, hob die Braue und die Dominanz, welche er ausstrahlte, hielt mich gefangen. Er hatte eine unglaubliche Aura. Mächtig, voller Kraft, dunkel – sie würde mich in den Abgrund ziehen, aber sie war unwiderstehlich. »Ach nein warte, du bist ja letzte Woche Freitagnacht gegangen, ohne dass du überhaupt eine Antwort abgewartet hast.« *Ja, bin ich. Und das war besser so, denn sonst hätte nur ein Wort aus deinem Mund genügt und ich wäre wie eine willenlose Marionette in deine Arme zurückgesunken.* »Wie auch immer, das war eine sehr kluge Entscheidung. Hat mir erspart, dass ich dich auffordern musste.« Scheinbar gleichgültig sah er an mir vorbei und nickte lächelnd einem älteren Herrn zu. »Ist ja immer eine unangenehme Situation!« Sein Lächeln, das er mir jetzt schenkte, war eisig. Ich bekam eine Gänsehaut davon.

Tränen stiegen in meine Augen und ich musste mehrmals schwer schlucken, damit sie nicht überliefen. Er konnte das unmöglich ernst meinen.

»Entschuldige mich bitte!«, sagte ich kurz angebunden und raffte den Stoff meines dünnen bodenlangen Kleides, um Abstand zwischen ihm und mich zu bringen. »Ich muss dort drüben jemanden begrüßen.« Ich hielt mich nicht daran, was ich sagte, ging in die Richtung davon, die ich angedeutet hatte, und eilte den Gang entlang. Ich kannte mich hier sehr gut aus, da mein Vater hier so gut wie immer seine Veranstaltungen abhielt. Das Dumme war, es war Jacksons Territorium.

Ich eilte immer weiter, doch es war noch nicht genug Abstand zwischen diesem Mistkerl, der die Macht über mich und mein Herz erlangt hatte, und mir. Feurige Wut flammte durch mich hindurch. Hatte er ein Recht sich seltsam aufzuführen? Nein, da musste ich ihn bitter enttäuschen, das sah ich anders. Ich sah es nämlich so, dass er die Oberhand hatte und das tat weh. Also stützte ich mich auf den Gedanken, dass alles gut werden würde, wenn ich nur genug Abstand von ihm hätte. Dass sich dieses beklemmende Gefühl wie eine Schlinge um meinen Hals zuzog, versuchte ich zu ignorieren.

Ich musste aus dieser Abwärtsspirale heraus, ehe ich vollkommen unterging. Ehe ich versagte und zusammenbrach.

»Was denkst du, wo du hingehst?« Jackson griff nach meinem Handgelenk, wirbelte mich herum und drückte mich mit dem Rücken gegen eine Wand. Ich hatte über meine Gedanken nicht einmal bemerkt, dass mir jemand folgte.

»Ich würde sagen, das geht dich nichts an!« Sein Duft schlug mir entgegen und brachte mich beinahe um.

So fühlte es sich an. Wie ein langsamer, schleichender Tod, dem ich nicht einmal entrinnen wollte.

»Ich gebe hier den Ton an!«, zischte Jackson mit verzerrtem Gesicht und beugte sich nach vorne, presste die Lippen auf meinen Mund und drang mit seiner Zunge in ihn ein. Sofort stürzte ich mich auf ihn und als ich es endlich schaffte, ihm meine Hände zu entreißen, krallte ich sie in seine Kopfhaut und sein Haar. »Oh, das Kätzchen fährt die Krallen aus!«

»Fick dich!«, entschlüpfte es mir. Jackson trieb mich seit unserem Kennenlernen an meine Grenzen und offenbar auch darüber hinaus.

»Oh, meine Süße, ich werde gleich dich ficken!«, zischte er, raffte meinen Rock und schob ihn nach oben.

»Lass mich in Ruhe!«, sagte ich und war mir selbst nicht darüber im Klaren, ob es das war, was ich sagen wollte, oder einfach das, was aus mir herauskam. Ich keuchte, kratzte mit meinen roten Nägeln über seine Smokingjacke und versuchte, irgendwie bei Verstand zu bleiben.

»Denkst du wirklich, du kannst vor mir davonrennen?«, knurrte er dunkel, die Stimme voll wilder Besitzgier. Ich genoss es, wusste aber, dass es falsch war. Wusste, dass wir aufhören mussten, da wir uns ansonsten gegenseitig zerstören würden. Ich wusste, dass das hier nicht gut gehen würde. »Wir haben vereinbart, dass wir ficken«, fuhr er fort und rastlos glitt ich mit meinen Händen über seine muskulöse, aufreizende Gestalt. Ich spürte seinen harten Schwanz an meinem beinahe nackten Unterkörper. »Hast du so schöne Wäsche angezogen, damit sie niemand sieht?« Er lachte verächtlich. Er war wütend. Wieso war er so dermaßen wütend? Ich verstand es nicht. »Ich glaube nicht. Ich glaube, du hast sie angezogen, weil du darauf wartest, dass ich dir gebe, was du möchtest. Dass ich dich ficke, dass ich es dir besorge wie in den Nächten zuvor.«

»Nein!«, entkam mir, aber im Gegensatz dazu zog ich ihn noch näher an mich heran. Jackson glitt mit seinen langen, talentierten Fingern durch meine feuchte Pussy und ich stöhnte. »Das zwischen uns ist besser, wenn es beendet ist.«

»Gottverdammte Scheiße ist es nicht.« Er brüllte die Worte beinahe und ich bekam Angst, dass uns jemand erwischte. Mein Ruf wäre ruiniert. Seiner auch. Wir beide wären ruiniert.

»Du machst mich verfickt noch mal wahnsinnig und ich bin froh, wenn das hier vorbei ist!«, sagte ich und Jackson kratzte mit seinen Zähnen über die empfindliche Haut an meinem Hals. Ich hasste mich dafür, dass mein Körper sich ihm so entgegenbog. Bettelnd, flehend.

»Hör auf.« Jackson ignorierte mich, aber ich musste das hier beenden. Ja, ich wollte so sehr, ich wollte von ihm angefasst, berührt, zum Kommen gebracht werden. Ich wollte es so dermaßen, dass mir schwindelig würde, wenn ich es nicht sofort bekommen sollte. Seine Finger waren bereits dabei, die Feuchtigkeit meiner Verräterva-gina zu verteilen und immer wieder kurz in mich einzu-tauchen. Ich wollte es so sehr, dass ich glaubte zu sterben, wenn ich es nicht bekam. Aber ich wusste, dass es verdammt noch mal falsch war, wenn wir weitermachten. Mein Herz hing schon zu sehr drin. Ich würde zerbrechen, wenn ich zuließ, dass wir weitermachten. »Jackson!«, versuchte ich es erneut, aber er war wie im Rausch. Einen Rausch, den ich auch empfand. Ich würde aus dieser Geschichte als Verliererin hervorgehen. Ich hätte beinahe alles dafür getan, dass er mich nahm, es mir besorgte und ich ihn mir endlich aus meinen Gedanken gevögelt hätte.

Wenn ich jetzt nicht aufhörte, wäre ich wie ein drogensüchtiger Mensch, der einfach nicht mehr aufhören konnte. Dann wäre ich nicht besser als all die Tussis, die sich meinem Ex an den Hals geworfen hatten.

Also tat ich das Einzige, das ich tun konnte, von dem ich wusste, es würde ihn stoppen.

»Mythologie!« Hohl hallte das Wort in meinem Kopf nach, als Jackson ruckartig von mir abließ, taumelnd zurückwich und mich schwer atmend ansah. Seine Fliege saß schief, seine Lippen waren rot und geschwollen von meinen Küssen. Er sah mich mit einer Intensität an, die mich beinahe zum Weinen brachte.

»Jackson, ich …«, versuchte ich es, da ich die Stille, diese Leere zwischen uns, gerade nicht ertragen konnte. Verzweiflung stand in seinen Augen, ein Sturm tobte in ihnen und riss ihn mit sich fort. Ich erkannte genau den Moment, in dem er sich selbst verachtete. Und ich wusste, dass ich zu weit gegangen war. Beinahe auf dem Fuße bereute ich, dass ich das Safe Wort ausgesprochen hatte, dass ich es genutzt hatte, um mein Herz zu schützen. Ich sah ihm an, dass er sich fragte, ob er mir körperlich wehgetan hatte. Nein, das hatte er nicht. Ich mochte es rau und heftig.

Schwer atmend sah er mich unverwandt an. Sprach kein Wort. »Jackson ...« Plötzlich hörte ich in der Stille um uns herum, seine Stimme. »Nein, Sarah.«

»Jackson, lass mich erklären-«

»Wenn du dein Safe Wort benutzt, dann ist alles gesagt. Ich entschuldige mich in aller Form bei dir. Unsere Vereinbarung ist hiermit beendet.«

»Bitte, ich-« Panik breitete sich in mir aus, denn ich wollte nicht, dass er jetzt ging. Ich fühlte mein Herz schreien, ich fühlte den Schmerz. Ich fühlte, wie ich innerlich zerbrach. Ohne ein weiteres Wort drehte er sich um und ging zurück in die Richtung, aus der wir beide gekommen waren.

Es tat weh.

Allerdings waren es keine körperlichen Wunden, sondern es war meine Seele, auch wenn ich mich selbst dazu entschlossen hatte, dass das zu meinem Besten war.

Vielleicht hatte ich das Wort nur benutzt, weil ich glaubte, dass sich dann irgendwas änderte. Vielleicht hatte ich gedacht, dass er dann anders wäre, dass das zwischen uns nicht vorbei wäre wie ein Sturm in einer Sommernacht.

Vielleicht war ich so naiv gewesen und hätte gedacht, dass ich ihn ändern könnte, wenn ich das zwischen uns auf eine andere Ebene hob. So wie es mit Sicherheit schon einige Frauen vor mir versucht hatten.

Offensichtlich war ich wirklich so naiv gewesen, das zu glauben.

Und wurde jetzt eines Besseren belehrt.

Nachdem ich mich wiederhergerichtet hatte und zurück in den wunderschön dekorierten Ballsaal ging, war Jackson weg.

Ich suchte nicht bewusst nach ihm. Aber ich spürte es.

Er war weg.

Und er würde nicht zurückkommen.

Vierzehn

Jackson

Keine verdammte Pussy dieser Welt war es wert, dass ich mich scheiße fühlte. Absolut und hundert Prozent keine. Und deshalb würde ich garantiert heute nicht damit anfangen, ein Gewissen zu entwickeln und auf irgendwas anderes als meinen klaren Verstand und meinen Schwanz hören. Sicher nicht, verfickt noch mal. Deshalb legte ich meinen Scheck ab, griff mir mein Handy aus meiner Jackentasche und rief eine alte Bekannte an, die immer zur Stelle war, ob wir uns morgen treffen konnten. Ich musste Druck abbauen und Sarah White aus mir herausbekommen. Ihren Duft aus meiner Nase, ihren Geschmack von meiner Zunge und meinen Schwanz von ihrer beschissenen, engen Pussy fernhalten. Auf dem Scheck für wohltätige Zwecke trug ich zweihundertfünfzigtausend Dollar für ein Essen ein, an dem ich nicht einmal teilnahm. Das sollte also definitiv reichen.

Meine Finger, die bis gerade eben noch in der feuchten und warmen Muschi von Sarah gesteckt hatten, umgriffen jetzt das Glas, das halb voll mit Bourbon war, damit ich einen großen Schluck trinken konnte.

Fuck.

So eine verfickte Scheiße. Sie hatte das Safe Wort benutzt und ich war wie im Nebel von ihr zurückgewichen, auch wenn mir alle meine Sinne gesagt hatten, dass ich bei ihr bleiben sollte. Vor vielen Jahren hatte ich mir geschworen, dass ich niemals eine Frau gegen ihren Willen anfassen würde.

Und das war bei Sarah White passiert. Scham überfiel mich, ein mir völlig neues Gefühl und ich sehnte mich im nächsten Atemzug nach Hause, in eine warme Umarmung meiner Tochter.

Sophie schlief natürlich schon und meine Mom, sie war heute hierhergekommen, um auf die Kleine aufzupassen, sah mich erstaunt an, als ich zu Hause ankam.

Normalerweise war ich nicht so früh zurück. Eigentlich hatte ich ja auch gehofft, dass der Abend anders verlaufen würde.

Nun saß ich in meiner leeren Wohnung mit einem Glas Bourbon in der Hand und war frustriert wegen irgendeiner Frau, die nichts über mich wusste und über die ich nichts wusste.

Wenn es mir so ernst wäre, wie mir mein Körper gerade Glauben machen wollte, dann hätte ich ihr doch Sophie vorgestellt, oder? Dann hätte ich mich doch um ... um mehr bemüht? Sie mal außerhalb unserer Treffen kontaktiert, oder?

Scheiße. Verdammte Scheiße. Mein Schwanz war immer noch hart und ich knallte das geleerte Glas auf den Tisch. Verfluchter, verdammter Mist. So ein Dreck. Es war der Horror.

Was war nur mit mir los? Was war nur geschehen?

»Ich kann nicht schlafen, Daddy!«, kam es plötzlich vom Wohnzimmerdurchgang aus und ich wandte mich um.

»Sophie«, sagte ich überrascht. »Was ist los?«

»Ich kann nicht schlafen.«

»O Süße.« Ich war jetzt im Daddymodus, da war es mir egal, ob ich selbst gerade durch die Hölle ging oder nicht. »Komm her.« Meine kleine, mittlerweile große und selbstständige Tochter kam zu mir herüber, setzte sich neben mich auf das Sofa und betrachtete mich neugierig.

»Bist du müde, Daddy?« *O ja, das bin ich.*

»Wie kommst du darauf?«

»Du hast Schatten unter den Augen!« Sie berührte mich mit ihrem kleinen Finger an der zarten Haut unter den Augen. »Granny sagt immer, wenn man da Schatten hat, ist man müde.«

Ich verpasste ihr einen Stups auf die Nase. »Wieso kannst du nicht schlafen?«

»Ich weiß nicht«, murmelte sie und kuschelte sich an meine Brust. »Ich habe geträumt, dass du zu Hause bist, und dann wollte ich wissen, ob mein Traum wahr ist, und bin aufgestanden. Dann konnte ich nicht mehr schlafen.«

»O Sophie ...«

»Wieso bist du schon zu Hause? Ich dachte, dieser Kram mit Onkel Andrew dauert lange, so wie sonst auch?« Ich hasste es, dass meine kleine Tochter mit sechs Jahren wusste, dass es lange dauerte, wenn ihr Vater arbeiten ging.

»Heute ging es schneller«, erklärte ich ausweichend, wohl wissend, dass ich eine sehr kluge Tochter hatte, die das nächste Mal, wenn sie ihren Onkel sah, ihn ebenfalls ausquetschen würde.

»Mhm, willst du nicht ins Bett gehen?«, wollte sie wissen und ich für meinen Teil fragte mich, wann genau meine Tochter so altklug geworden war und sich unsere Rollen vertauscht hatten?

»Ich glaube, du kleiner Frechdachs, dass ich dich jetzt erst mal ins Bett bringe, okay?«

»Na gut, aber nur, wenn du mir noch einmal Rapunzel vorliest.« Ich rollte die Augen. Sophie wusste, dass ich Rapunzel am schlimmsten von allen Märchen fand, doch ich hob sie auf meine Arme und nickte.

»Aber nur ausnahmsweise, denn normalerweise müsstest du schlafen, liebe Tochter.«

»Ach was, das kann ich morgen doch auch noch machen«, kicherte sie und ich stieg mit ein. Es gab einfach nichts Schöneres als Kinderlachen. Wir gingen in ihr Zimmer, ich legte sie ins Bett, deckte sie zu und wie Prinzessin Sophie es sich gewünscht hatte, las ich ihr aus Rapunzel vor. Wir waren gerade dabei, dass sie sich überlegte, wie sie aus dem Turm fliehen konnte, als es an unserer Wohnungstür klingelte und klopfte. Mittlerweile war es beinahe halb elf.

»Was zur Hölle?«, fragte ich und Sophie, die gerade am Einschlafen gewesen war, riss die Augen wieder auf.

»Du solltest nicht fluchen, Daddy!«, wies sie mich zurecht und ich rollte die Augen. »Wer ist das?«, fragte sie mich und ich zuckte die Schultern.

»Du bleibst in deinem Bett. Ich geh gucken.«

Das Klopfen wurde lauter. »Ich weiß, dass du daheim bist, mach bitte auf, Jackson!« Sarahs klare Stimme drang zu mir hindurch.

»Was willst du hier?«, fragte ich im selben Moment, in dem ich die Tür aufriss und ihr am liebsten ins Gesicht gesprungen wäre. »Woher weißt du, wo ich wohne?«

»Das war nicht sonderlich schwer. Andrew erzählt einem schon, was man wissen will.«

»Gottverdammt.« Ich fuhr mir durch mein Haar. »Was willst du? Du hast hier nichts zu suchen.«

»Ach nein?« Provokant hob sie die Braue und ich versperrte ihr bewusst den Durchgang zum Inneren der Wohnung. »Was verbirgst du?« War sie angetrunken? »Ich meine, es ist ziemlich deutlich, dass ich nicht eintreten soll.« *Richtig, aber aus anderen Gründen, wie du denkst.* Ich setzte meine Maske auf und ließ sie nicht sehen, wie sehr es mich traf, dass sie mich heute weggeschickt hatte. Dass sie ihr scheiß Safeword benutzt hatte. »Hast du mich schon ersetzt, was?«

»Kann man so sagen!«, pokerte ich und verpasste ihr damit bildlich gesprochen einen Schlag. »Aber ist doch irrelevant, oder? Ich meine, das zwischen uns ist vorbei. Du hast ... das Wort benutzt und somit ... finito.« Ich brachte es nicht über mich, das Wort Safeword auszusprechen, denn es war schlimm genug, dass sie es gebraucht hatte. Sie war die erste Frau, die es überhaupt ausgesprochen hatte.

»Bist du wirklich so ein Wichser oder tust du jetzt nur so, weil du denkst, das musst du?«

»Leider muss ich dich enttäuschen, Täubchen, wenn du dachtest, dass ich anders wäre. Ich bin so ein Wichser!«

Ihre Augen weiteten sich und sie sah so aus, als würde sie mir am liebsten eine scheuern wollen.

»Unglaublich, dass ich auf dich hereingefallen bin.«

»Unglaublich, dass Andrew dir verraten hat, wo ich wohne!«, brachte ich bissig hervor.

»Das ist deine Sorge? Dass ich jetzt weiß, wo der große Jackson Brewer wohnt? Der, der sein Leben schön vor allen geheim hält?« Zynisch lächelte sie mich an.

»Du hast mich wohl gegoogelt, oder deinen Vater gefragt«, setzte ich entgegen, woher sonst sollte sie auch wissen, dass meine Adresse unter anderem etwas war, das ich geheim hielt. »Interessant.«

Gerade als sie darauf antworten wollte, fiel ich ihr ins Wort. »Aber irrelevant. Bist du fertig? Ich würde gerne meinen Abend genießen!« Wieso noch mal war ich so ein Arschloch?

Ach ja, weil sie mich verletzt hatte.

Was?

Scheiße noch mal, was?

Ja, es traf mich wie ein Schlag mitten ins Gesicht, sie hatte mich verletzt. Dadurch, dass ich scheinbar so grob und unnachgiebig zu ihr gewesen war, dass sie das Safeword benutzen musste. Dass sie es wirklich gebraucht hatte, um mich von ihr fernzuhalten. Anscheinend war ich ein Monster, das sich in ihrer Gegenwart nicht kontrollieren konnte. Sie musste sich von mir fernhalten, denn ich war mir gerade trotz meines Versprechens, sie nie wieder anzurühren, nicht sicher, ob ich mich daran halten könnte. Ob ich mich daran halten würde, wenn ich die Chance dazu bekäme, es umzudrehen, rückgängig zu machen. Nein, ich musste Sarah auf Abstand halten, weil ich mir offenbar – der harte Schwanz in meiner Hose würde es bestätigen – selbst nicht mehr trauen durfte.

»Es ist besser, wenn du jetzt gehst, ich erwarte gleich Besuch!«, zischte ich und Sarahs schöne dunkle Augen wurden groß und sahen mich mit einer Verletztheit an, die mir selbst körperlich wehtat. Ich hatte sie getroffen. Aber das war besser so und der einzig logische Weg, damit sie sich wirklich von mir fernhielt. Ich wollte nicht so ein Penner sein, der sie in die Enge trieb, weil er sich nicht mehr kontrollieren konnte.

Sarah antwortete mir nicht. Nicht mit ihrer Stimme.

Nein, sie verpasste mir eine Ohrfeige, die so brannte, wie ich es noch nie brennen gefühlt hatte. Einige Minuten, nachdem sie weg war, erwachte ich aus meiner Starre. Natürlich wusste ich, wieso ich so ein Arschloch zu ihr war. Erstens weil das meine Natur seit Amalia war, und zweitens würde ich niemals aus einer Affäre als Verlierer gehen. Niemals! Das konnte sie so was von vergessen. Wenn sie einen Kerl wollte, der ihr nachlief, dann war sie bei mir an der falschen Adresse. Ich lief niemandem hinterher. Ich war niemand, der sich fest auf jemanden einließ oder sich seinen eigenen Grundsätzen entgegenstellte.

Und Scheiße, einer meiner Grundsätze war eben, dass ich nach einem ausgesprochenen Safeword die Frau nicht mehr anfassen würde.

Nachdem ich mich versichert hatte, dass Sophie schlief, goss ich mir noch einen Drink ein und setzte mich auf das Sofa. Ich würde durch diese ganzen Weibergeschichten noch zum Alkoholiker werden und ernste Probleme bekommen.

›Danke für nichts, Arschloch!‹, schrieb ich in den Chatverlauf mit Andrew. ›Du stehst wohl drauf, wenn ich Stress habe, was?‹ Sofort sah ich, dass er online war und meine Nachrichten gelesen hatte.

›Was ist passiert?‹

›Na was wohl, wenn du ihr sagst, wo ich wohne?‹

›Ups‹

›Dein *Ups* kannst du dir sonst wohin stecken!‹

Daraufhin warf ich mein Handy neben mich. Meine Wut an meinem Bruder auszulassen brachte mich auch nicht weiter, aber ich war so unglaublich sauer, dass er wirklich verraten hatte, wo ich wohnte. Er, der bei sämtlichen Tussis, die er fickte, und das war zeitweise nicht nur eine am Tag gewesen, immer schön gepflogen Abstand hielt und oftmals nicht einmal seine Handynummer herausgab. Er rannte durch die Welt und posaunte hinaus, wo ich wohnte. Meine gottverdammte Privatadresse.

Dass ich mich jetzt nicht ordentlich ablenken konnte, machte die Angelegenheit nicht viel besser.

»Was ist los?«, fragte Andrew plötzlich hinter mir und ich rollte die Augen.

»Wie wäre es mit klopfen? Oder klingeln? Oder noch besser, gar nicht erst hier auftauchen?«

»Ahh, hätte ich das gemacht, wärst du noch saurer, du kleines saures Gummibärchen.«

»Du kannst doch nicht einfach jemandem verraten, wo ich wohne. Geht's noch?«

»Ich hatte den Eindruck, aufgrund deines schnellen Verschwindens, dass es in deinem Interesse wäre, wenn sie herkommt und dir einen lutscht.«

»Nun«, stieß ich spöttisch hervor, »sie ist aber nicht hier.«

»Also hat sie dir keinen gelutscht«, schlussfolgerte er richtig und ich wollte auf irgendwas einprügeln.

»Nein, wird sie auch nicht mehr!« Merkte mein Bruder, wie zickig meine Stimme klang?

»Dabei war ich mir sicher, dass sie in dich verliebt ist und alles für dich tun würde.«

»Noch ein Grund mehr, dass du dich aus meinen Angelegenheiten raushältst. Es ist doch scheißegal, ob jemand in mich verliebt ist. Meine Adresse wird nicht weitergegeben.«

»Sorry, Jackson. Ich dachte wirklich, sie will sich entschuldigen. Ich war mir sicher, dass irgendwas abgelaufen war, so schnell wie du verschwunden bist.«

»Mich überrascht, dass du das gemerkt hast, du warst ja vollkommen mit ihrer Freundin beschäftigt.«

»Ach … da war nichts. Nur wir waren uns einig, dass wir euch alleine lassen sollten.«

»Ein großer Fehler.«

»Willst du erzählen, was passiert ist?«

»Keine Ahnung, um ehrlich zu sein.« Plötzlich fühlte es sich so an, als könnte ich nicht mehr all die Lasten der Welt auf meinen Schultern tragen, sondern als müsste ich jetzt den ganzen Scheiß loswerden. Und wenn nicht bei Andrew, meinem besten Freund und Bruder, bei wem denn dann?

»Lass raus!«, sagte er, ging rüber zu dem Wagen, auf dem der Alkohol angerichtet war, und goss sich etwas Bourbon ein. Natürlich den teuren. Kleiner Wichser.

»Viel zu sagen, gibt es nicht. Ich hab sie gefickt. Und noch ehe ich das erste Mal in ihr war, wusste ich, dass mir einmal nicht genügt und hab die Vereinbarung mit ihr getroffen, dass wir dreimal Sex hätten.«

»Ist doch gut. Sind die dreimal jetzt vorbei?«

»Es gab nur zweimal. Beim dritten Mal hat sie ihr Safeword benutzt.«

»Woah, woah, woah. Holy Shit.« Andrew sah mich sprachlos an. »Ich steh ja auch auf derbe Scheiße, aber ein Safeword? Ernsthaft jetzt?«

Ich zuckte die Achseln. Ich setzte ein Safeword nicht automatisch mit derber Scheiße in Verbindung. Für mich war es eher eine Vorsichtsmaßnahme, um die Frau und mich zu schützen. Ich hatte Sex mit Frauen, die ich nicht kannte, deren Vorlieben ich nicht kannte. Für mich war nicht entscheidend, ob ich diese Frauen fesselte oder etwas in der Richtung. Für mich war wichtig, dass sie sich sicher fühlten, wenn sie mit einem Fremden ins Bett stiegen. »Hat nichts mit heftigem Scheiß zu tun, sondern einfach damit, dass ich will, das sich die Frauen sicher fühlen.«

Andrew hob die Hand und verzog angewidert das Gesicht. »Ich glaube, ich will es nicht wissen. Also auf jeden Fall hat sie es benutzt und du konntest trotzdem nicht aufhören, oder wie?«

»Natürlich hab ich aufgehört.« Ich sah ihn zynisch an. »Wieso sollten wir ein Safeword vereinbaren, wenn ich dann nicht aufhöre?«

»Auch wieder wahr.« Er nippte an seinem Drink, sank tiefer in das Sofa und lehnte den Kopf frustriert an die Rückenlehne. Andrew trug immer noch seinen Smoking und öffnete gerade die Fliege und die Manschettenknöpfe. Er trug welche mit dem Wappen unserer Familie geprägt. So wie ich es auch heute Abend getan hatte. Andrew sah mich unerbittlich an, wartete darauf, dass ich weitersprach, während er die weißen gestärkten Hemdärmel bis über die Ellbogen aufrollte, wie ich es auch getan hatte. Meine Jacke hatte ich abgelegt. »Muss ich dir jetzt alles aus der Nase ziehen, oder wie wird's laufen?«

»Alter, du bist wie eine kleine Pussy, die 'ne Telenovela ansieht.«

»Ist es ja auch irgendwie.«

»Du bist sooo witzig!«, sagte ich sarkastisch und ließ meine Stimme mit Absicht gelangweilt klingen. »Sooo witzig.«

»Ich bin nicht der, der hier vollkommen fertig auf dem Sofa sitzt und säuft.«

»Wer noch mal hat dich eingeladen?«

»Spuck jetzt endlich aus, was das Problem ist, Brewer, sonst trete ich dir auf dem Basketballfeld in den Arsch und das so lange, bis du freiwillig redest.«

»Es nervt mich, okay?«

»Dass du heute keinen Sex hattest?«

»Nein, dass sie das Safeword benutzt hat und somit für immer für mich tabu ist. Das nervt mich. Es nervt mich, dass sie weiß, wo ich wohne und dass ich nicht mal einen Vorteil davon habe, weil ich sie nämlich nicht mehr anrühren werde.«

»Aha. Und wieso noch mal nicht?«

»Weil sie das Safeword gesagt hat.«

»Und darum denkst du, will sie auch ein anderes Mal nicht mehr mit dir vögeln?«

»Bist du meine Therapeutin oder was?«

»Komm mal runter«, sagte Andrew. »Ich versuche, dir zu helfen.«

»Ahhh, sorry, hab ich nicht gemerkt.«

»Ich hasse den sarkastischen Jackson, das weißt du.«

»Noch mal sorry.«

Mein Bruder rollte die Augen. »Hör mal, also ich versteh, dass du auf ihre Pussy scharf bist. Sie strahlt wirklich etwas total Unschuldiges aus und dazu kommt, dass sie die Tochter des Bürgermeisters ist und«, er hob den Zeigefinger, bewegte sich nach vorne und sah mir eindringlich in die Augen, »die Ex von Clyde Flynn.«

»Ich weiß.«

»Und wir beide wissen, wie sehr du diesen Typen hasst.«

»Darüber habe ich nicht einmal nachgedacht, ernsthaft. Ja, ich weiß, dass sie seine Ex ist, aber der Kerl ist ein beschissener Hurensohn und du weißt, dass ich dieses Wort zu benutzen hasse.«

»Dafür kam es dir aber leicht über die Lippen.«

»Ich hasse diesen Kerl, aber das war vielleicht am ersten Abend meine Intuition gewesen, als ich sie ansprach, mal auszukramen, was dieses Stück Scheiße zurückgelassen hat, aber ich schwöre dir Andrew, ich hatte nicht einmal einen Gedanken daran verschwendet, als ich wirklich das erste Mal neben ihr stand und ihre Stimme hörte. Oder sie zu mir ins Penthouse kam.«

»Alter, Alter, Alter ...«, sagte mein bester Freund. »Wir haben ein Problem!«

»Ich weiß.«

»Ich glaubte ja, dass sie dabei wäre, sich in dich zu verlieben, aber anscheinend bist es du.«

»Was? Nein! Es nervt mich nur, dass ich diese warme Muschi nicht mehr einladen kann.«

»Sie ist nur ’ne Frau. Es gibt Millionen davon, Alter. Millionen.« Andrew breitete die Arme aus, als würde ihm gerade das Paradies offenbart werden. »Du kommst drüber weg.«

Ich nickte und trank meinen Drink in einem Zug aus. Der Schmerz, das Brennen in meiner Kehle, war besser, als mir überlegen zu müssen, wie die wahre Antwort auf diese Aussage von ihm lauten würde. Das brachte mich nämlich um. Schön langsam.

War ich wirklich dabei, dass ich etwas, egal wie abgefuckt und beschissen es sein mochte, für Sarah White empfand? War das wirklich der Fall? Oder steigerte ich mich hier gerade nur in etwas rein, weil es das erste Mal seit Amalia war, das ich zurückgewiesen wurde? War das hier alles ein Gespräch eines armen Dreckssacks, der glaubte, ihm würde immer noch die Welt gehören?

Andrew sah mich erwartungsvoll an.

Ich antwortete nicht.

Stattdessen goss ich mir neu ein.

Wie viel Bourbon wäre wohl nötig, dass ich ruhig schlafen konnte?

Ich wusste es nicht, aber ich würde es heute herausfinden.

Fünfzehn

Sarah

Ich war nie eins dieser Partymäuschen gewesen. Eigentlich.

Ich war auch nie eine dieser Frauen, die One-Night-Stands hatte. Eigentlich.

Ich hätte auch nie gedacht, dass ich eine dieser Frauen war, die sich Höschen kauften, die im Schritt offen waren, damit sie einem Mann gefiel. Eigentlich.

Und doch hatte ich all das in der letzten Zeit getan.

Inklusive heute.

Der ohrenbetäubende Bass wummerte durch mich hindurch wie in einem alten New Yorker U-Bahn-Schacht. Das kurze silberne Paillettenkleid mit dem freien Rücken bis beinahe zum Ansatz meines Hinterns war viel zu kurz, um, so wie ich es eben tat, die Hände in die Luft zu werfen und bei einem Song mitzutanzen, den man nicht einmal kannte. Geschweige denn, mochte. Er klang einfach nur furchtbar. Wir waren in einem gehobenerem Club im East End, in den man nicht einfach so reinkam, aber Lucy kannte jemanden, der jemanden kannte … und so weiter.

Nachdem ich gestern mit ziemlich beschissener Laune vom Ball abgezogen war, hatte sie mich heute dazu genötigt, mich in einen heißen Fummel – ihre Worte – zu stürzen und feiern zu gehen.

Wir hatten gemeinsam eine Flasche *Dom Perignon* geleert, was mich, zusammen mit der Tatsache, dass mein einziges Essen heute Morgen aus einer Orange bestanden hatte, frei, wild und verdammt sexy fühlen ließ. Ich spürte die Augen der Männer auf meiner nackten Haut und obwohl das für mich etwas gewöhnungsbedürftig war, da ich sonst nicht in solche Clubs ging, war es okay.

Keiner der Blicke schaffte es, mich länger als ein paar Millisekunden zu fesseln, denn ich wollte nur den Blick eines einzigen Mannes auf mir spüren.

Gut, den würde ich wohl nie wieder zu spüren bekommen. Das hatte Jackson unmissverständlich klargemacht. Er hatte genau gesagt, wie ich es zu werten hatte, dass ich das Safeword benutzt und ihn somit zurückgestoßen hatte.

Zu Beginn hatte ich gedacht, es wäre sein Ego, das ihm im Weg stand, weil ich ihn überhaupt zurückgewiesen hatte. Aber irgendwann hatte ich erkannt, dass das nicht das Problem war. Das Problem war, dass er niemals vorgehabt hatte, mehr als dreimal mit mir zu schlafen. Und dann war da noch das größere Problem, dass ich aber gerne mehr als dreimal mit ihm zusammen sein wollte. Scheiße, es war einfach so beschissen verzwickt. Lucy und ich hatten heute Morgen versucht, den Mist zu analysieren, was wann und wo passiert war. Aber wir waren zu dem Entschluss gekommen, dass jemand, der seine Adresse nicht mal einer Frau mitteilen wollte, mit der er sich traf, sowieso nicht ganz koscher war. Und genau daran klammerte ich mich.

Zumindest versuchte ich das, damit ich nicht völlig durchdrehte.

»Hey, Süße«, sagte ein Kerl zu mir, den ich nicht kannte. Er grinste und sah eigentlich ganz niedlich aus mit seinen Grübchen und den blonden Locken. »Ich bin Jasper.«

»Ahh«, erwiderte ich und tanzte weiter. Lucy war mit einem Kerl beschäftigt, an dem sie gerade einen offensichtlichen FSK-18-Tanz aufführte. »Ich bin Sarah.«

»Der Name passt zu dir.«

»Danke«, brüllte ich über den Beat hinweg und drehte mich. Vielleicht sollte ich jetzt auf diesen schwindelerregend hohen Sandalen mit den dünnen silbernen Riemchen nicht übermäßig ausholen zum Tanzen. Ich war angetrunken.

»Darf ich dir ein Glas Champagner ausgeben?«, fragte er in mein Ohr und im Gegensatz zu Jackson bekam ich bei ihm keine Gänsehaut.

»Ach«, sagte ich, denn ich merkte den Alkohol. »Ich will noch ein wenig tanzen.«

»Dann leiste ich dir Gesellschaft dabei, Süße!«, brüllte er mir zu und ich war kurz versucht, den Kopf zu schütteln. Ich wollte vor mich hin tanzen und mich nicht sofort in was auch immer stürzen, jetzt wo das mit Jackson wieder vorbei war. Jasper tanzte hinter mir und legte mir die Hände an die Hüften. Ich spürte über den Beat von dem Song von David Guetta – endlich ein Lied, das ich kannte –, dass er zwischen den Beinen gut bestückt war, denn er drückte mir nun seinen Harten direkt an den Po. Ich sollte mich zusammenreißen. Mühsam unterdrückte ich den Impuls, davonzurennen, denn scheiße, nicht einmal sein Geruch kam auch nur im Ansatz an Jackson ran. Ich tanzte weiter und versuchte wirklich, zu genießen, dass ein Mann auf mich stand.

»Gott, du bist so unglaublich sexy!«, sagte er wieder in mein Ohr und ich kicherte nur dümmlich. Was sollte ich darauf auch sagen? Danke? Oder: Du auch? Ich würde nicht lügen und ein Danke für ein Kompliment dieser Art kam mir sehr dumm vor. »Ich kenne keine Frau, die sich so bewegen kann wie du.«

Ich lehnte den Kopf nach hinten an seine Schulter, schloss die Augen und fühlte es endlich: Dieses erlösende Kribbeln in mir, das ansonsten nur Jackson in mir ausgelöst hatte. Endlich fühlte ich, wie sich meine Nervenenden sammelten und in meinen Unterleib schossen. Ich taumelte kurz auf den Stilettos, aber Jaspers Hände hielten mich an Ort und Stelle. Wenn ich mich richtig konzentrierte, dann roch es beinahe so, als wäre Jackson derjenige, der mich hier hielt.

Ich grinste plötzlich breit und öffnete meine Augen wieder. Gerade als ich die Arme nach hinten legen und um Jaspers Hals schlingen wollte, sah ich ihn.

Er stand auf einer Brüstung in der zweiten Etage des

Clubs. Sein Gesicht war voller Wut, er strahlte absolute Entrüstung aus. Und sah mir dabei beunruhigend ruhig in die Augen.

»Fuck!«, flüsterte ich vor mir hin. Da Jackson leicht, aber deutlich nickte, erkannte ich, dass er in den zuckenden, bunten Lichtern der Tanzfläche meine Lippen gelesen hatte.

Jackson nahm einen Schluck aus seiner Flasche und hob mahnend eine Braue. Er sah so beschissen gut aus, dass ich mich automatisch enger an Jasper drückte, um der betörenden Anwesenheit von Jackson und dem Blick aus seinen dunklen, brennenden Augen zu entfliehen.

Das einfache schwarzen Shirt mit V-Ausschnitt legte sich so perfekt um seinen Oberkörper, dass man erahnen konnte, welche Muskeln einen darunter erwarten würden. Die Jeans, die ich nur schemenhaft erkennen konnte, saß perfekt auf seinen Hüften. Lässig. Und für einen dominanten Mann absolut passend. Er war verboten ... er war einfach.

Anders ließ sich Jackson nicht beschreiben.

Eine Frau mit langen blonden Haaren stellte sich neben ihn und er brach den Blickkontakt, um sie anzusehen, zu grinsen und sie an der Taille an sich zu ziehen.

Genauso wie es Jasper gerade mit mir tat.

Vor Erstaunen, Alkohol und absoluter Entrüstung blieb mir der Mund offen stehen. War das gerade sein beschissener Ernst? Wollte er sich wirklich mit mir eine Art Flirt Battle liefern? Denn wenn ja, dann blieb mir nur eines zu sagen: Challenge Accepted.

»Vielleicht sollten wir doch etwas trinken!«, brachte

ich hervor, krallte meine Hände in Jaspers Nacken, um mich davon abzuhalten, wegzulaufen. Mein Tanzpartner nickte. Er ließ mich los und mit einem erneuten Blick in Richtung Jackson drehte ich mich um.

Es war nicht nötig, dass ich sein Schnauben oder sein wutverzerrtes Gesicht sah, als er meine Rückansicht erblickte, nein, ich spürte es. Ich spürte es, weil es mir meine Nackenhaare aufstellte, weil mir ein intensiver Schauer über die Arme rieselte und weil es – gottverdammt – zwischen meinen Beinen prickelte. *Sieh dir an, was du nicht haben kannst, Brewer. Sieh es dir an. Du hast mich weggeschickt. Du wolltest mich nicht mehr.*

Okay, das stimmte so nicht ganz, aber es machte mir überaus Spaß, es mir einzureden. Und ganz ehrlich? Das half ein wenig.

»Was willst du? Einen Cocktail? Champagner?«

Es wäre wohl das Klügste, wenn ich bei Champagner bleiben würde. Dann würde es mir vielleicht nicht ganz so mies gehen. »Ich nehm einen Cosmopolitan!«, rief ich ihm zu und lächelte. Keine sonderlich kluge Entscheidung, aber eine, die mir definitiv Spaß machen würde.

Jasper rollte die Augen aufgrund meines Wunsches, aber es war mir egal, ob ich das Klischee einer jeden Barbie auf der Welt gerade erfüllte. Grinsend, denn eine gute Show war alles, hob ich den Kopf und sah, dass Jackson mich immer noch beobachtete. Zuerst war ich mir nicht sicher, weil die Lichter so schnell wechselten und sich dem Beat des Songs anpassten. Aber dann erkannte ich es ziemlich gut und ziemlich genau. Er strahlte eine Ruhe aus, die mich ängstigen sollte, die mich fertigmachen sollte, aber ich wusste es besser. Woran ich es erkannte? Ich erkannte es daran, dass er die Hand der Wasserstoff-Barbie abschüttelte und die Lippen so fest zusammenpresste, dass ich bis über die Distanz und dem miesen Licht sehen konnte, wie seine Kiefer aufeinander mahlten. Jackson war sauer und ich genoss es. Nur fragte ich mich, warum? Er hatte kein Recht dazu, sauer zu sein. Immerhin war er es gewesen, der sämtliche weitere Interaktionen zwischen uns abgeblockt und mich darauf aufmerksam gemacht hatte, dass er mit mir nicht mehr schlafen würde.

Nun, anscheinend wollte er mich auch nicht freigeben.

»Hier, bitte«, sagte Jasper und grinste mich an. Seine Augen waren leicht glasig, sicher war er auch schon angetrunken. Dummerweise waren angetrunkene Männer etwas, dass ich nicht sonderlich sexy fand.

»Danke.« Wir stießen die Gläser aneinander, er irgendwas Gemischtes mit Cola und ich mit meinem Cosmo. »Bist du öfter hier?«, versuchte ich es mit einer saloppen Frage. Mein schlechtes Gewissen brachte mich um, denn es war fies, sich einen Drink ausgeben zu lassen und nicht wirklich Interesse an jemandem zu haben.

»Ja, beinahe jedes Wochenende. Aber dich hab ich noch nie gesehen.«

»Ich gehe nicht so viel aus.«

»Du kommst mir aber bekannt vor!«, schrie er in mein Ohr und ich zuckte die Schultern. Natürlich kam ich ihm bekannt vor, wie den meisten Menschen, die mich auch nur eine Sekunde näher betrachteten. Ich war ab und an in den Medien. Hornochse.

»Vielleicht hast du mich in deinen Träumen schon mal gesehen?«, lächelte ich ihn an und wollte würgen bei diesem Satz. *Ernsthaft, White? Das nennst du flirten?* Wieder hob ich den Blick und sah zu der Stelle, an der Jackson mit der Tussi stand. Er wand sich jetzt ihr zu und ignorierte mich. Gerade strich er ihr eine Haarsträhne von der Wange und sie sah ihn verliebt an. *Ja, behalte deine Gesichtszüge nur gut im Griff, denn er wird dir das Herz brechen, es herausreißen und darauf herumtrampeln. Weil es nämlich das Einzige ist, was Jackson Brewer kann. Er wird dich um den Verstand vögeln, süchtig nach seinem Schwanz machen und dann wird er dich fallen lassen, als hätte er sich die gottverdammten Hände an dir verbrannt. Und das wird dich auslöschen und beinahe vernichten, du blondes Stückchen Gift. Er wird dich, sobald er merkt, dass du etwas für ihn empfindest, auf den Müll werfen wie ein benutztes Taschentuch.*

»Hörst du mir zu?«, fragte mich Jasper und erlangte so meine Aufmerksamkeit zurück. Er folgte meinem Blick und nickte wissend. »Die VIP-Lounge. Ich war da oben auch schon!«, brüstete er sich und ich versuchte mich wieder an einer Art Lächeln. Der Alkohol tat seine Wirkung und machte mich gerade eher sauer, statt mutig und frei und wild. *Reiß dich zusammen, Sarah, du willst das. Du willst diesen schicken, süßen Kerl hier und du wirst ihn kriegen. Das ist ein leichtes Spiel.*

»Weißt du«, erklärte ich und wandte den Blick von dem oberen Rang ab. »Ich bin froh, dass du heute nicht dort oben warst, sonst hätten wir uns nicht kennengelernt!«

»Ich hätte dich auch von dort oben gesehen!«, sagte er laut und deutete nach oben. Automatisch folgten meine Augen seinem Finger und ich stellte fest, dass er weg war. Jackson Brewer war weg. Kurz traf es mich wie ein Stich und ich fühlte diesen zarten Schmerz der aufkeimenden Liebe. Eigentlich total irrational, dass ich das tat, denn waren wir nicht fertig miteinander? Sollten wir es beschissen noch mal nicht gut sein lassen? Mit aufgerissenen Augen sah ich den Mann mir gegenüber an. Es war so was von nicht fair, was ich hier tat. Ihn zu benutzen, damit Jackson sah, was ihm entging. Das war einfach nur noch scheiße von mir und sonst nichts weiter. Ich war armselig. Wir beide waren es. Er, dass er mich ansah, als wäre ich sein Eigentum und ich, dass ich mich so verhielt, als wäre ich es. Jasper war ein hübscher Kerl, Sorte Typ von nebenan. Er war nicht dunkel und rau und heiß, wie es Jackson war. Aber... Sein harter Schwanz, den er vorhin in meinem Rücken gepresst hatte, war mir immer noch unangenehm. Nicht weil ich Schwänze nicht mochte. Es lag einfach daran, dass es nicht ... ein bestimmter Kerl mit seinem Schwanz war.

»Willst du noch mal tanzen?«, fragte mich Jasper erneut und ich nickte.

»Lass mich mich kurz frischmachen und dann bin ich gleich wieder bei dir.« Mühsam schaffte ich es, zu unterdrücken, erneut nach oben zu sehen, ob Jackson und seine Tussi wieder zurück waren.

Ich schlängelte mich durch die Menschenmassen an

der Bar vorbei, wurde angerempelt und rollte daraufhin die Augen. Kurz zuvor hatte ich Lucy auf der Tanzfläche gesehen, die Spaß hatte. Außerdem sah es so aus, als hätte sie wirklich ein Haufen Spaß dabei, mit wechselnden Männern zu tanzen. Ich kämpfte mich weiter nach vorne, rollte die Augen, als ich feststellte, dass der breite Gang, in dem ich gerade lief und der komplett verspiegelt war, noch mal in zwei schmälere Gänge führte, die zu den Damen- und Herren-Toiletten reichten. Ich fühlte, dass er da war, bevor ich ihn sah, nur geschah das alles so schnell, dass der Moment umzudrehen vorbei war.

»Was denkst du, was du hier tust?«, fragte er mich aus der Dunkelheit des Schattens, in dem er stand. Locker, lässig eiskalt und so, als würde er mich besitzen, auch wenn er mich nicht berührte.

Sechzehn

Jackson

»Denkst du wirklich, ich lass dich hier einfach so rumlaufen?«, fragte ich sie provokant und scannte sie mit meinem Blick. Wut und Hass gepaart mit Anerkennung und nackter Lust durchfuhren mich. Das silberne Kleid mit den Pailletten schimmerte bei jeder minimalen Bewegung, die sie tat, selbst wenn sie nur Luft holte. Es besaß praktisch keinen Ausschnitt und wurde allerdings von zwei schmalen Trägern, die an der äußeren Seite ihres Rückens und der Taille entlangliefen, gehalten. Ihr Rücken war komplett nackt. Und das war auch der Moment, in dem ich innerlich unaufhaltsam ausrastete, sie packen und über meine Schulter werfen wollte wie ein verdammter Alphakerl. Ich wollte in sie eindringen, ihr mein Sperma hineinspritzen und sie unaufhaltsam markieren. Aber ich riss mich zusammen. Es lag nicht daran, wie nackt ihre schlanken, langen Beine waren und an der Tatsache, dass das von diesen verfickt hohen Schuhen noch verstärkt wurde. Es lag nicht daran, dass ihr scheiß Hals, um den ich meine Finger legen und langsam zudrücken wollte, komplett entblößt war. Und es war auch nicht ihr hoher Pferdeschwanz, von dem ich einige Strähnen um meine Hand wickeln wollte, um ihren verdammten sturen Kopf an Ort und Stelle zu halten.

Nachdem Sarah wirklich kapiert hatte, dass ich hier wahrhaftig vor ihr stand, stemmte sie die Hände in die schmalen Hüften und das schob ihr Kleid noch ein wenig mehr nach oben. Ihre nackte Haut, die sie anscheinend mit irgendeiner Lotion eingecremt hatte und die schimmerte, verhöhnte mich, bettelte nach mir. Meine Hände zuckten. Am liebsten hätte ich ihr hier ihr Kleid nach oben geschoben und mit meiner Hand ihren Arsch versohlt, damit sie endlich wusste, zu wem sie gehörte.

Ich schaffte es nicht, rationale Gedanken zuzulassen und nicht wie ein Idiot auf ihren vollen Busen zu schauen.

»Meine Augen sind hier oben, Arschloch.«

»Ach?«, zischte ich. »Ich bin hier das Arschloch, ja?«

»Schau dich doch nur an!«, höhnte sie und Spott stand in ihren Augen. »Ich will einfach nur auf die Toilette gehen und du hältst es nicht mal eine Minute ohne mich aus, kommst mir gleich nach wie ein Hund.« Verächtlichkeit stand in ihren Augen und bohrte sich in meine Eingeweide. Ein Gefühl, das ich eigentlich seit Amalia nicht mehr zugelassen hatte. Nicht mehr zulassen wollte.

»Sofern ich mich erinnern kann, stand ich hier, bevor du den Gang betreten hast.«

»Ach so?«, spöttisch hob sie die Brauen. »Und wieso? Das hier ist die Damentoilette.« Herausfordernd sah sie mich an, die Mimik zu einer irren Grimasse verzogen. »Das glaubst du ja wohl selbst kaum.«

»Nein?«, fragte ich und genau in dem Moment ging die Tür hinter ihr auf. Ich sah ihr noch für ein, zwei Sekunden fest in die Augen und wand dann den Blick ab. An ihr vorbei. Zu der Person, die gerade die Damentoiletten verließ. »Bist du fertig, Baby?«, fragte ich lässig, griff in meine Tasche und holte eine Packung Zigaretten hervor. Ich rauchte sehr selten, aber manchmal brauchte ich es. Oben im VIP Bereich würde niemand etwas sagen. Niemand würde es wagen, mich – vor allem dann nicht, wenn ich in dieser Stimmung war – zu kritisieren.

Ich hörte, wie Sarah nach Luft schnappte und mich entsetzt ansah.

»So läuft das also?«

»Keine Ahnung, was du meinst!«, setzte ich locker entgegen, zog Barbie an ihrer Hüfte zu mir, die neugierig zwischen uns hin und her sah.

»Ihr kennt euch wohl?«

»Ja, flüchtig.«

»Flüchtig!«, wiederholte Sarah mit schriller Stimme sehr provokant. »Flüchtig.«

»Nun dann.« Tussi zuckte die Schultern – als sie sich vorgestellt hatte, hatte ich nicht einmal richtig zugehört. »Gehen wir wieder rein, Darling? Ich bin so durstig.«

»Na klar, Babe«, stimmte ich ihr zu und schenkte Sarah ein breites Lächeln. Ich genoss es gerade so dermaßen, dass ich die Oberhand besaß, dass ich beinahe in meinen Shorts kam. »Geh schon vor, bin gleich da.«

»Okay, Tiger!« Ich schüttelte mich kaum merklich bei dem Kosewort und sah ihr mit einem gespielt verträumten Lächeln hinterher.

»Damit hast du mich ersetzt? Du bist dir echt für nichts zu schade, was Brewer?«

»Dich ersetzt?«, überrascht hob ich die Braue. »Ersetzen bedeutet ja, dass es da mal was gab, was man hätte ersetzen können.«

»Du bist so ein scheiß Wichser. Ich glaube, du hast es geschafft, dass ich dich hasse.«

Nun zuckte ich die Schultern. Ihre Worte trafen mich, machten mich rasend und nachdem Barbie endlich außer Sichtweite war, stieß ich mich von der Wand ab, gegen die ich bis gerade eben noch gelehnt hatte. Ich wusste schon in diesem Moment, dass das eine richtig miese Idee war, konnte aber auch nicht aufhören. Es war ... ich hasste mich so sehr dafür, dass Sarah mich anzog wie das Licht die Motten. Normalerweise konnte ich immer richtig gut weitermachen, wenn es darum ging, dass ich eine Frau hinter mir ließ. Scheiße, normalerweise ging das immer von mir aus, aber jetzt gerade ... ich war am Durchdrehen. Am Ausrasten. Ständig tat ich Dinge, die ich gar nicht tun wollte, aber mit denen ich nicht aufhören konnte, weil Sarah mich beschissen noch mal provozierte.

»Wer ist es denn von uns beiden, die ihren Arsch an

einem Schwanz gerieben hat?« Ich warf die Hände in die Luft, verachtete mich dafür, dass ich Schwäche zeigte, indem meine Stimme zitterte. »Ohh, hoppla, ich bin ja der mit dem Schwanz.« Ironie tropfte wie zäher Honig von meinen Worten. »Dann warst wohl du die mit dem Arsch und dem Gewackel.«

»Dich stört es, dass ich tanze?«, zischte sie jetzt aufgebracht und in ihren Augen standen Tränen, als sie die Arme vor der Brust kreuzte. »Oder stört es dich, dass ich Spaß mit einem anderen Mann haben kann, Jackson?«

Ich starrte sie einfach nur in Grund und Boden. Ich wollte ihr nicht antworten, wollte ihr nicht sagen, wie es wirklich war. Ehrlich gesagt, fühlte sich das alles gerade extrem kindisch an, was ich hier abzog. Aber ich konnte einfach nicht aus meiner Haut. Ich schaffte es nicht. Ich war kurz vor einem Nervenzusammenbruch. Mein Herz pumpte in meiner Brust und ich fuhr mir durch mein Haar. »Ernsthaft, Jackson? Das ist der Punkt?« Sie stieß einen verächtlichen Laut aus. »Darf ich dich daran erinnern, dass du der große Macker warst, der getönt hat, er würde sich nicht öfter mit einer Frau treffen? Der getönt hat, dass er sofort aufhören würde, wenn jemand das Safeword benutzt?«

»Ich habe aufgehört!«, brüllte ich dazwischen.

»Ja, hast du, weil du offensichtlich so erstaunt warst, wie eine Frau es wirklich wagen kann, das Wort zu benutzen, dass du vollkommen neben dir gestanden hast. Hast du dir eigentlich mal zugehört, was du möchtest, Jackson?«, fragte sie mich ungehalten und kam näher. Ich roch ihr zitroniges Parfum, das sich mit ihrem körpereigenem Duft mischte. Es war eine unwiderstehliche, absolut explosive Mischung. Ein Cocktail, nachdem ich süchtig war, das wusste ich, auch ohne dass ich mir das eingestand. »Du stößt mich von A nach B. Ich war bei dir zu Hause, ich habe dich aufgesucht, weil ich mit dir reden wollte. Weil ich das zwischen uns klären wollte und nicht diese saubeschissene Situation auf der Wohltätigkeitsgala stehen lassen wollte.«

»Ich mag es nicht, wenn Menschen zu mir nach Hause kommen!«

»Und ich mag es nicht, wenn man mich verarscht!« Sie kam noch einen Schritt näher und natürlich wich ich nicht zurück, denn ich wollte es genießen. Ich wollte es genießen, dass sie so in Rage war. Mein Schwanz war bereits knüppelhart und meine Hände zuckten. Ich ballte sie zu Fäusten, denn sonst würde ich sie an mich ziehen und ihr meine Zunge in den Hals schieben, bis sie wieder Vernunft angenommen hatte. »Ich mag es nicht, wenn man mich an sich zieht, im nächsten Moment wieder wegstößt und dann wieder an sich zieht, nur um mich dann – Achtung Spoiler – wieder von sich zu stoßen. Und das auf grausame, bittere Art und Weise. Ich mag es nicht und ich lasse mich nicht verarschen. Nicht mehr. Es reicht, dass ich das einmal durchhabe. Also verdammt noch mal, Jackson, lass mich in Ruhe, geh zu dieser blonden Tussi und fick sie, vielleicht geht es dir dann besser, vielleicht weißt du dann, dass das, was du hier veranstaltest, absolut niveaulos und ätzend ist. Ich hasse dich dafür. Und was noch viel schlimmer ist ...« Sie machte eine kurze Pause, ihre Lippen öffneten sich einen Spalt und ihre Brust hob und senkte sich schnell, weil sie so in Rage war. »Was noch schlimmer ist, ist, dass ich mich dafür hasse, dass ich dich nicht einfach ignorieren kann und es gut sein lassen kann. Aber ich muss endlich verstehen, dass ich nicht jeden retten kann. Dass gar nicht jeder gerettet werden will!« Ich sah ihr fest in die tobenden Augen. Sie war wütend, Tränen standen weiterhin in ihren Augen und ich war absolut unsicher, was sie jetzt genau von mir erwartete. Im Nachhinein konnte ich nicht mehr sagen, wer begonnen hatte, aber ihre Lippen trafen auf meine, katapultierten mich nach hinten gegen die Wand und ich drehte uns um, keilte sie zwischen meinen Armen ein und glitt mit meiner Zunge stürmisch in ihren Mund. Die beiden kämpften miteinander, führten den Krieg unserer Worte mit unseren Zungen fort und sie biss mich leicht in die Unterlippe. Ich schmeckte sie, ich schmeckte Alkohol und was ich vor allem schmeckte, war die nackte, pure Lust. Würde sie mich nicht gleich davon abhalten, würde ich sie vögeln. So schnell und heftig, dass sie danach nicht mehr laufen konnte.

»Fuck, Sarah«, wisperte ich verzweifelt gegen ihren Mund, als ich es schaffte, kurz von ihr abzulassen. Ihre Lider waren gesenkt und sie öffnete sie flatternd einen Spalt.

»Wieso hörst du auf?« Nun klang sie so verzweifelt, wie ich mich fühlte.

»Weil das hier eine richtige Scheißidee ist.«

»Weil wir Schluss gemacht haben?« Ich machte mir

nicht die Mühe ihr zu sagen, dass man nur mit jemandem Schluss machen konnte, mit dem man auch zusammen war. Aber das hier …

»Scheiße nein, wir sollten das einfach lassen.«

Provokant hob sie die Braue, genau in dem Moment, als eine Art Vorhang vor ihr Gesicht fiel und sie sich wieder verschloss. Als sie die Augen erneut öffnete, war ihre Miene eiskalt und abweisend. »Dann geh zu deiner Tussi und belästige mich nicht weiter.«

Sie schlug meinen rechten Arm, der sie immer noch einkeilte, zur Seite und wollte gerade gehen, als ich sie noch einmal am Handgelenk packte. Mit wutverzerrter Miene sah sie mich an.

»Wenn du nicht vorhast, das hier zu Ende zu führen, dann lass es, Brewer. Wir beide sind fertig miteinander.« Diese kalten Worte waren es, die mich verzweifelt aufseufzen ließen. Ich wollte ihr nicht zeigen, wie sehr ich mich zusammenreißen musste und dass ich sie zurückgewiesen hatte, weil ich es für das Beste hielt. Für sie. Nicht für mich. Und jetzt bekam ich – wieder mal – einen Arschtritt verpasst.

»Dann geh zu diesem Schwachmaten und lass dich ficken. Aber glaub mir, der wird dir am nächsten Tag auch keine Blumen schenken.«

Wieso es Sarah schaffte, das Schlechteste in mir zum Vorschein zu bringen, wusste ich nicht. Aber ich wusste, dass ich die Worte in dem Moment, in dem sie gesagt waren, schon bereute.

Sarah drehte sich zu mir, hob die Hand und ließ sie erneut, mit ausgesprochener Präzision, auf meine Wange knallen. Heilige Scheiße, das war extrem sexy und heiß. ›Bist du verrückt geworden, Brewer?‹, fragte der Teufel auf meiner Schulter. ›Das haben wir verflucht noch mal nicht nötig!‹ Er hatte recht, also tat ich nichts weiter, außer meinen Kiefer knacken zu lassen und ihr auf ihren extrem scharfen Arsch in diesem verflucht kurzen Kleid zu starren, während sie auf schwindelerregend hohen Stilettos davonstolzierte.

Eines musste man ihr lassen: Sie besaß Stolz.

Eine ganze Menge davon.

Aber ich wäre nicht Jackson Brewer, wenn ich nicht eine gute Challenge annehmen würde.

~

»Wir können das mit der Immobilie nicht machen, Jackson!«, sagte Andrew, während er in mein Büro kam. Seufzend hob ich den Kopf. Ich sah ihn fragend an und mein erster Impuls war, ihn vor lauter Frust über das vergangene Wochenende einfach anzumachen und meinen Willen durchzusetzen.

»Nicht, dass es mich momentan interessiert, aber ... weil?«

»Weil das eine persönliche Entscheidung von dir ist und wir uns geschworen haben, dass wir das nicht machen.«

»Ahhha.« Gut, er wusste jetzt also, dass Sarah White in diesem Haus, das wir kaufen wollten, eine Eigentumswohnung besaß. Es wäre kein Problem, alle Eigentümer, außer sie, denn sie hatten wir gar nicht gefragt, waren einverstanden und somit besaßen wir die Mehrheit.

»Sie wohnt da nicht mal drin.« Ich zuckte die Schultern und sah ihm direkt in die Augen. Ich wusste, dass sie dort nicht wohnte, aber ich machte meine Hausaufgaben und wenn Sarah meinte, dass ich sie in Ruhe lassen sollte, dann würde ich das tun. Privat zumindest. Beruflich sah das anders aus. »Wir brauchen die Immobilie nicht. Vor allem ist sie in einwandfreiem Zustand, wieso sollten wir sie kaufen?«

»Weil wir es können?« Schlug ich grinsend vor und nippte an meinem Kaffee.

»Was ist bitte mit dir los?«

»Nichts, was soll sein? Ich habe läuten hören, dass die Eigentümer das Haus verkaufen wollen.« Das war die Wahrheit. »Und da dachte ich mir, wir könnten zuschlagen.« Auch das war die Wahrheit.

»Du verarschst mich doch.« Ahh, auch das entsprach der Wahrheit. »Du willst das Haus nur kaufen, weil du auf total verdrehte Art und Weise mit Sarah in Kontakt bleiben willst.« Und das war ... ebenfalls die Wahrheit, würde ich ihn aber garantiert nicht wissen lassen. »Du weißt, dass das entgegen allem ist, was ich dir geraten habe und dass dich das in Teufels Küche bringen wird.«

»Ach was«, sagte ich und lächelte matt. »Sicher weiß Miss White davon gar nichts.«

»Miss White jetzt also?« Andrew schüttelte den Kopf. »Du bist so was von am Arsch.«

»Wieso denn? Entspann dich, wir haben etwas Geld

übrig, da könnten wir doch ordentlich Gas geben und es investieren.« Wenn ich sagte, dass wir etwas Geld übrig hatten, dann sprach ich in dem Fall von der Portokasse. Die Finanzen spielten nicht wirklich eine Rolle. So war es eben, wenn man Geld im Übermaß besaß.

»Apropos am Arsch, die neue Ausgabe der Times schon gelesen?«

»Uhhh«, zog ich ihn auf und lehnte mich zurück. »Du bist jetzt ein Sun Leser, oder was?«

Andrew räusperte sich und rückte die Armani-Krawatte, die er zu dem maßgeschneiderten Anzug trug, zurecht. Ich hingegen hatte meine Krawatte schon abgelegt und das Jackett ebenso. Zu meinen Anzügen trug ich immer eine passende Weste und die sorgte jetzt noch für den perfekten mitternachtsblauen Look über dem gestärkten weißen Hemd.

»Leck mich, Jackson!«, kam es von ihm, den Tonfall eher gönnerhaft als beleidigt. »Ich denke, du solltest die Zeitung auch mal aufschlagen.« Ich legte die Stirn in Falten, beobachtete, wie er sich auf meinem Besucherstuhl zurücklehnte und den Knöchel des einen Fußes auf das Knie des anderen legte. Er grinste breit, verschmitzt und so, als wäre mir etwas Wichtiges entgangen.

»Ich denke, du laberst Scheiße und willst nur, dass ich in ein Fettnäpfchen tappe.«

»Es ist bereits Mittag, du hattest sicher wie immer schon dein Lieblings-Pastrami-Sandwich und es hat dich noch niemand angerufen, um dich auszulachen?«

»Was?« Verständnislos sah ich ihn an. »Hast du ein Drogenproblem?«

Andrew lachte schallend, aber künstlich. Ich sollte diese Sache mit den Drogen noch mal ansprechen. Ich wusste, dass er keinen Scheiß machte, aber ich wusste auch, dass das Thema dort, wo er herkam, ein Riesending war. »Wie brüderlich von dir.« Er grinste immer noch, ehe seine Miene ernst wurde. »Nein, habe ich nicht.«

»Also, was ist nun mit der Sun? Ich hab mein Abo leider gerade beendet!«, erklärte ich sarkastisch und erst jetzt bemerkte ich den Stapel Unterlagen, den er bei sich trug.

»So ein Zufall. Ich hab eine Ausgabe dabei. Eigentlich hätte ich gerne alle davon gekauft, um dein Büro neu zu tapezieren, denn du wirst es lieben. Aber ich hatte nur 'nen Hunderter und der Zeitungstyp konnte nicht rausgeben.«

Verächtlich nickte ich und verzog das Gesicht. »Du genießt das gerade, also scheint es nicht um die Firma zu gehen.«

»Die Firma?« Jetzt lachte er schallend und genoss die Show. »Dann wäre ich nicht so entspannt.«

»Gib schon her!«, rief ich, er hatte mich an der Angel und ich griff nach dem Schmuddel- und Skandal-Heftchen Nummer 1 aus Amerika. »Was zur scheiß Hölle?«, entfuhr es mir und ich starrte auf das Titelbild. »Wie?«, fragte ich weiter und sprach dabei aber niemand Bestimmten an. »Wie kann das sein?« Ich starrte auf die Aufnahme, die zwar mies, aber dennoch deutlich erkennbar war. »Das ist doch wohl ein Witz!« Blut rauschte in meinen Ohren und Andrew schüttelte vollkommen ernst den Kopf. Jetzt kam kein witziger

Kommentar mehr aus ihm heraus, jetzt riss er keine dummen Sprüche mehr. Er war ruhig, gefasst und auf meinen unweigerlich folgenden Ausraster vorbereitet.

»Ich hab keine Ahnung, wie, oder wer oder was, aber die Presseabteilung arbeitet schon dran.«

»Wie kann das verfickt noch mal der beschissene Fall sein?« Ich schmiss das Heftchen mit dem deutlichen Header vor mich, nur um es anschließend wieder in die Hand zu nehmen. »FUCK, FUCK, FUCK.«

Seit Amalia hatte ich mir Mühe gegeben, dass man mich niemals zusammen mit einer Frau sah. Ich achtete penibel darauf.

Außer bei Sarah White. Offenbar hatte ich den bösen Fehler begangen, dass ich eben nicht meine scheiß Finger von ihr lassen konnte.

Sie hatte mich dazu gebracht, dass ich mich selbst nicht mehr kannte. Dass ich meine Prinzipien über den Haufen warf und mich aufführte wie ein liebeskranker Teenager.

Und jetzt? Jetzt schaffte sie es sogar, dass ich auf dem verdammten Titelblatt der Sun prangte.

Mit ihr.

Der ersten und einzigen Frau aus meinem Leben.

Siebzehn

Sarah

»Bürgermeister Tochter Sarah White und Jackson Brewer in heftige Diskussion verstrickt. Das Aus des Liebestraums?«

Ich las diese verdammte Headline immer wieder. Und jedes Mal aufs Neue überkam mich eine Welle von Übelkeit. Mein Handy stand nicht still und zwischen all den Anrufen von Lucy – sie wollte wissen, was ich kleines Luder ihr verheimlicht hatte –, Anrufen meines Dads – er war sicher sauer und fragte sich, wieso er das aus der Presse erfuhr –, bis zu Anrufen der Presseabteilung meines Vaters – sie wollten sicher wissen, was dran war und wie sie Schadensbegrenzung durchführen konnten. Der Einzige, der mich nicht anrief, war Jackson.

Und wir waren die Hauptakteure in dieser Geschichte.

Der Artikel war schlecht. Er war nicht sonderlich lang, anscheinend hatte sich die Zeitung auf eine Art Bildergeschichte aus dem Club fokussiert. Aber man sah deutlich, dass wir stritten. Die Bilderserie musste kurz nach dem Kuss aufgenommen worden sein und ich fragte mich, aus welchem Winkel. Es wirkte nämlich beinahe so, als wären die Bilder von oben geschossen worden. Aber da war alles zu gewesen und sicher hatte nirgendwo ein Spiderman an der Decke geklebt.

Nachdenklich nippte ich an meinem Kaffee. Da der Artikel nicht sonderlich lang war, las er sich recht schnell. Darin wurde nur darüber spekuliert, ob Jackson und ich schon lange ein Paar waren und dass wir zwei Superschlauen es anscheinend schon eine ganze Weile schafften, niemanden an unserem Liebesglück teilhaben zu lassen.

Dass wir uns gar nicht im Liebesglück befanden, ließ ich einfach mal außen vor. Außerdem wurde darüber spekuliert, wie unsere heftige Liebe schon wieder vorbei sein konnte, und man fragte sich, was das für die Zukunft der New Yorker High Society bedeutete, wenn zwei der bedeutendsten Familien im Lande sich durch eine Ehe vereinen würden.

Als ich die Sätze zum hundertsten Mal las, drehte sich mir wieder der Magen um.

Ich ließ mich von dem Hocker an dem Bartresen in meiner Küche gleiten und wollte mir gerade frischen Kaffee machen, als ich das Schloss in meiner Wohnung klicken hörte.

»Babe?« Was zur beschissenen Hölle? »Babe? Bist

du da?« Ein gut gelaunter Clyde Finn kam pfeifend zur Küche hereinmarschiert.

»Wie kommst du gottverdammt hier rein?«

»Ich hab einen Schlüssel?« Sofort kam ich mir so vor, als wäre ich diejenige, die eine unberechtigte Frage stellte.

»Und wieso? Den solltest du nicht mehr haben. Den kannst du nicht mehr haben, wir haben ihn dir abgenommen.«

Clyde kam auf mich zu und ich musste mich ordentlich zusammennehmen, dass ich nicht zusammenzuckte, als er über mich griff und eine Tasse aus dem Hängeschrank mit der Milchglasfront nahm. Ich hasste es, dass er sich hier so gut auskannte.

»Ich hab einen nachmachen lassen!«

»Du hast was?«, fragte ich und hob die Stimme. »Du bist ein verfluchter Drecksack, du bist ein Lügner, ein Gauner und ein selbstgefälliges Arschloch. Du bist der größte Idiot, den ich kenne und ich will dich nicht hier haben!«

»Ruhig!«, sagte er, trat endlich einen Schritt zurück und hob beschwichtigend die Hände. »Ich will reden.«

»Ich aber nicht. Ich wollte reden, aber dann bist du, hoppla, gestolpert und hast den Schwanz in unsere Putzfrau gesteckt.«

»Sarah, Babe ... es tut mir ja leid.«

»Du hast mich betrogen und es vor aller Welt so hingestellt, als würdest du mich für eine andere verlassen.«

»Ich weiß und das war ein Fehler, Babe.«

»Hör auf, mich so zu nennen!«, schrie ich ihn an und fuhr aus der Haut. »Du gehst jetzt oder ich rufe den Sicherheitsdienst.«

»Bitte gib mir eine Minute, dann verschwinde ich wieder, okay?« Er stellte die Tasse, es war eine *›I Love Dolphins‹* Tasse, die wir bei einem Urlaub, in welchem wir mit Delphinen geschwommen waren, als Souvenir gekauft hatten, neben sich ab. »Es tut mir unglaublich leid, aber ich will dich vor einem Fehler bewahren.«

»Bitte was? Du mich? Du bist doch schizophren!« Voller Wut drückte ich auf die Taste, die mir einen frischen Kaffee aus dem Vollautomaten lassen würde, und kreuzte die Arme vor der Brust. »Was stimmt mit dir eigentlich nicht? Und wieso habe ich das so lange nicht bemerkt?«

»Weißt du, wie schwer es war, in dein Haus zu kommen? Unbemerkt? Da stehen Reporter vor deiner Tür und ich denke, das liegt daran, dass du dich mit Jackson Brewer während unserer Beziehungspause getroffen hast!«

»Ach, darum bist du hier, weil du glaubst, es läuft dir ein anderer Mann den Rang ab.«

»Weißt du, wie schwer es war, ins Haus zu kommen, ohne dass mich jemand erkennt und ich dich damit schütze?«

»Du mich schützen? Ohhh, ich bin ganz Ohr.« Die grenzenlose Wut, welche ich empfand, machte mich rasend. Wirklich rasend. »Weil du das ja mit deiner Aktion, oder besser Aktionen, so gut geschafft hast!«

»Willst du etwa als Schlampe gelten, wenn die Sun so

einen Bericht mit diesem Wichser rausbringt und ich jetzt hier auftauche? Also entschuldige mal, aber ich tat das für dich.«

»Für mich, na klar!« Plötzlich war ich es einfach leid, zu streiten. »Was willst du, Clyde? Halt dich kurz, damit du dann wieder gehen kannst und ich mich nicht mehr mit dir abgeben muss.«

»Ich will dir sagen, dass ich diesen Typen kenne und wenn das wahr ist, was die Sun schreibt, dann verrate ich dir, dass du bei ihm nicht mehr als eine scheiß Nummer bist, die er, sobald er keinen Bock mehr auf dich hat, sofort abservieren wird. Bei ihm bist du nichts außer eine Ballerina auf seinem Schwanz, die ihn kurz erfreut. Ich kenne diesen Kerl und wenn ich wollte, dass du mit ihm zu tun hättest, hätte ich dich ihm vorgestellt. Ganz einfach. Hab ich aber nicht. Wieso nicht? Weil er ein Monster ist. Und du bist dir anscheinend nicht zu schade dafür, mit ihm ins Liebesnest zu hüpfen. Du machst das, weil du weißt, dass er mein Konkurrent ist, oder? Du machst das, weil du weißt, dass du mich damit treffen kannst, richtig? Du willst mich zurück und kannst es nicht ertragen, dass ich dich nicht zurückwill, aber es weckt meinen Jagdinstinkt, auch das weißt du.« Er machte eine Kunstpause und ich fühlte, wie mein Herz heftig zu pumpen begann, wie mein Puls in die Höhe schnellte und wie ich kurz davor war, zu explodieren. Mühsam zwang ich mich dazu, meine Fäuste aufzumachen und diese grenzenlose Wut loszuwerden, die es mir sprichwörtlich in die Hände drückte. Ich wollte auf etwas einschlagen. Nein, nicht etwas, auf ihn. Für seine

Dummheit, seine Frechheit und diese beschissen ungehobelte Art, mit der er immer wieder bei allen Menschen durchkam. Ich hatte genug von ihm und seinen Machenschaften und dass er glaubte, mich herumschubsen zu können. Ich hatte beschissen noch mal genug davon!

»Raus!«, donnerte ich und deutete mit meinem ausgestreckten Arm auf die Tür. »Raus hier.«

»Ich bin gleich weg, ich kenne dich ja und weiß, dass du dich erst einmal beruhigen musst, wenn man dich bei etwas erwischt hat, aber ich muss dir sagen, ich glaube nicht, dass du mich diesmal so leicht zurückbekommst!«

»Dass ich dich zurückbekomme?« Wütend schüttelte ich den Kopf. »Raus hier, Clyde. RAUS HIER!«

»Schon gut, schon gut!« Er griff sich die Tasse und seine Schlüssel. »Und die Tasse nehm ich mit, die habe ich bezahlt!«, schrie er noch und kurz darauf hörte ich, wie die Tür ins Schloss fiel.

Ich griff nach meinem Handy, googelte nach einem Schlüsseldienst und bestellte diesen noch für den gleichen Tag, um die Schlösser wechseln zu lassen.

Anschließend rief ich am Empfang an, schalt mich selbst für meine Dummheit, dass ich vergessen hatte, Clyde von der Besucherliste zu nehmen, und holte das nach.

Anschließend beschloss ich, mich meinem Dad zu stellen. Aber nicht am Telefon. Wenn er sauer auf mich war, sollte er es mir ins Gesicht sagen. Ganz einfach. Alles andere würde ich nicht akzeptieren.

Clyde hatte völlig übertrieben. Es lungerte ein Kerl mit einer Kamera vor dem Wohnhaus herum, der verschwand aber mit eingezogenem Schwanz, als ich ihm sagte, dass er sich verpissen sollte. Ja, keine Worte einer sonderlich wohlerzogenen Bürgermeistertochter, aber ich war grenzenlos wütend. Auf alles um mich herum und vor allem darauf, dass jeder zu wissen glaubte, was das Beste für mich war. Wieso waren die Männer so? Wieso konnte man mich nicht einfach so sein lassen, wie ich war? Mich machen lassen, was ich eben wollte? Ich tat doch niemandem was? Ständig glaubte ein Mann, dass er mich kontrollieren konnte oder sollte. Dachten die wirklich alle, dass ich unfähig war, mich um mich selbst zu kümmern? Offensichtlich.

Der Tag war ziemlich schön hier in der Stadt und ich beschloss, dass ich zu Fuß laufen würde. Die frische Luft sollte mir helfen, ein wenig an Hitze zu verlieren, dass ich nicht ausrastete und meinem Vater sachlich erklären konnte, was los war.

»Miss White!«, rief der Sicherheitskerl, der am Eingang zum Büro stand. »Da sind sie endlich, alle sind in Aufruhr.«

»Ach, was Sie nicht sagen«, murmelte ich und sagte etwas lauter: »Ist mein Vater da?«

»Natürlich!«, antwortete einer seiner Angestellten. Ich ging direkt nach oben und klopfte an seinem Büro an. Ich musste nicht angemeldet werden.

»Sarah!«, rief mein Dad und stand auf, kam zu mir herüber und nahm mich in die Arme. »Ich habe mir

Sorgen gemacht, du bist nicht an dein Telefon gegangen.«

»Ja, ich weiß«, murmelte ich. »Sorry.«

»Schon okay!«, erklärte er. »Wobei das Pennywise nicht so sieht.«

»In der Tat, Sir!«, sagte dieser nun. »Sie müssen uns informieren, wenn solch gravierende Veränderungen anstehen. Die Marketing- und Presseabteilung von unserem Wahlkampf Team muss das wissen.«

»Dad«, sagte ich, denn immerhin war er derjenige, der dann der Leidtragende wäre. »Ich wusste nichts von irgendeinem Foto.« Ich sah nicht ein, mich zu entschuldigen, denn scheiße, ich hatte nichts getan.

»Würden Sie mich und meine Tochter alleine lassen?«, fragte mein Vater in seinem Bürgermeistertonfall, den er sonst nur für öffentliche Berichterstattungen bereithielt, und sein Sekretär sah zu, dass er sich vom Acker machte. Ohne Umschweife, nachdem wir alleine waren, fing er an. »Weißt du, Sarah, mir ist dein Liebesleben vollkommen gleichgültig. Du bist meine Tochter und ich stehe an deiner Seite, auch dann, wenn es schmutzig werden sollte.«

»Es ist nichts schmutzig.«

»Da gibt es Stellen, die das anders sehen.« Ich wusste, wen er mit Stellen meinte. Die Presseabteilung, die Leute, die Schadensbegrenzung erreichen sollten. »Es geht niemanden etwas an, mit wem ich mich treffe oder eben nicht.«

»Das weiß ich.«

»Wieso dann das hier?«

»Weil Jackson Brewer zwar ein überaus angesehener und absolut lupenreiner Geschäftsmann ist. Aber weil man auch einiges von ihm hört, was Frauen angeht.«

»Dad.«

»Nein Sarah, Liebes. Hör mir zu.«

»Dad, ich ...«

»Ich will nicht, dass du etwas mit ihm unternimmst, und dieses Foto sieht so aus, als wäre diese Warnung schon viel zu spät. Jackson ist noch wesentlich schlimmer als Clyde es war, und wenn du dich auf diesen Mann einlässt, wird er dir alles nehmen.«

»Dad, zwischen Jackson und mir ist nichts.« Er brauchte nicht alles zu wissen, immerhin war da wirklich nichts. Mehr.

»Wieso dann das Bild?«

»Wir haben uns zufällig in einem Club getroffen.«

»In dem Club von diesem Josh Baldwin, wie die Zeitungen schreiben.«

»Spielt das eine Rolle?«

»Ja, diese reichen Kerle stecken da doch alle unter einer Decke.«

»Ich dachte, du schätzt Jackson Brewer?«

»Das tue ich auch. Gerade seine gemeinnützige Arbeit ist für mich als Bürgermeister extrem wichtig, aber das sind zweierlei Dinge. Das eine ist, Geschäfte mit einem Schurken zu machen, das andere, einen Schurken an seinem Sonntagstisch sitzen zu haben.«

»Da ist nichts, Dad!«, brachte ich erneut hervor und fühlte die Lüge durch meine Adern, meinen ganzen Körper kriechen und von mir Besitz nehmen. Ich war erbärmlich und ich war eine Lügnerin. Jetzt war es offiziell. »Clyde war heute bei mir zu Hause.«

»Was?«, entfuhr es ihm nun laut. Eigentlich war mein Vater emotional immer sehr zurückhaltend. Aber offenbar nicht bei diesem Mistkerl. »Ja. Er hat sich heimlich einen Schlüssel nachmachen lassen.«

»Dann tauschen wir die Schlösser, ich werde gleich-«

»Ich hab mich schon drum gekümmert.«

»Gut.« Mein Vater nahm meine Hände. »Was wollte er? Hat er dir was getan? Ich denke, er hat schon genug angerichtet.«

»Er wollte mir so was Ähnliches sagen wie du.«

»Wegen Jackson? Er hat also auch das Bild gesehen.«

»Ehrlich gesagt, ist mir das ziemlich egal.« Ich seufzte laut und ließ mich auf einen Stuhl fallen. »Er will mich zurück und stellt es jetzt so hin, als würde er mich beschützen und als wäre ich die Böse gewesen.«

»Das kann dieser Mistkerl nicht ernst meinen.«

»Doch offensichtlich schon.«

»Mhm. Was sagt Jackson zu dem Artikel?«

»Dad!«, schalt ich ihn. Er grinste mich an.

»Schon gut, ich glaube dir, wenn du sagst, dass da nichts ist.«

»Nicht mehr«, rückte ich mit der Wahrheit heraus.

»Ich wusste es. Ich wusste es an dem Tag, als ich euch beide zusammen zum Mittagessen geschickt habe, dass das eine richtig miese Idee war.«

»Nein, das war ein schönes Essen.«

»Jackson Brewer ist nichts für dich. Er soll von meiner Tochter die Finger lassen.«

»Du übertreibst ein wenig.«

»Wie ist das Bild überhaupt entstanden? Es sieht so aus, als würdet ihr streiten.«

Hatten wir auch, aber das ließ ich nicht durchblicken. »Ich habe leider keine Ahnung«, sagte ich seufzend und zuckte die Schultern. »Ehrlich, ich weiß es nicht, aber es nervt mich unglaublich. Wir haben uns nur unterhalten.«

»Und dann hielt er dich fest?« Mein Dad griff sich die Sun mit den mir mittlerweile vertrauten Bildern und inspizierte sie gründlich, ehe er die Zeitung auf seinen Tisch zurückwarf. »Ihr seht beide wütend aus. Das kann richtig übel werden für uns!« Ich wusste, dass er mit »uns« seine erneute Kandidatur meinte und nicht irgendwelche privaten Einschnitte in meinem Leben.

»Ich habe nichts getan, Dad. Sonst würd ich es dir sagen. Und ich weiß auch nicht, wie dieses Foto entstanden ist. Ich weiß nur, dass anscheinend irgendjemand an der Decke gesessen haben muss, um das aufzunehmen.«

»Oder es war eine der Sicherheitskameras und der Besitzer hat das Material verkauft. Würde ich Josh Baldwin sofort zutrauen.«

»Ich kenne den Kerl nicht, aber der Club war nicht schmuddelig.«

»Natürlich nicht, es ist einer der angesagtesten Clubs überhaupt. Ich denke nicht, dass er da offensichtlich krumme Dinger drehen würde.«

»Du meinst, dass er uns gefilmt hat und dann das Material nach außen gelangt ist?«

»Ja, das kann ich mir durchaus vorstellen. Er muss euch filmen, das ist eine Auflage der Sicherheitsinspektoren von New York. Bevor etwas passiert, wurden in sämtlichen Clubs und Hinterausgängen Kameras installiert. Aber irgendjemand muss an das Material gekommen sein.«

»Das wäre ja Wahnsinn!« Ich setzte mich aufgedreht hin, konnte nicht glauben, was mein Dad gerade versuchte, mir zu vermitteln. »Das wäre ja absolut unglaublich.«

»Ja, das wäre es. Wie reagiert denn Jackson auf die ganze Sache?«

»Keine Ahnung. Ich hab nichts von ihm gehört.«

»Ihr unterhaltet euch in einem Gang, in dem nur ihr beide seid und das offensichtlich im Streit, denn egal, was du auch sagst, in meinem Job als Bürgermeister bin ich der Meister in Mimik und Gestik. Also, wen auch immer du hier zu täuschen versuchst, verkauf nicht deinen alten Vater für dumm.«

»Sorry, Dad«, sagte ich und lächelte matt. »Aber da ist wirklich nichts.« Wen wollte ich eigentlich verarschen? Mich oder ihn? Verdammte Scheiße.

»Dann sollten wir uns jetzt schleunigst überlegen, wie wir Schadensbegrenzung durchführen können.«

»Ich find es gar nicht so schlimm«, sagte ich und sah ihn an. »Ich glaube nicht, dass du das an den Ergebnissen merken wirst.«

»Sarah!«, donnerte mein Vater nun begleitend zu

seinen Worten die Hand auf den Tisch. »Du denkst, es geht um mich? Bist du verrückt? Es geht mir um dich und das, was über dich gesprochen wird.«

»Dad«, sagte ich und Tränen schossen in meine Augen. »Es ist alles gut. Das mit Clyde war bedeutend schlimmer und ich glaube nicht, dass es so übel ist, wenn man mit Jackson Brewer in einem Atemzug genannt wird.«

»Beruflich auf keinen Fall. Aber sein Privatleben hält der Kerl ja bisher extrem unter Verschluss. Ich weiß es also nicht.«

Es klopfte zügig an die Tür. »Sir?«, fragte Pennywise, »wir haben eine Gegendarstellung für die Times, wenn Sie wollen, dass dort etwas erscheint!« Der Sekretär meines Vaters sah ihn an und wartete darauf, was weiter passieren würde. Mein Dad sah mich an. Wollte ich das? Wollte ich eine Gegendarstellung? Und war es vielleicht gar nicht übel, wenn man mit Jackson Brewer in Verbindung gebracht wurde? Es wäre mit Sicherheit wesentlich schlimmer, wenn er ein Kerl wäre, den man ständig mit anderen Frauen sehen würde, aber das war nicht so. Vielleicht war es daher gar nicht nötig, großartig darauf einzugehen.

»Vielleicht wäre es besser, das zu ignorieren? Und der Sun kein neues Futter zu liefern. Ich versichere euch beiden, dass das nicht mehr vorkommen wird. Ich gehe sowieso selten aus und dann werde ich einfach nicht mehr mit ihm reden, wenn wir zufällig im gleichen Club sind.«

»Ich wusste das gar nicht ... er wirkt immer so

ruhig.« Mein Vater legte nachdenklich den Kopf schief. *O doch, Dad, er ist nachtaktiv. Sehr sogar. Nur auf vollkommen andere Weise, als du denkst.*

»Keine Ahnung, so gut kenne ich ihn nicht«, brachte ich mühsam gequält hervor. Weil ich ihn ebenso gut kannte und sich dieses Gefühl von Mal zu Mal noch mehr verstärkt hatte. Ich hatte das Gefühl, dass ich genau wusste, wer er war, wie er war und was seine Ziele waren. Jackson war ein guter Mensch, auch wenn er andere vielleicht glauben machen wollte, dass es nicht so war.

Durchtrieben und ziemlich sexy und aufgeheizt, aber er war ein guter Mensch.

Moment mal, was dachte ich hier? Er hatte mich Scheiße behandelt, er war ein richtiger Arsch zu mir gewesen, er war unglaublich arrogant und rücksichtslos gewesen. Er war so gemein gewesen, dass ich all meine gute Erziehung vergaß – und das zweimal – weil er mich über meine Grenzen hinaustrieb. Er war so ein Arsch zu mir gewesen, dass ich die Hand gegen ihn erhoben hatte. Auch das zweimal.

Also bitte, was genau ging gerade in mir vor?

»Alles okay?«, fragte mein Vater, denn anscheinend war ich blass geworden. Ich war verrückt, oder? Ich war absolut und vollkommen verrückt. Denn ich merkte gerade eines überdeutlich. Ich merkte, wieso mir Clyde völlig am Hintern vorbeiging. Ich checkte endlich, wieso es Jackson so sehr schaffte, mich in den Wahnsinn zu treiben. Wieso er es schaffte, dass ich ausflippte und mich gleichzeitig wie ein junges Ding fühlte, das an nichts anderes mehr denken konnte als an ihn. Schwach nickte ich, nahm nur noch am Rande wahr, wie sie weitermachen wollten, und das war für mich okay. Ich verstand es nicht und gerade eben war es mir auch wirklich scheißegal, denn ich hatte andere Dinge, die mit einer plötzlichen Urgewalt all meine Gedanken einnahm.

Ich mochte vielleicht gerne die Augen verschließen, wenn ich etwas nicht sehen wollte, aber nicht in diesem Fall.

Es gab nur einen logischen Grund dafür, wieso ich so war. Es war offensichtlich.

Ich hatte mich in Jackson Brewer verliebt.

Irrational.

Unglaublich.

Vollkommen fehl am Platz, denn er war der größte Alphaarsch auf diesem Planeten.

Aber genau das war es, was passiert war. Ich war in ihn verliebt.

Und ich würde nicht mehr drum rum kommen, es mir einzugestehen.

Ich gehörte ihm.

Mit Haut und Haar.

Mit allem, was ich hatte.

Und ich konnte damit nicht einfach aufhören, weil es sich unangenehm anfühlte.

Achtzehn

Jackson

Es dauerte lange, bis ich so abgekühlt war, dass ich in einer Ruhe und Beständigkeit, wie ich sie von mir gewohnt war, durch das Becken gleiten konnte. Ich drehte den Kopf, holte Luft und tauchte ihn wieder unter, während ich mit den Füßen paddelte und mit den Armen wie bei großen Kreisen immer wieder in das Wasser eintauchte. Ich zog eine Bahn in ihrer vollen Länge, vollzog eine Unterwasserrolle, und stieß mich mit beiden Füßen am Beckenrand ab, um eine weitere Bahn zu ziehen.

Immer das gleiche Prinzip. Luftholen, untertauchen, mit den Füßen weiter paddeln und die Arme in großen Bewegungen ein- und auftauchen lassen.

Ich versuchte, mich darauf zu konzentrieren, schaffte es aber kaum. Ich brauchte viel Zeit, um einen wirklich gleichmäßigen Herzschlag zu bekommen und diese für mich eigentlich routinierte Bewegung geschmeidig ausführen zu können.

Es war Tag drei nach dem Artikel und Mitte der Woche, vormittags.

Sophie hatte ich wie jeden Morgen in die Schule gebracht und ihre Nanny würde sie später dort abholen, um das Nachmittagsprogramm mit ihr durchzuziehen. Ich sollte arbeiten.

Ich war eigentlich auf dem Weg ins Büro gewesen, hatte mich aber kurzfristig umentschieden.

Es war der dritte Tag in meinem Arbeitsleben, an welchem ich im Büro fehlte. Und das nicht, weil ich krank war, scheiße nein, das kam nicht vor, sondern weil ich das Gefühl hatte, dort gerade zu ersticken.

Aufgrund des Artikels – und fuck, dadurch hatte ich gemerkt, wie viele eigentlich die Sun lasen – und all den Nachrichten dazu, hatte mich gestern am späten Abend Amalia kontaktiert, was mich völlig aus der Bahn warf.

Ja, in diesem Punkt war ich schwach. Nicht wegen ihr selbst oder weil ich Gefahr lief, dass ich was mit ihr anfangen wollte. Einfach aus dem Grund, weil Sophie meine verdammte Achillesferse war. Weil es meine Tochter und ihr Frieden war, um die ich fürchtete.

Amalia versuchte zu drohen, dass sie Sophie zu sich zurückholen würde, wenn ich eine neue Frau hätte und das mit Ausreden, dass es ihr um das Wohl des Kindes ging. Lachhaft.

Nicht, dass mich das in dem Moment interessierte, denn ich wusste, das würde nicht passieren. Sie hätte keinerlei Chance dazu, immerhin hatte sie null Bindung zu ihrer Tochter. Aber in der Nacht war ich tatsächlich schweißgebadet aufgewacht, weil ich geträumt hatte, dass ich Sophie ins Bett gebracht hatte und nachdem ich nachts noch einmal nach ihr schauen wollte, war sie nicht mehr da. Das hatte mich fertiggemacht.

Mein Anwaltsteam bestätigte mir, dass Amalia keine Chance hätte. Aber innerlich hatte ich doch ein wenig Angst.

Zuerst verurteilte ich mich deshalb. Ich verurteilte mich, weil ich jedes beschissene Mal, wenn Amalia in meinem Leben auftauchte, irgendwas tat, das völlig bescheuert war.

In all den Jahren hatte sie nicht ein einziges Mal versucht, Sophie zu kontaktieren. Und jetzt versuchte sie, mir zu drohen? Das würde ich nicht zulassen. Ihre Nachricht ignorierte ich, schickte sie an die Anwälte, damit sie dokumentiert war, und löschte sie anschließend von meinem Handy. Ihre Dreistigkeit und dass sie sich ihr Leben lang nicht einmal für ihre wundervolle Tochter interessiert hatte, machten mich wütend. Letzte Nacht, als ich mir zur Beruhigung schließlich kurz vor Morgengrauen einen Whiskey eingeschenkt hatte, hatte ich mich gefragt, was ich damals an ihr gefunden hatte und wie es hatte sein können, dass meine Menschenkenntnis so dermaßen bei Amalia Brook versagt hatte. Das war kein Glanzmoment in meinem Leben gewesen. Dennoch – so seltsam das klang – war ich ihr dankbar, denn sie hatte mir dieses kleine Mädchen geschenkt, dessen Held ich war. Die mich mit leuchtenden Augen ansah und mir versicherte, wie lieb sie mich hatte. Und ich spürte die gleiche, unglaublich allumfassende Liebe auch in mir.

Meine Muskeln begannen sich gegen die heftige Anstrengung zu sträuben, und ich tauchte schließlich auf, zog die Schwimmbrille von meinem Kopf und warf sie keuchend neben mich. »Scheiße!« Gequält schloss ich die Augen. Es nervte mich so dermaßen und ich wusste mittlerweile gar nicht mehr, was genau mich an meinem momentanen Leben eigentlich nicht nervte.

Es regte mich auf, dass Amalia glaubte, sich nun einmischen zu können.

Es machte mir zu schaffen, dass ich trotz der Tatsache, dass ich zweimal eine gesalzene Ohrfeige von Sarah kassiert hatte, an nichts anderes mehr denken konnte als sie.

Und es machte mich fertig, dass ich nicht verstand, was genau mit mir los war und wie ich den Scheiß, wie ich sie wieder aus meinem Kopf brachte. Ich war völlig am Arsch und stand neben mir, wie seit Jahren nicht.

Hatte ich versucht, in dem Club meinen Kopf freizubekommen? Ja, hatte ich.

War ich angepisst wie Hölle gewesen, als ich festgestellt hatte, dass die Frau, Sarah, über die meine Pokerkumpels – denn Andrew, Josh und Ethan waren im Club auch dabei gewesen – redeten, wie scharf sie aussah, mich kaum mehr kontrollieren konnte? Heilige verfickte Scheiße, ja so war es.

Und platzte ich beinahe vor Wut, als ich sah, wie sie ihren prallen Hintern – der meiner war – an einem anderen Kerl rieb? Wie eine lüsterne Nutte, die es besorgt haben wollte? Fuck, ich war kurz davor gewesen, eine Schlägerei anzufangen, und das war eigentlich Joshs Stil.

Es war ein explosiver Mix aus Wut, Leidenschaft und Eifersucht gewesen. Wobei diese verdammte Eifersucht, die ich bisher nie von mir gekannt hatte, dermaßen überwogen hatte, dass ich beinahe rot sah. Ich war wie in einem Tunnel und Andrew war es gewesen, der mich daraus hervorgezogen hatte und mich zumindest vorläufig zur Vernunft gebracht hatte. Normalerweise lief das immer andersherum. Diese blonde Barbie hatte es nur noch schlimmer gemacht. *Ich* hatte es nur schlimmer gemacht. Und jetzt war ich ein erbärmlicher Arsch, der sich sogar über die Scheiße aus der Sun freute, obwohl ich darüber entsetzt sein sollte.

Nicht umsonst ließ ich keine Gegendarstellung publizieren und stellte mit Erstaunen fest, dass vom Bürgermeister, seinem Presseamt oder von Sarah White selbst auch nichts kam.

In einer fließenden Bewegung hob ich meinen Körper aus dem Wasser, griff mir eines der weißen, flauschigen Handtücher, die hier auf dem dunklen Teakholz lagen, trocknete mir das Gesicht ab und fuhr über meine Haare, aus denen das Wasser auf meine Brust tropfte. Es war grotesk.

Bis vor drei Wochen war mir Sarah White vollkommen egal gewesen. Und dann wurde ich darauf hingewiesen, dass sie wieder Single war, weil ihr Ex-Verlobter sich durch die Betten fickte. Im Grunde wie ich, nur dass ich dabei auf niemanden Rücksicht nehmen musste, weil ich keinerlei Verpflichtungen hatte. Clyde

Flynn stand auf meiner Abschussliste. Und auf der von Andrew, aber etwas mehr auf meiner. Er war einer dieser Immobilien-Möchtegern-Mogule, die sich ihr Geld und ihr Ansehen nicht sauber verdienten und das konnte ich nicht ausstehen. Er war nämlich so ein Mistkerl, dass er sich in den ärmeren Vierteln der Stadt, wo sich die Menschen sowieso schon schwertaten, dass sie überhaupt ihre Miete irgendwie bezahlen konnten, die Häuser aufkaufte, die Mieten durch völlig überzogene Renovierungsmaßnahmen anhob und erst dann die Gebäude weiterverkaufte. Es war ein mieser Trick, den leider zu viele in unserer Branche anwandten und es machte mich unglaublich wütend, dass er ebenso vorging.

Warum aber er, statt einer seiner ›seriösen‹ Kollegen? Weil er derjenige war, der Amalia dazu geraten hatte, ihre Tochter zurückzulassen, statt sich wie ein Erwachsener, verantwortungsbewusster Mensch zu verhalten und sie großzuziehen.

Nicht, dass ich es sonderlich witzig gefunden hätte, wenn er der Ersatzvater von Sophie geworden wäre.

Amalia und er waren zusammen gewesen. Ob es wirklich eine Beziehung war, bezweifelte ich auch heute noch, aber zumindest war es eine Affäre gewesen. Eine toxische Beziehung, in der er die vollkommene und absolute Macht über Sophies Mutter gehabt hatte.

Er hatte dafür gesorgt, dass Amalia ihre Tochter verließ.

Und dafür hasste ich ihn.

Ein Kind brauchte beide Elternteile, nicht nur einen Vater, auch wenn ich mir Mühe gab, ihr beides zu sein.

Ich lernte, wie man Zöpfe flocht, wie man Pfannkuchen backte und wie man seltsame Prinzessinnen basteln konnte, mit denen sie so gerne spielte. Ich lernte das, weil ich meine Tochter liebte.

Er hatte Sophie all das genommen, was eine Mutter ihr beibringen würde, aus purem Egoismus, Stolz oder was auch immer. Ich wusste es nicht. Aber ich wusste, als ich hörte, dass Clyde Flynn verlassen worden war und öffentlich in einer Pressemitteilung herausgab, dass er Sarah White zurückhaben wollte und er für immer auf sie warten würde, dass ich etwas dagegen unternehmen wollte.

Und das tat ich. Ich verstand nicht, wieso er das getan hatte, denn sonst hätte er sie ja wohl nicht verlassen, oder?

Das Einzige, wie ich das schaffen konnte, war, dass Sarah Zeit mit mir verbrachte, ich mit ihr schlief, sie auf Händen trug und sie somit keinen Gedanken mehr an diesen gottverlassenen Hurensohn verschwenden würde, sondern sich in mich verlieben würde.

Es klappte, glaubte ich zumindest.

Aber was an meinem Plan nicht klappte und nicht eingerechnet war, war, dass ich sie wirklich mochte.

Wie sie lachte, wie sie aussah, wenn sie schlief, wie sie neugierig Dinge in Augenschein nahm, wie sie mich vergötterte. Dass ich sie nach dem Sex immer rausschmeißen wollte, lag daran, weil mich die ganze Erfahrung mit Frauen gelehrt hatte, dass sie nicht bleiben würden, wenn man wollte, dass sie blieben. Nein, diese Art von Frauen, die auf One-Night-Stands stand, die wollte wie Scheiße behandelt werden. Okay, das war übertrieben, aber sie wollten, dass man mit ihnen spielte. Zuckerbrot und Peitsche. Katz und Maus. Sie wollten, dass man sie bat, zu gehen, damit sie sich bei ihren Freundinnen darüber aufregen konnten und sie irgendwie die Message an ihr Hirn sendeten, dass sie jetzt hibbelig alle zwei Minuten auf ihr Handy sehen mussten, ob eine Nachricht von dem Kerl gekommen war, auf den sie gerade standen.

Es war eine Farce. Dieses ganze Dating Getue, dieses ganze Flirten. Es war ein einziges Schauspiel und ich hatte keinen Bock mehr, mich daran zu beteiligen, denn wenn ich ehrlich war, vermisste ich Sarah.

Nicht nur ihren Körper, der weich und geschmeidig geöffnet unter mir lag. Nein, ich vermisste ihre Hand, die verstohlen meine berührte, wie sie die Beine übereinanderschlug und genießerisch die Augen zufallen ließ, wenn sich ihre Lippen um eine Gabel mit leckerem Essen schlossen.

»Scheiße!«, fluchte ich laut in die leere Schwimmhalle und schlug mit der Hand gegen die Fensterscheibe, die mir einen Ausblick auf das weit unter mir liegende New York schenkte. »Fuck, verdammter!«

Sarah bedeutete mir was.

All das, was ich als Spiel, als persönlichen Rachefeldzug, von dem nicht einmal Andrew genau Bescheid wusste, geplant hatte, stellte sich nun gegen mich. Alles, was ich glaubte, über sie zu wissen, war falsch. Sie war hübsch und verdammt sinnlich. Sie vertrat ihre eigenen

Ansichten und Werte, wovon ich zuerst nicht den Eindruck gehabt hatte.

Vielleicht war das eine dieser Sachen, die ich in ihr zum Vorschein brachte, wie sie es schon öfter angesprochen hatte.

Sarah White war eine starke Frau.

Und das machte sie noch unwiderstehlicher für mich.

Ich brauchte einen Plan B, der besser als der erste war.

Und den sollte ich mir schnell überlegen, ehe es zu spät sein würde.

~

»Mr. Brewer?«, erklang durch die Gegensprechanlage, und ich hasste es, dass sie mich jetzt schon wieder störte. Es war Freitag und ich wollte einfach nur meine Arbeit fertigstellen, da ich Sophie versprochen hatte, heute Abend mit ihr Burger zu braten. Die Zutaten dazu würden wir sogar selbst in dem kleinen Laden an der Ecke einkaufen. Ich hasste es, einkaufen zu gehen. Aber sie liebte es und wenn sich meine Tochter wünschte, dass wir das gemeinsam machten, dann taten wir das. »Der Bürgermeister von New York ist hier!«

Ich hob den Kopf, es klopfte an meiner Tür und Mr. White betrat mein Büro.

»Mr. White«, sagte ich, ließ die freundliche, ich-reiß-mich-zusammen-Maske über mein Gesicht fallen und stand auf, um ihm die Hand zu reichen. »Welch eine Ehre. Setzen Sie sich doch.«

»Danke, Mr. Brewer.« Er schüttelte meine Hand mit einem Händedruck, wie man es von einem seriösen Geschäftsmann erwarten würde, und setzte sich in den Besucherstuhl vor meinem Schreibtisch. Meine Sekretärin kam mit einem kleinen Tablett, auf dem ein paar Kekse, Kaffee, Milch und Zucker waren, herein. »Danke«, sagte er jetzt auch höflich zu ihr, lächelte sie an und goss sich aus dem Milchkännchen etwas in die dunkle Flüssigkeit.

»Was verschafft mir das Vergnügen?«, fragte ich direkt. »Habe ich einen Termin übersehen?« Der ältere Herr schüttelte den Kopf und nippte an seinem Kaffee.

»Das haben Sie nicht, Mr. Brewer.« Gespannt lehnte ich mich zurück und legte die Fingerspitzen aneinander.

»Was kann ich dann für Sie tun?«

»Sie können ehrlich zu mir sein und mir sagen, was das mit meiner Tochter auf diesem Bild in der Zeitung war.«

»Entschuldigung?« Okay, damit hatte ich nicht gerechnet. Also nicht damit, dass er so direkt nachfragen würde, dass er sich wirklich die Mühe machen würde und mich fragen würde, wenn seine Tochter doch zu Hause war und er sie nur besuchen musste.

»Ja, ich habe natürlich mit Sarah gesprochen, aber sie sagte, dass das Bild aus dem Zusammenhang gerissen wäre und dass es nur so aussieht, als wären Sie beide ... sich mehr zugetan, als ihr der Öffentlichkeit glauben machen wollt.« Aha, Sarah hatte ihren Vater also angelogen, was uns betraf. Wie ich das einzuordnen hatte, wusste ich jetzt noch nicht genau, aber es war seltsam.

»Mit Verlaub, Jackson, ich schätze Sie als Geschäftspartner sehr und ich weiß, dass Sie und Ihre Familie sich niemals etwas zu Schulden haben kommen lassen. Aber es geht hier um meine Tochter, um meine Tochter, die erst unter einem Skandal zu leiden hatte.«

»Geht es hier um Ihre erneute Kandidatur?«, fragte ich ganz offen, weil ich noch nicht wirklich greifen konnte, was das Problem war.

»Nein, das tut es nicht. Ich weiß, dass Sarah ein gutes Mädchen ist und dass sie niemals etwas tun würde, das mich verletzt. Aber ich weiß eben auch, dass sie ein Mädchen ist, das sich leicht und gerne in Dinge hineinsteigert, glaubt, mitspielen zu können, ohne dabei selbst verletzt zu werden.«

Er hielt seine Tochter für schwach? Provokant hob ich die Braue. »Sie denken, Sarah ist dem Artikel nicht gewachsen?«

»Nein, Jackson. Ich denke, meine Tochter ist Ihnen nicht gewachsen. Und ich möchte nicht, dass Sie sie zu etwas drängen, das sie nicht möchte.«

»Sie wollen nicht, dass ich mit ihr ausgehe?«, fragte ich weiter nach und er nickte, deshalb sprach ich direkt weiter. »Denken Sie nicht, dass Sarah alt genug ist, selbst zu entscheiden? Und ich bin mir, ehrlich gesagt, ziemlich sicher, dass Sie Ihre Tochter unterschätzen.« Sarah war mir gewachsen. Mehr als das.

»Würden Sie eine Tochter haben, Mr. Brewer, würden Sie sie auch vor einem Schurken wie Sie es in der

Frauenwelt sind, schützen wollen.« Ich lachte bei seinen ehrlichen, altertümlichen Worten auf. Nickte aber. Damit hatte er recht. Ich würde Sophie auch vor einem Mistkerl wie mir schützen wollen, wenn ich die Chance dazu hätte. Aber auf der anderen Seite fand ich nicht, dass ihm das zustand, was er gerade eben tat.

»Ich frage Sie ganz ehrlich, Jackson«, begann er erneut, ohne auf meinen vorherigen Satz eingegangen zu sein. »Gehen Sie mit meiner Tochter aus?«

Ging ich mit seiner Tochter aus? Nein, eigentlich nicht. Wir waren nie wirklich miteinander auf einem Date gewesen, außer das Essen, das sogar er organisiert hatte, und vor allem sprach er in der Gegenwart ... also nein, ich würde nicht sagen, dass wir ausgingen. Ich legte die Stirn in Falten, sah ihm direkt in die Augen und seufzte schließlich tief, um mich in einer leicht dramatischen Geste nach vorne zu beugen. Nicht nur er war vertraut damit, Körpersprache zu lesen und anzuwenden, sondern auch ich. Ich bewegte mich schon viel zu lange in der High Society, um es nicht völlig in Fleisch und Blut zu spüren und zu verinnerlichen.

»Herr Bürgermeister, ich bin nicht sicher, wie ich diese Frage beantworten soll. Denn wenn wir beide die Karten auf den Tisch legen, dann ist Ihnen durchaus bewusst, dass es Sie nichts angeht, was Ihre Tochter macht und mit wem sie es macht. Ich bin ein ehrlicher Mann, das wissen Sie. Aber wir sind langjährige Geschäftspartner, schon beinahe eine Art Freunde, und ich kann Ihnen versichern, dass ich zum gegenwärtigen Zeitpunkt nicht mit Ihrer Tochter ausgehe.« Der Mann mir gegenüber stieß die angehaltene Luft aus und merkte dadurch anscheinend nicht einmal, dass es fast fies gewesen war, was ich ihm gesagt hatte. »Wenn Sie allerdings von mir eine Versicherung haben wollen, dass ich niemals mit Sarah ausgehen werde, dann werde ich Sie Ihnen nicht geben.«

»Ich wusste es.«

Milde lächelnd sah ich ihm weiterhin direkt in die Augen. »Ich respektiere Sie und Ihre Arbeit und ich schätze es sehr, dass Sie Ihre Tochter beschützen wollen. Aber wenn Sarah auf die Idee kommen sollte, mir zu vermitteln, dass sie an einer Verabredung interessiert wäre, dann werde ich die Gelegenheit ergreifen.«

Das, was nun folgte, war etwas, mit dem ich nicht gerechnet hatte. Es kam völlig aus dem Nichts und überrumpelte mich.

Der Bürgermeister lachte. Er lachte schallend. Er lachte so sehr, dass sein dicker Bauch wackelte und er sich die Tränen aus den Augen wischen musste.

»Vielleicht, lieber Jackson, sind die heftigen Gerüchte um Ihre Person und die geheimnisvollen Sagen um Ihren Frauenverschleiß doch nicht der Wirklichkeit entsprechend, wenn Sie hier sitzen und mir versichern – und das absolut glaubhaft – dass Sie Interesse an meiner Tochter haben. Ich sage Ihnen etwas, und dabei vergessen wir einmal die Förmlichkeiten. Sarah musste viel Scheiß erleben, nicht zuletzt die Sache mit diesem Idioten Clyde. Ich habe Sie immer vor ihm gewarnt, ihr gesagt, dass er ein Schuft ist und dass sie viel zu gut für ihn wäre. Aber sie wollte es nicht hören und er hat ihr das

Herz gebrochen. Ich weiß nicht warum oder was Sie gesagt haben, aber sehr wohl habe ich bemerkt, dass meine Tochter seit dem Ball vor einigen Wochen wieder fröhlicher ist. Ihre Lebensgeister sind zurückgekehrt.« Er hatte uns gesehen? Er hatte bemerkt, dass wir miteinander gesprochen hatten? Das war mir gar nicht aufgefallen. »Ich mag vielleicht nicht zu allem etwas sagen, aber ich bin ein Vater, und ich sehe mein Kind. Ganz gleich, ob sie bereits erwachsen ist oder ob sie ein Baby wäre, das meine Hilfe braucht.« Er stand nun auf und blickte mir eindringlich in die Augen. »Sie würden das verstehen, wenn Sie selbst eine Tochter hätten, um die Sie sich kümmern müssten.« Hatte ich. Daher verstand ich ihn. Als Elternteil bekam man immer mehr mit, als man den Kindern glauben machen wollte. »Wenn Sie also, auch wenn Sie es nicht ausgesprochen haben, Jackson, meinen Segen haben wollen, sich mit meiner Tochter zu verabreden, dann haben Sie ihn hiermit. Sie machen sie glücklich, auch wenn Sie ein Schuft sind.« Er hob nun warnend den Zeigefinger, wie ich es bei Sophie auch ab und zu tat, und ich fühlte mich sofort getadelt, obwohl ich nur auf meinem Stuhl saß und ihn anblickte. Auch wenn ich ihm von der Position her körperlich unterlegen war, waren wir auf Augenhöhe. Darum liebte ihn das Volk New Yorks. Weil er die Gabe hatte, allen auf Augenhöhe zu begegnen. »Sollten Sie Sarah aber wehtun, werde ich Ihnen wehtun.« Bei seinen Worten stand ich auf und wir blickten uns weiterhin fest in die Augen.

»Ich denke, das klingt nach einem vernünftigen Gespräch.«

Er lachte nun wieder und die Ernsthaftigkeit aus seiner Miene war verschwunden. »Ich bin froh, dass ich mit Ihnen wie mit einem Mann reden kann. Und dass Sie Verstand haben. Sie sind so anders als Clyde.«

»Und das ist gut so.«

Der Bürgermeister von New York war zu mir gekommen, um herauszufinden, was ablief. Das bedeutete doch, dass ihm seine Tochter extrem wichtig war. Dass es elementar für ihn war, sie zu beschützen.

Ich kannte diese Gefühle. Ich kannte sie gut.

Und als ich ihm nun so nachsah, wie er mein Büro verließ, fühlte ich diesen Beschützerinstinkt aufflammen. Zuerst nur ganz leicht, wie Holzscheite, die vor sich hin glommen, die sich gegenseitig anfunkten, und schließlich langsam in die Höhe stiegen, um zu brennen. Letztendlich war es ein loderndes Feuer in mir, mit Flammen so hoch wie das Haus, in dem ich lebte. Es war irrational.

Es war vielleicht völlig falsch.

Aber, und dieses Gefühl gewann die Oberhand, Sarah White war es wert.

Zumindest glaubte ich das ein paar Stunden lang, bis Andrew mir erzählte, dass er Sarah White gesehen hatte.

Mit einem anderen Mann.

Der sie in aller Öffentlichkeit im Central Park küsste.

Neunzehn

Sarah

»Nimm deine verdammten Finger von mir, Clyde!«, brachte ich gepresst heraus und war kurz davor, loszuschreien. »Hör auf, oder ich schreie um Hilfe.«

Das war der Moment, in dem er von mir abließ.

»Ach komm schon, Babe!«, sagte er nun locker, einem Pärchen zunickend, das er anscheinend kannte. Es war helllichter Tag, wir waren im Central Park und ich glaubte immer noch, dass er mir auflauerte.

»Du bist völlig irre. Was an ›lass mich in Ruhe‹ verstehst du eigentlich nicht?« Ich schulterte meine Tasche neu und wollte gerade in die entgegengesetzte Richtung verschwinden, als mein Handy zu klingeln begann. Mit einem Schlag gingen haufenweise Nachrichten von Lucy ein. Ich öffnete sie und mir fiel beinahe das Telefon aus der Hand.

»Was?«, fragte ich und hob den Kopf, um mich umzusehen. »Wie?« Sprachlos sah ich von links nach rechts und erkannte, dass Clyde nun einige Meter entfernt bei zwei Männern stand und sie auch in ein Handy sahen.

»Was soll das?«, rief ich, als ich das kurze Stückchen zu den Männern überbrückte. »Wie kann das so schnell im Internet sein?« Der Kuss, den er mir gerade aufgezwungen hatte, war bereits auf sämtlichen Social-Media-Plattformen als Boomerang online. Es war ein kurzer Ausschnitt davon, bis ich gemerkt hatte, was er getan und energischer versucht hatte, ihn von mir zu stoßen. »Wart ihr das?« Ich zählte eins und eins zusammen und Clyde fuhr sich mit der flachen Hand über sein kurzes Haar und ich hasste ihn noch mehr als sowieso schon. Er in seinem billigen Armanianzug.

»Reg dich nicht auf, Babe!«, erklärte er nun und versuchte, nach mir zu greifen. Ich machte einen Schritt zurück, denn ich wollte nicht, dass er mich anfasste. »Das ist alles für die Zeitung.«

»Bist du eigentlich bescheuert?«, zischte ich und versuchte, ruhig zu bleiben, denn es gab schon die ersten Schaulustigen im Park. Und ich wollte nicht noch mehr Aufhebens machen, denn mein Vater war der Bürgermeister dieser beschissenen Stadt und man kannte mich, verflucht noch mal.

»Ach komm, eine Gegendarstellung für den Bericht in der Sun war doch wichtig.«

»Ach so?« Ich hob die Brauen. Wenn ich absolut verzweifelt war, dann half bei mir nur noch Sarkasmus.

»Die Presseabteilung deines Vaters hat ja nichts unternommen, also musste ich diesem Brewer Wichser und all den anderen Männern in New York, die dachten, sie könnten dich haben, eine klare und deutliche Message zukommen lassen.«

»Du bist krank«, flüsterte ich und sah ihn verletzt an. »Absolut krank.«

»Nein, ich liebe dich nur einfach und will dich zurück. Und meine beiden Jungs hier ...« Er deutete auf seine Freunde, deren Namen ich mir nie merken konnte. Aber dass Lucy sie immer Beavis und Butthead nannte, was so viel wie Arschgesicht und Vollidiot bedeutete, war hängen geblieben. »... haben mir ihre Unterstützung zugesichert und sieh doch nur, du redest mit mir, also hat es doch perfekt funktioniert.«

»Ich bin stinksauer auf dich, Clyde, und überlege, dich wegen sexueller Belästigung anzuzeigen.« Ich wusste, dass er das alles nur einfach so erfand. Ich wusste nur nicht, wieso jetzt. Ich glaubte ihm kein Wort.

»Ach was, das wirst du schon revidieren, wenn du erst mal merkst, wie gut der Boomerang ankommt.« Er lächelte mich matt an, aber seine Augen wirken kalt und irre. »Sieh doch nur, wie gut wir aussehen. Wie gut ich aussehe.«

»Du bist so ein Arschloch!«, wisperte ich, damit nur er mich hören konnte. Mittlerweile blickten einige der anwesenden Besucher immer wieder verstohlen zu uns rüber. »Du bist ein Arschloch und ein Narzisst. Ich hasse dich so sehr und wenn du denkst, dass wir jemals wieder zusammenkommen würden, dann täuschst du dich. Und wenn du denkst, dass dieser Scheiß hier meinem Ruf nicht schadet, dann bist du auch schief gewickelt. Aber darum geht es, nicht wahr?« Ich war so dermaßen sauer, dass ich beinahe zu heulen anfing. »Genau darum geht es, richtig? Du willst mich erniedrigen, demütigen, wie du es immer getan hast. Du willst mich an dich binden und denkst, dass du das so schaffst. Aber Überraschung, Clyde, so klappt das sicher nicht.«

»Okay, okay, vielleicht war es dann ein bisschen drüber, aber du scheinst nicht auszuschließen, dass es klappen kann. Ich werde mir Mühe geben, dass ich dich zurückbekomme.« Er wollte, wie früher auch, wieder über mich bestimmen. Das machte mich wahnsinnig, wie früher auch schon. Ich fühlte mich dadurch entmündigt.

»Nur über meine Leiche!«, sagte ich noch und drehte mich um. Ich glaubte, Clyde ein: »Dann eben über deine Leiche!«, flüstern zu hören und bei seinen Worten lief es mir eiskalt den Rücken herunter.

Allerdings wusste ich, dass er vielleicht ein Narzisst war, aber das er vor nichts mehr Angst hatte, als sich seine Wellness Farmen und seine Schönheitsprodukte nicht mehr leisten zu können. Darum war ich mir sicher, er würde mir niemals etwas tun, für das man ihn rechtlich belangen könnte. Er war eitel, selbstverliebt und ein absoluter berechnender Mann, aber er war kein Idiot.

Und diese Tatsache machte ihn sogar noch gefährlicher, als wäre er ein Blödmann.

Es war Samstagabend und dieser verdammte Kuss ließ sich einfach nicht ausblenden. Die Presseleute meines Vaters hatten aufgrund meiner sofortigen Nachricht erwirken können, dass das Video von sämtlichen Social-Media-Plattformen gelöscht wurde. Ich war unglaublich wütend und schockiert, zu welchen Mitteln er griff, und ich wurde einfach den Gedanken nicht los, dass es irgendwas mit Jackson Brewer persönlich zu tun hatte. Nicht, weil sich ein anderer Mann für mich interessierte und das in der Sun erschienen war. Ich glaubte, es lag an Jackson. Wäre er der Sohn des Besitzers vom Supermarkt unten an der Ecke, würde Clyde nicht aus der Ecke gekrochen kommen, in der er lebte.

Nein, es war etwas anderes und das Internet ließ nichts heraus, was es sein könnte. Es brachte mich an den Rande des Wahnsinns, es machte mich fertig. Er machte mich fertig. Und mit er meinte ich Jackson. Ich war wie eine verdammte Teenager Tussi, die alle paar Stunden seinen Namen in Google eingab. Jackson Brewer hatte keinen Auftritt oder persönliches Profil in Social Media. Nein, er war im Internet, außer bei öffentlichen Anlässen oder wenn es um Berichte bezüglich seiner Immobilien ging, nicht aufzufinden. Aber das Internet vergaß nichts – mit Sicherheit auch nicht das bescheuerte Boomerang Video, das Clyde und seine Kumpels hochgeladen hatten. Hatte Jackson es gesehen? Der Gedanke quälte mich. Natürlich hätte es mir egal sein müssen, egal sein *sollen,* aber das Herz interessierte nun einmal nicht, was der Verstand für richtig hielt. Ich schaffte es beinahe den ganzen Nachmittag, mich davon abzulenken und vor allem davon abzuhalten, zu Jackson zu gehen und es zu erklären. Er war sehr deutlich mit seinen Worten gewesen und ich ebenfalls. Aber der Gedanke, dass dieser Mann von mir auch nur annehmen könnte, ich würde nach ihm einfach weitermachen und zum Nächsten hüpfen, brach mir das Herz. Vor allem würde das alles bestätigen, was er im *Parad* Club zu mir gesagt hatte.

Es war mir unerklärlich, wie Jackson es schaffte, dass ich mich so gut bei ihm fühlte und im nächsten Atemzug erreichte, dass ich nicht mehr ich selbst war, sondern eine verfluchte Furie.

Es war beinahe achtzehn Uhr, als ich aufgab. Ich resignierte und schluckte meinen Stolz hinunter. Unerklärlicherweise nahm ich den Ruf meines Herzens an und tat es.

Ich fuhr mit dem Taxi zu Jacksons privatem Wohnhaus, obwohl er mir mehr als deutlich gesagt hatte, dass ich das nie wieder machen sollte. Das war mir egal, ich wollte, dass er wusste, dass Clyde mir nichts bedeutete – auch wenn es anscheinend nur eine berufliche Verbindung zwischen ihnen gab. Vermutlich war es vollkommen übertrieben und Jackson hatte den Kuss gar nicht gesehen, aber ich wollte es klären. Ich wollte nicht, dass er sich in seinem letzten Bild im Club von mir bestätigt fühlte und sich damit brüsten konnte, dass er glaubte, ich würde einfach durch die Gegend ficken.

Mit zitterndem Finger drückte ich auf den Knopf für die Klingel. Ich musste warten, bis einer der Bewohner das Haus verließ, damit ich hineinkonnte, und musste mich dann am Sicherheitsdienst vorbeischleichen. Noch nie in meinem Leben war ich so dankbar für Netflix wie jetzt, als der Doormann des Gebäudes vertieft in eine Serie war. Ich flitzte sogar die ersten zwei Stockwerke per Treppe hinauf, damit ich nicht unten auf den Aufzug warten musste, ehe ich es wagte, den Knopf für den Lift zu drücken und nach oben zu fahren.

Schweißgebadet kam ich an. Nicht vor Anstrengung, sondern von dem Wissen, dass das hier, zu 99%iger Wahrscheinlichkeit nach hinten losgehen würde. Ich wollte ihn nicht zu irgendwas überreden oder mit ihm schlafen – na gut, wenn es sich ergab, würde ich das neu überdenken müssen –, aber ich wollte es ihm einfach sagen. Und wenn er wütend war und tobte, dann würde ich einfach so lange vor seiner Tür warten, bis er mir zuhörte.

Ich war nicht so eine Schlampe, wie er es im Club dargestellt hatte und sich selbst glauben machen wollte. Und das würde ich ihm nun glaubhaft versichern. Ich wollte mit mir im Reinen sein und das konnte ich nur, wenn ich es aussprach, und versuchte, ihm diesmal keine Ohrfeige zu verpassen.

Ich hörte Schritte in der Wohnung und schluckte schwer. Ein Kloß bildete sich in meinem Hals.

»Hi, Jackson«, sagte ich, als er die Tür aufriss und mich mit großen Augen ansah. Es vergingen gefühlt Stunden, in Wahrheit vermutlich nur wenige Sekunden, als sich etwas, oder besser jemand an seinem Bein vorbeischob, den Kopf hob und mich aus denselben unwiderstehlichen Augen ansah, wie ich sie circa eineinhalb Meter weiter höher nochmals fand.

»Daddy?«, fragte das Mädchen mit glockenheller, überraschter Stimme. »Wer ist diese Frau?«

Zwanzig

Jackson

»Ich …«, begann Sarah stammelnd und fuhr sich nervös über die Stirn. »Ich wollte nicht stören. Entschuldigung.«

»Aber du störst doch nicht«, sagte meine kleine Tochter und lächelte breit. Das gleiche Lächeln, das auch ich hatte. Ich wusste es, weil ich es schon Millionen Male gesehen hatte. Scheiße.

Scheiße. Scheiße. Scheiße. Das war eine absolut beschissene Situation, die mich gerade auch extrem überforderte. Scheiße. Verfluchte, verdammte Scheiße.

»Komm doch rein, wir wollten gerade kochen.« Sophie legte den Kopf schief und sah Sarah an. »Kannst du kochen? Du siehst nicht so aus, als könntest du das.«

»Sophie!«, grätschte ich nun dazwischen. »Gehst du schon mal rein und holst die Nudeln aus dem Schrank?«

»Du meinst diese Platten?«, fragte sie mich und

nickte nachdenklich. »Ja, ich glaube, wenn ich den Hocker aus dem Bad nehme, müsste ich rankommen.«

»Schlaues Mädchen!«, sagte ich und strich ihr einmal über den Kopf. Ich wurde mir des Geschirrtuches, das ich mir über meine linke Schulter geworfen hatte, gerade bewusst, riss es beinahe von meinem Körper und schmiss es auf die Kommode, die mir am nächsten stand.

»Ich …«, begann Sarah wieder und sah mich so an, als würde sie zwischen ›ich will dich umbringen und was zur Hölle ist hier los?‹ die Erklärung abwarten. »Ich wusste nicht.«

»Niemand weiß das und das nicht ohne Grund.«

»Daddddyy?«, rief Sophie vom Inneren der Wohnung. »Ichhh kommmm nicht raaaahhh-haaaaannn.« Ich wusste, dass mir genau zehn Sekunden blieben, um eine Entscheidung zu treffen, ehe Sophie wieder hier bei uns stehen würde.

»Komm rein, ich erkläre es dir.«

»Ich bin nicht sicher, ob ich die Erklärung hören möchte.«

»Ich wollte sie dir nicht geben. Ich habe keine Wahl!« Ich griff instinktiv nach ihrem Handgelenk, bemerkte natürlich sehr wohl, wie mich ein Stromschlag durchfuhr als meine Finger ihre nackte, warme Haut berührten und auch sie zusammenzuckte.

Sarah in meinem Flur stehen zu sehen, bescherte mir unangebrachterweise einen steifen Schwanz. Es war ein Bild, das ich niemals vergessen würde. Ein Bild, das sich in mich einbrannte.

»Was ist hier los?«, wisperte Sarah und sah mir fest in die Augen. Ich wusste, sie würde mich niemals ohne Erklärung gehen lassen und ich sie auch nicht. »Du hast ein Kind? Und du verheimlichst es?«

»So ist das nicht!«, widersprach ich, obwohl es so war. Aber nicht aus den Gründen, die sie vielleicht annahm. »Ich erkläre es dir später.«

»Später? Ich will das jetzt wissen!«

»Wieso bist du überhaupt hier?« Wir flüsterten.

»Daddy!«, kam es nun energischer von Sophie aus Richtung Küche. »Ich komm nicht dran.«

»Dann streck dich ordentlich, Süße!«, rief ich zurück, fuhr mir durch mein Haar, hielt Sarahs Blick aber fest. »Was willst du hier?«

»Ich Idiotin wollte etwas klarstellen.«

»Der Kuss mit deinem Ex-Verlobten?« Sarahs Augen weiteten sich leicht. Erwischt. Dachte sie wirklich, ich war bescheuert? »Was? Ich hab einfach geschlussfolgert. Außerdem bin ich Vater und mir entgeht nichts. Zumindest bei den meisten Dingen nicht.« *Dass du mir allerdings bei so einigen Sachen einen Bären aufgebunden hast, das ist mir entgangen, bis ich mich mit Josh unterhielt und er meinte, dass er dich im Parad noch nie gesehen hat und du laut den Überwachungskameras auch nicht mit diesem Vollhonk, der dich angeflirtet hat, abgezogen bist.* Meine innere Stimme schloss lächelnd diesen Monolog. Ich war ein erbärmlicher Wichser, dass ich überhaupt noch weiterhin heimlich Erkundigungen über sie angestellt hatte. Ich war inkonsequent und armselig, aber egal. Nicht einmal ich selbst konnte meine Wünsche nachvollziehen und verstehen.

»Ich-«, begann sie, aber Sophie stolperte durch den Gang.

»Pass auf, es ist jetzt, wie es ist, wir können jetzt nicht darüber reden, okay? Ein anderes Mal wäre passender.« Ich hasste es, sie wegzuschicken – nebenbei bemerkt, mein Schwanz hasste es auch –, aber es ist die einzige Möglichkeit.

»Kommt ihr zwei jetzt mal? Außerdem finde ich es extrem unhöflich, dass du mir noch nicht mal deinen Namen gesagt hast!«, sagte Sophie zu Sarah und ich biss mir auf die Lippe. Sehr schön, dass meine Erziehung fruchtete. Sehr schlecht, dass es gerade jetzt auf den Tisch kam. »Hilf uns doch kochen, du namenlose Meerjungfrau.« Sophie legte den Kopf schief. Sie stand gerade total auf Meerjungfrauen. »Du siehst aus wie die Ayla.« Ich rollte die Augen.

»Ich bin mir ziemlich sicher, dass Sarah nicht weiß, wer Ayla ist.« Ich allerdings wusste das schon, denn ich war Vater einer Tochter.

»Komm«, Sophie nahm in ihrer kindlichen Selbstverständlichkeit die Hand von Sarah und ich war gerade wirklich neidisch auf meine kleine Tochter, dass sie sie berühren durfte. »Jetzt, wo ich weiß, dass du Sarah heißt, darfst du gerne mit reinkommen und in der Küche helfen.«

»Oh, danke«, erwiderte Sarah automatisch und wand den Kopf zu mir um, um mich hilfesuchend anzusehen. Sophie zog sie nämlich schon den Gang entlang. »Aber ich weiß gar nicht, wer du bist.«

»Ich bin Sophie und das hier ist mein Daddy Jackson!« Meine Tochter deutete mit ihrer freien Hand hinter sich, weil sie wusste, dass ich dort stand. »Und Ayla ist die Meerjungfrau, die sich auch verwandeln kann und dann Beine hat. Wie wir. Das ist unglaublich, oder?« Sarah nickte. »Wir können nachher meinen Barbiefilm ansehen, wenn du magst. Wenn Daddy es erlaubt. Ich darf eigentlich so spät kein Fernsehen mehr.«

»Ich verstehe«, hörte ich Sarah noch sagen und die beiden verschwanden in die Küche.

Heilige Scheiße, was war hier los? Was geschah hier gerade und wieso hatte ich es nicht verhindert, indem ich Sarah die Tür einfach nicht geöffnet hatte, als ich auf dem Display neben der Haustür gesehen hatte, wer davorstand? War ich lebensmüde? Ich wusste doch, was vermutlich geschehen würde. Ich wusste doch, dass Sophie neugierig war und dass sie sich immer freute, wenn wir Besuch bekamen.

Ich wusste doch, dass das gehörig nach hinten losgehen würde und ich gewaltige Probleme bekommen würde, wenn Sarah wütend abrauschte.

Also wieso, wieso verfickte Scheiße noch mal hatten meine Finger vor nicht einmal fünf Minuten nach dem Türknauf gegriffen und die beschissene, verfluchte Haustür geöffnet?

Die einzige Antwort darauf, bei der ich mich nicht selbst belog, lautete:

Weil ich es wollte.

»Sophie hat mich gebeten, die Lasagneplatten herunterzuholen, ich hoffe, das war okay?« Ich lächelte mild und sah Sophie an.

»Du hast also schon verraten, was es heute bei uns zu essen gibt?«

»Natürlich. Was, wenn sie keine Lasagne mag?«

»Ich glaube, es gibt niemanden auf der Welt, der keine Lasagne mag«, sagte Sarah und betrachtete Sophie neugierig, aber voller Zurückhaltung. Ich würde mich wohl auf eine ziemlich heftige Diskussion einlassen müssen, wenn ich es ihr nachher erklärte.

»Doch. Ben, mein Banknachbar in der Schule, er mag keine Lasagne.« Meine Tochter trank von ihrem Wasserbecher, der bereits auf dem Tisch neben uns stand. »Aber der ist auch seltsam, der mag auch keinen Käse.«

»Wie kann man keinen Käse mögen?«

»Ich weiß es nicht«, erklärte sie Sarah geduldig, so als würde sie es ihr wirklich begreiflich machen wollen und selbst nicht genau verstehen, was hier los war. »Aber das ist seltsam. Daddy sagt immer, wenn jemand nichts mag, das überbacken ist, dann ist er einfach komisch und wir sollten uns fernhalten.«

»Das war immer ein Scherz, Sophie!«, schalt ich sie lächelnd und Sarah ging in die Hocke und strich ihr eine Haarsträhne aus dem Gesicht.

»Ich bin da ganz der Meinung deines Dads. Je mehr Käse desto besser!«

»Hervorragend!«, rief meine Tochter und klatschte in die Hände. »Du darfst heute mitessen. Aber nur, wenn du auch meine Portion Gurkensalat isst. Ich mag keinen Gurkensalat.«

»... und trotzdem wirst du ihn essen!«, ließ ich meine Tochter wissen und atmete mehrmals tief durch. Das Bild, Sophie mit einer Frau außerhalb meiner Familie zu sehen, machte mich fertig, aber es war auch unglaublich schön. Ich vermutete, solange dieser kleine Wirbelwind hier als Eisbrecher war, war alles gut. Der Sturm würde erst aufziehen, wenn sie nicht mehr zwischen uns stand und ich mich den Fragen von Sarah stellen musste. Es würde übel werden, das war mir klar. Aber ... irgendwie scheute ich diese Konfrontation und dieses intime Detail aus meiner Familie mit ihr zu teilen nicht wirklich.

Hör dir mal selbst zu, Brewer. Du wirst zu einem Weichei, tust so, als hättest du eine Zukunft mit Sarah White. Dabei wird es so sein, wie es immer ist. Du wirst sie ficken und wegschicken und nicht dein Leben mit ihr teilen, weil du das nicht kannst, nicht willst und niemandem erlaubst.

Und plötzlich, als ich Sarah auch ein Glas des teuren Rotweines eingoss, den ich während des Kochens trinken wollte, wurde mir bewusst, dass mein Unterbewusstsein nicht recht hatte.

Während die beiden gerade die Gewürze zusammensuchten und Sophie Sarah genau erklärte, wo wir die Pfannen und Auflaufformen hatten, wurde mir klar, dass ich es vielleicht doch mit jemandem, der nicht blutsverwandt war, teilen wollte.

Aber wenn, dann wäre es Sarah White. Auch das entging mir natürlich nicht.

»Es tut mir leid, dass du das jetzt tatsächlich mit durchziehen musstest!«, sagte ich, als Sophie in ihrem Bett lag und ich den Fernseher abstellte. »Das war so nicht geplant.« Sarah sah mich an, als hätte ich recht, und scheiße, natürlich hatte ich das. Sie wollte sicher nicht mit einer Sechsjährigen kochen und anschließend die erste Hälfte eines Barbiefilms ansehen, in dem Juwelendelphine vorkamen.

»Entschuldigt sich der große Jackson Brewer gerade?« Sie hob nun eine Braue und ich setzte mich zu ihr aufs Sofa. Sarah hatte gewartet, während ich Sophie bettfertig gemacht und sie ins Bett gebracht hatte. Die Küche hatte ich bereits aufgeräumt, während die beiden Mädels sich den Film ansahen. »Ich hätte damit gerechnet, dass du ausflippst, weil ich hier schon wieder unangemeldet aufgetaucht bin.« Sie machte eine kurze Pause und sah sich um. »Übrigens, schöne Wohnung.«

»Danke. Das ist eben unser Zuhause.« Ich sah mich um, sah, dass, anders als es vermutlich diverse Zeitschriften und Magazine darstellen würden, ich eine riesige Spielzeugecke im Wohnzimmer hatte, deren Farben ausschließlich aus Rosatönen bestand, und dass es hier viele persönliche Gegenstände gab. Bilder mit Sophie und mir, von ihrem ersten Tag im Kindergarten, von ihrer Einschulung. Als sie Radfahren lernte und das erste Mal Eislaufen war. Es gab Bilder mit Andrew und ihr, meinen Eltern und ihr und natürlich von uns allen.

»Ich muss zugeben, ich wurde heute etwas überrascht!«, sagte Sarah und griff nach dem Glas Wein, welches ich ihr reichte.

»Ich muss zugeben, ich bin erstaunt, dass du nicht ausgerastet bist.«

»Bin ich so eine Furie?«

»Nein, das nicht. Aber ich wäre vermutlich ausgerastet und wenn wir mal ehrlich sind, hat unsere letzte Begegnung nicht unbedingt in Regenbogenstimmung geendet.« Ich riss mich zusammen, sie nicht wieder mit Vorwürfen zu bombardieren. Diese ausgesprochene Wut würde uns beide heute nicht weiterbringen.

»Das stimmt. Und … ich sehe es nach wie vor so, dass du einfach nicht über mich zu bestimmen hast.«

»Ich bestimme nicht über dich!«

»Wie würdest du das dann nennen?«

Na gut, vielleicht ein kleines bisschen. Mürrisch kreuzte ich die Hände vor der Brust, fühlte selbst, wie ich dichtmachte. »Besorgt? Vorsichtig?«

»Jackson«, begann sie erneut und schüttelte leicht den Kopf. »Lassen wir das, denn wir sind uns ja einig, dass das zwischen uns gerade nach diesem Artikel definitiv vorbei ist.« *Ein Artikel, der weder von dir noch von mir klargestellt wurde.* Leicht grinsend lehnte ich mich zurück, als mir wieder klar wurde, dass da anscheinend doch was war, das sie mit mir verband. Clyde schoss mir in den Kopf, aber ich drängte ihn energisch zurück.

»Wieso bist du hier, Sarah?«, fragte ich also direkt nach. Ich konnte dieses um-den-heißen-Brei-Reden nicht ausstehen.

»Ich wollte dir etwas zu dem Video mit meinem Ex-Verlobten erklären.«

Sofort kochte Wut in mir über. Ja, natürlich hatte ich das Video gesehen, Dutzende Male. Ich hatte es sogar downgeloadet, damit ich nicht ständig irgendwelche sozialen Netzwerke danach durchsuchen musste, und es machte mich wütend.

»Ahhh, der Kuss mit Clyde.« Mühsam zwang ich die Wut nieder, wohlweislich im Hinterkopf habend, dass ich ihr ja auch etwas verheimlicht hatte. »Schön, dass ihr wieder zusammen seid.«

»Sind wir nicht!«, sagte sie und setzte sich gerade hin. »Darum wollte ich dir etwas dazu erklären.«

»Musst du nicht, das passt schon, du warst im Club sehr deutlich.« Wow, krass was mit uns beiden passierte, wenn Sophie als Puffer weg war. Und wie unglaublich gut, dass wir solch eine schauspielerische Höchstleistung performen konnten.

»Verdammt noch mal, Jackson. Ich möchte es aber und ich finde ehrlich gesagt nicht, dass du irgendein Recht hast, sauer zu sein. Ganz ehrlich. Immerhin bist du derjenige hier, der mich nach Strich und Faden belogen hast.«

»Ahhhh.« Dieser gönnerhafte Tonfall war sonst für

meine Pokerjungs reserviert. »Verstehe. Wobei ich mich nicht erinnern kann, ob du mich jemals gefragt hast, ob ich ein Kind habe.«

»Nein?« Jetzt sah sie verletzt und aufgebracht aus. »Wenn man sich kennenlernt, sollte man das dann nicht direkt hinter, ›Hi, ich bin Jackson‹ sagen?«

»Finde ich nicht. Ich lasse nicht jede in Sophies Leben, nur weil ich sie ficke.« Wieso noch mal wurde ich in ihrer Gegenwart, wenn wir alleine waren, ständig zum gottlosen Arschgesicht? Wieso? Wieso war ich so ein scheiß Wichser? Denn sie hatte das gar nicht verdient. Sarah sah mich verletzt an. »Sorry, das ... hätte nicht sein müssen.«

»Nein, hätte es nicht, jeder anständige Mann sollte sich entschuldigen, dass er sein Kind verheimlicht.«

»Ich habe dir von Anfang an gesagt, dass ich nur Sex habe und keine kennenlerne oder mich näher mit einer beschäftige. Von Anfang an, korrigiere mich, wenn ich damit falschliege. Ich sagte das und jetzt wagst du es, mir vorzuwerfen, dass ich nichts erzählt habe? Ehrlich jetzt? Findest du das nicht ein bisschen ... fies?«

»Das kannst du unmöglich ernst meinen!«, rief sie aus und stellte ihr Weinglas auf den Tisch. »Ich kam hierher, weil ich das Gefühl hatte, ich sollte dir das mit Clyde erklären, aber wie sich rausstellte, bin nicht ich diejenige, die Geheimnisse hat und etwas vertuscht. Das bist du. Und dann stelle ich auch noch fest, dass es dich nicht einmal interessiert. Weißt du, Jackson, vielleicht mache ich mich jetzt nackig und du wirst bestimmt wieder darauf herumreiten, aber ich dachte wirklich, dass ich dir in deiner verdrehten, kalten und arroganten Art irgendwas bedeute. Irgendwas. Denn von deiner Presse- oder Marketingabteilung kam ebenfalls keine Gegendarstellung, was die Geschichte mit der Sun betrifft. Ich weiß nicht, wie sie an diese Fotos gekommen sind.« Ich wusste es mittlerweile schon, sagte aber niemandem etwas, um meinen Freund Josh zu schützen. Außerdem hatte er sich bereits um den Hacker, der sich in seine Sicherheitskameras gehackt hatte, gekümmert. Auf seine Art und Weise, das würde also nicht mehr vorkommen. »Aber ich weiß, dass wir beide nichts dagegen unternommen haben, um das klarzustellen.«

»Mag sein, heißt aber nicht-«

»Und darum kam ich verrücktes Huhn auf die Idee, dass ich dir das mit Clyde und wie es passiert ist, erklären sollte. Das Video ist nämlich völlig aus dem Zusammenhang gerissen.«

»Aha.«

»Aber das interessiert dich ja nicht. Gut, dann kann ich mir das auch sparen. Wenn ich das vorher gewusst hätte, hätte ich dein Geheimnis nie erfahren. Damit wärst du mit Sicherheit glücklicher als mit dem jetzigen Umstand.« Damit hatte sie recht. Mein Inneres schrie mich an, dass ich es ihr erklären sollte und damit aufhören sollte, so ein Arschloch zu sein. Aber irgendwie ... »Du möchtest es mir nicht mal erklären, stimmt's?« Ich sah ihr einfach nur in die dunklen Augen, nicht bereit, irgendwas dazu zu sagen. »Du möchtest mir tatsächlich nicht sagen, wieso du Sophie – und sie ist ein wunderbares Kind – vor der ganzen Welt geheim hältst.«

»Das ist kompliziert.« Na ja, eigentlich nicht so sehr, aber ich wollte nicht, dass Sophie den Stempel meines Pseudo-Single-Lebens irgendwann zu spüren bekommen würde.

»Ich bin sicher, ich bin intelligent genug, dass ich dir folgen kann.«

»Also …«, begann ich und gab mir einen Ruck, denn immerhin wollte ich ja auch, dass sie die Klappe hielt, was Sophie anging. »Zuerst möchte ich dich bitten, dass du unsere – Sophies – Privatsphäre akzeptierst.«

Provokant hob sie die Brauen und sah mir mit einer eiskalten Ruhe ins Gesicht. Scheiße, das war verflucht scharf. Ich spürte, wie mein Schwanz aufwachte und die Lage checkte. »Es ist ziemlich kompliziert. Die ganze Sache mit ihrer Mutter. Amalia und ich haben Sophie sehr früh bekommen und uns darauf … geeinigt, dass sie bei mir groß wird.«

»Sie sieht ihre Mutter nicht?« Sarahs Augen weiteten sich. Allerdings jetzt vor Erstaunen und einer gehörigen Portion Mitgefühl, womöglich, weil sie an ihre eigene Mutter dachte.

»Nein.«

»Nie?«

»Nein.«

»Verbietest du das etwa?« Ich kannte niemanden, der es wagte, so mit mir zu sprechen. Na gut, Andrew vielleicht.

»Nein, das würde ich nie tun.«

»Ihre Mutter will sie nicht sehen?«

Knapp nickte ich. »Sie hat Sophie damals zu uns gebracht und ist verschwunden.«

»Sie war jung, oder?«

»Ja, wir waren beide gerade fertig mit dem Studium.«

»Und dann gibt sie ihr Kind ab?«

»Ich glaube, sie wollte es nie. Aber Abtreibung kam nicht infrage aufgrund ihrer Eltern.« Sarah sah mir geschockt in die Augen. »Nicht, dass ich es auch nur einen Tag bereuen würde, wie es ist. Nicht einen einzigen. Ich hätte Amalia vermutlich umgebracht, wenn sie unser Kind einfach so abgetrieben hätte.«

»Einzig richtige Antwort, auch wenn die Umstände entscheidend sind«, räumte sie ein. »Ich würde niemanden pauschal verurteilen.« Sie hob die Hände und winkte ab. »Aber wie auch immer.«

Erneut nickte ich und griff nach meinem Rotweinglas, nahm einen ordentlichen Schluck von dem Wein mit der tiefroten Farbe. Fruchtig und herb wog er in meinem Mund und schließlich schluckte ich ihn. »Amalia sagte, sie wollte das Kind nicht. Sie wollte erst einmal arbeiten und ich sollte es nehmen. Mein Elternhaus wäre intakt und ich hätte den Rückhalt meiner Familie, um die Kleine großzuziehen.«

»Das waren ihre Worte?«

»Ja, dann ist sie verschwunden. Ohne alles.«

»Wow. Das ist krass. Ich dachte immer, dass eine Mutter, die das Baby ja zehn Monate mit sich herumträgt, eine Bindung aufbauen würde. Irgendwas, dass es ihr schwer macht, das Kind einfach so wegzugeben.«

Ich zuckte die Schultern. »Ihr Verlust ist mein Gewinn.«

»Schön für Sophie, dass du das so siehst.«

»Das tue ich wirklich. Ich will nicht lügen, es war schwer, es ist immer noch schwer. Ich hatte mir mein Leben auch anders vorgestellt. Aber ich war plötzlich Vollzeitvater.«

»Warst du mit Sophies Mutter verheiratet?«

»Nein!« Energisch schüttelte ich den Kopf. »War ich nicht. Aber ich war sehr verliebt und hätte vermutlich alles für sie getan.«

»Passt irgendwie nicht zu dem Typen, der sich jetzt nicht öfter als ein paarmal mit einer Frau trifft und sie bittet, direkt nach dem Sex zu gehen.«

»Du.«

»Was?«

»Du.«

»Wie? Ich verstehe nicht.«

»Du warst die einzige Frau, nach Amalia, die ich öfter als einmal getroffen habe.« Bäm. Diese ehrlichen Worte verfehlten ihre Wirkung nicht.

»Ich weiß nicht, ob mich das freuen oder zum Heulen bringen soll.« Diesen Satz ließ ich unkommentiert, denn ich hatte nicht einmal geplant, ihr das so ehrlich zu sagen. Trotzdem kam es einfach so aus mir heraus. Verdammte Scheiße, was richtest du nur mit mir an, Sarah? »Also hast du das alleinige Sorgerecht für Sophie?«

»Genau. Schon seit Beginn an. Amalia hat auf alles verzichtet, was Sophie angeht.«

»Okay, das ist … krass. Anders, als ich es erwartet hätte.«

»Und darum halte ich Sophie von der Öffentlichkeit fern. Ich möchte nicht, dass jemand in ihr Leben tritt und dann abhaut, so wie ihre Mutter es getan hat.«

Sprachlos starrte mich Sarah bei meinen letzten Worten an. Sie blickte mir direkt in die Augen, wusste nicht, was sie sagen sollte. Das war die Wahrheit, wieso ich nicht wollte, dass Sophie mit meinem anderen Ich, das einfach nur ein Mann war und Frauen vögelte, in Kontakt kam.

Um ehrlich zu sein, war es mit Sarah das erste Mal, dass ich überhaupt in Erwägung gezogen hatte, eine Frau wiederzusehen. Mehr als nur einmal.

»Das tut mir unglaublich leid«, wisperte sie schließlich und Tränen schossen in ihre Augen. »Dass du das alleine stemmen musstest, trotz Rückhalt deiner Familie, dass du so vorsichtig sein musstest, dass niemand kommt und ihr wehtut, wenn sie wieder geht. Es tut mir leid, dass du das aushalten musstest und dass man dir einen Teil deines jungen Erwachsenenlebens gestohlen hat. Und natürlich tut es mir leid, dass Sophie ohne eine liebende Mutter aufwachsen muss. Ich weiß, wovon ich spreche, auch wenn meine Mutter erst einige Jahre tot ist. Und ich weiß, dass eine Mutter durch nichts und niemanden zu ersetzen ist. Na gut, womöglich verhält es sich anders, wenn man nie eine Mutter hatte, aber ich weiß auf jeden Fall, dass es schlimm für sie sein muss.«

»Ich denke, da wir außer meiner Mom und meinen Tanten keinerlei Frauen in der Familie haben, hat sie deshalb auch heute so reagiert und ich möchte dir danken, dass du nicht an Ort und Stelle ausgeflippt bist und sie zurückgewiesen hast.«

»Das hätte ich nie getan. Was glaubst du denn, wer ich bin?«

»Ich weiß. Aber ich weiß das auch zu schätzen und darum wollte ich dir dafür danken.«

»Ich bin ehrlich: Eigentlich bin ich stinksauer auf dich, dass du mich angelogen hast.« Mahnend sah ich sie an. »Dass du es mir nicht gesagt hast«, setzte sie hinzu. »Ein Kind ist etwas sehr Besonderes, ich verstehe, dass man das nicht einfach so mit der Welt teilt.«

»Sophie wird noch früh genug im Rampenlicht stehen und ehrlich gesagt, habe ich keine Ahnung, wie ich sie vor diesem Shitstorm, der aufgrund meiner Entscheidung vor einigen Jahren kommen wird, schützen sollte.«

»Ich denke nicht, dass du sie schützen musst. Ich denke, dass Sophie das verstehen würde. Wenn du es sagst, wie es ist. Dass du jung warst-«

»War?«, fragte ich mit einem Zwinkern. Sarah rollte die Augen und ich bemerkte, wie sich die Luft elektrisch auflud.

»Dass du jung warst, dass du auf der einen Seite ein Vater sein wolltest und auf der anderen eben ... auch Triebe hast.«

»Triebe!«, meine Stimme klang schrill. »Ich bin

sicher, dass ich vor meiner Tochter weder über meine Triebe sprechen, noch sie etwas darüber hören will.«

»Ach was«, winkte Sarah ab. »Warte ab, das wird sich zum Guten wenden, das spür ich.«

»Ich glaube nicht an Esoterik, Glaube oder Karma.«

»Ich glaube auch nicht daran, aber ich glaube an dich. Und ich habe heute gesehen, wie du mit ihr umgehst. Nicht, dass ich sonderlich viel Erfahrung mit Kindern hätte. Aber ich weiß, dass du sie liebst und schützen willst, wenn vielleicht auch aus leicht moralisch verwerflichen Gründen.«

»Was? Hättest du über deinen Dad wissen wollen, wenn er Sex hat?«

»Um Gottes willen, nein!«

»Siehst du.« Ich würde hier nicht mit ihr meinen Frauenverschleiß diskutieren. Das alles war schon viel zu weit gegangen. »Jedenfalls, das ist meine Erklärung dazu.«

»Ich danke dir für dein Vertrauen. Und natürlich werde ich das niemandem sagen, das steht mir gar nicht zu. Aber denk mal drüber nach, ob du nicht Sophie ein Teil deines öffentlichen Lebens sein lassen willst ... bevor es zu spät ist und eine Schlammschlacht zwischen dir und der Presse beginnen wird.«

»Nun -«, sagte ich und wiegelte das ab. Es stand für mich nicht zur Diskussion, dass ich meine Tochter verheizte. Und vor allem hatte ich keine Lust darauf, wenn ich zukünftig eine Frau mit ins Penthouse nahm, erst mal alle Fragen zu meinem Kind beantworten zu müssen. *Ach du kleiner, verdammter Heuchler. Du wirst keine andere als Sarah mehr mit ins Penthouse nehmen für uns,* schalt mich mein Schwanz einen Idioten. Aber irgendwie glaubte ich auch langsam, dass er recht hatte. Dass er genau wusste, dass dieses Gespräch hier mit Sarah ein Wendepunkt für uns war.

Ich sah ihr fest in die Augen und bemerkte zum ersten Mal seit Wochen, dass ich mit keiner anderen Frau außer ihr Sex gehabt hatte. Und nicht einmal wollte. Die Nummer im Club war Verzweiflung gewesen. Absolute und gemeine Verzweiflung. Aber nichts davon war wirklich passiert. Einfach und alleine aus dem Grund, weil ich es nicht konnte.

Und nicht wollte.

Weil ich Sarah White wollte.

Und jetzt, wo sie mein Geheimnis kannte, wo sie Verständnis zeigte und mich nicht verurteilte, wollte ich sie sogar noch mehr.

Ich wollte sie so sehr, dass ich kaum atmen konnte.

So sehr, dass ich körperliche Schmerzen empfand, wenn ich sie nicht augenblicklich berühren durfte.

Sarah White war es, die mich aus dem Nebel der Dunkelheit, aus dem Strudel der Vergangenheit, aus den stürmischen Tagen der Gegenwart in eine Art von Zukunft führen konnte, von der ich nicht einmal dachte, dass Sophie und ich sie jemals haben würden.

Eine Zukunft, die ich früher bewusst nicht gewollt hatte.

Gegen die ich mich entschieden hatte.

Die ich jetzt ersehnte wie den nächsten Atemzug.

»Vielleicht möchtest du jetzt doch etwas zu dem

Kuss sagen?«, fragte ich Sarah und sah, dass sie schwer schluckte. Nach all dem, was ich ihr offenbart hatte, wunderte es mich, dass sie nicht ging. Immerhin trug ich mehr Päckchen mit mir herum als Santa Claus und ich wusste natürlich, dass ich ein störrischer, idiotischer Mistkerl war, und mich nur wohlfühlte, wenn ich die absolute Kontrolle besaß. Ich sah sie erwartungsvoll an und bemerkte, wie Sarah meine Erscheinung scannte. Nach irgendeinem Anzeichen suchte für ... ich wusste nicht genau was.

»Ich ...«, begann sie und wirkte so, als wäre sie irgendwie all ihrer Kraft beraubt. »Der Kuss«, begann sie erneut und seufzte tief.

»Ja, deshalb bist du doch hergekommen, oder?« Plötzlich interessierte es mich brennend, was sie dazu wirklich sagen wollte.

»Ich war im Park spazieren.« Ihre Stimme klang belegt. »Ich wollte einfach ein bisschen den Kopf frei kriegen.« Sie schien ihre Worte allerdings abzuwägen und ich verstand nicht, warum sie das tat, denn sie war es doch gewesen, die um dieses Gespräch gebeten hatte. Ich goss mir noch etwas Rotwein aus der Flasche nach, die auf dem Wohnzimmertisch vor uns stand. Die Lichter funkelten hinter uns durch die Fensterfront und eigentlich wäre es ein richtig schöner Abend gewesen. Einer, der einen zu anderen Dingen als reden animierte.

»Und dann?«

»Dann kam Clyde auf mich zu und küsste mich ganz überraschend.«

»Einfach so?« Skeptisch legte ich den Kopf schief.

Eifersucht begann, in mir zu kochen. Durch mehrmaliges kontrolliertes Atmen versuchte ich, sie in den Griff zu bekommen.

»Ja, er meinte eigentlich, dass er nichts mehr mit mir zu tun haben will und jetzt versucht er aber, mich zurückzubekommen.«

»Er versucht was?« Meine Stimme klang schrill vor Entsetzen. Bitte was versuchte er? Wusste er denn nicht, dass man die Frau eines anderen nicht anfasste? Dass man die Finger von ihr ließ, wenn sie vergeben war? War ihm das nicht bekannt? Das war ein verficktes ungeschriebenes Gesetz zwischen Männern und er glaubte, einfach so tun zu können, wonach immer ihm der Sinn stand? Er war vollkommen verrückt, wenn er dachte, dass ich ihn damit durchkommen lassen würde.

»Ja, er stand nach dem Artikel plötzlich in meiner Wohnung und hat eine Szene gemacht.«

»Ich dachte, ihr seid getrennt?« Ich fühlte, wie ich sauer wurde, nicht nur eifersüchtig und besitzergreifend. »Fordert man dann nicht auch sämtliche Schlüssel zur Wohnung zurück?« Hatte sie mich verarscht? War das ein weiterer perfider Trick, den Clyde anwandte, damit er mich – vermeintlich – am Boden sehen konnte? Grenzenlose Enttäuschung flutete mich, ergriff Besitz von mir, bohrte sich in meine Adern und ich fühlte die spitzen Dornen wie Messerstiche durch meinen Körper wandern.

»Ja, lange Geschichte, und das tut nicht so viel zur Sache. Ich glaube, er wollte, dass ich eine Gegendarstellung für die Times bringe. Und wenn ich es nicht tue, würde er es machen. Ist aber nur eine Vermutung, so wie ich ihn kenne.«

»Du hast aber keine gebracht«, stellte ich nüchtern fest. Um mich nicht noch angreifbarer zu machen, solange ich nicht genau wusste, was zwischen Clyde und Sarah wirklich ablief und was nur Show war, wollte ich sie nicht hören und sehen lassen, mit welcher Art von Emotionen ich gerade kämpfen musste.

»Nein, ich nicht, aber er hat es mit diesem Video versucht.« Sarah seufzte schwer und ich trank einen Schluck, damit ich irgendwie eine Art ›Halt‹ hatte. »Dass ich ihn eine Sekunde später von mir gestoßen und zur Rede gestellt habe, das sieht man nicht mehr.«

»Aha.« Skeptisch beäugte ich sie. Wenn das hier alles geschauspielert war, dann war sie wirklich richtig heftig gut. Besser, als ich es jemals sein könnte.

»Du glaubst mir nicht!«

»Ich bin nicht sicher, um ehrlich zu sein.«

»Ich hätte nicht herkommen sollen.«

»Ich denke, dazu ist es jetzt zu spät, oder?«

»Ich weiß und es tut mir leid. Wenn ich geahnt hätte, wie sehr ich in deine Privatsphäre eindringe, hätte ich es nicht getan.«

»Du meinst in meine und Sophies.«

»Ja.« Sie schien sich aufrichtig zu schämen. »Aber sie ist ein zauberhaftes Kind und ich bin froh, dass ich sie kennenlernen durfte.«

»War allerdings nicht gewollt.« Wieso war ich jetzt schon wieder so ein Arsch zu ihr? Weil ich das Gefühl hatte, dass das alles ein abgekartetes Spiel war und Clyde und Sarah das alles so geplant hatten. *Du bist völlig irre!*, rief eine Stimme in meinem Kopf. *Hör auf zu saufen und überall Gespenster zu sehen!*

»Das weiß ich.« Schwer seufzend stand sie auf. »Ich geh dann jetzt besser, ich konnte dir das mit Clyde erklären, das war mir wichtig gewesen, und ich weiß es sehr zu schätzen, dass ich den Abend mit euch beiden verbringen durfte. Ehrlich, ich bin dankbar dafür, dass du mich deine Tochter hast kennenlernen lassen.«

»Mhm«, brummte ich, bewegte mich aber keinen Millimeter. So lange nicht, bis Sarah die Hände knetete und knapp nickte.

»Ich geh dann mal.« Da es in der Wohnung still war, hörte ich, wie sie langsam über das Echtholzparkett ging, sich von der Anrichte ihre Tasche nahm und weiter in den Flur marschierte.

Sie sagte kein Wort.

Ich auch nicht.

Und schließlich kam Leben in mich.

Ich stand auf, ging ihr hinterher und gerade, als sie den Türknauf drehen wollte, um meine Wohnung zu verlassen, griff ich nach ihrem Handgelenk. Sofort explodierte etwas in mir. Milliarden von kleinen Funken sprühten und schließlich begann das Feuer lichterloh zu brennen. Es war nicht geplant, dass das so lief, ich konnte es mir anders einfach nicht vorstellen. Ich *wollte* es mir anders einfach nicht vorstellen. Ich *wollte* es nicht glauben, dass es anders sein könnte. Möglicherweise war es naiv, den zuvor gekeimten Gedanken, dass Clyde und sie ein Spiel mit mir spielten, jetzt zu verdrängen. Aber das war es eben, was passierte, wenn man einen Menschen mochte, wenn man sich auf ihn einließ.

»Geh nicht«, wisperte ich und bat sie mit einem eindringlichen Blick in ihre dunklen Augen. Sarah sah verletzt aus. »Bleib.«

Wir sahen uns in meinem schwach beleuchteten Flur einfach nur in die Augen, niemand sprach. Dieses unglaubliche Band, das ich seit dem ersten Tag zwischen uns spürte, wurde stärker und stärker. Mächtiger und mächtiger. Es wickelte uns ein, bis wir das Gefühl hatten, nicht mehr zu können. Ich lockerte den Griff um ihr Handgelenk nicht, als ich sie etwas näher zu mir zog, und ich lockerte den Griff auch nicht, als ich meine freie Hand an ihre Wange legte, Sarah nah an mein Gesicht brachte und meine Lippen auf ihre drückte.

Es war kein fordernder, eifersüchtiger oder wütender Kuss. Nein, er war sanft und zart, wie der erste Flügelschlag eines Schmetterlings, den man im Frühjahr sah, wenn er sich streckte und aus dem Winterschlaf erwachte.

Mit meinen Lippen massierte ich sanft ihre und glitt mit der Zunge ruhig und leicht dazwischen. Unsere Zungen umkreisten sich, streichelten sich und massierten sich gegenseitig in einer Ruhe und Gelassenheit, die mir verhasst und gleichzeitig so unwiderstehlich vorkam, dass ich nicht damit aufhören konnte.

Sarah seufzte leicht und dieses verdammte Geräusch machte meinen Schwanz noch härter, als er sowieso schon war. Viel härter. Er pulsierte und ich hob Sarah auf meine Arme, löste dadurch den Mund von ihr und sah ihr fest in die Augen.

»Die letzte Chance, Nein zu sagen.«

»Ich werde nicht Nein sagen«, flüsterte sie zurück, als ich mit ihr auf den Armen den Weg entlang nach hinten zu meinem Schlafzimmer ging.

»Ich werde nicht sanft sein, egal wie es sich gerade für dich anfühlt. Sanft sein liegt mir nicht.«

»Ich möchte gar nicht, dass du das bist.«

Sarah lächelte mich mit funkelnden Augen an und biss sich auf die geschwollene Lippe. »Was, wenn Sophie wach wird?«, fragte sie mich. Ich rollte die Augen.

»Ich möchte jetzt bitte nicht an meine Tochter denken!« Das leise Kichern, das aus ihrem Mund kam, bewirkte, dass sich meine Eier an meinen Körper zogen und mich beinahe umbrachten vor lauter Lust.

Mit dem Fuß kickte ich meine angelehnte Schlafzimmertür auf. Es war kein Licht im Zimmer an und nur durch die Lichter der Skyline von Manhattan erhellt. Mein riesiges Bett stand direkt in der Mitte des Raumes und es gab nur eine Tür, die in mein Ankleidezimmer führte. Ich hatte hier keinen Dekoscheiß, keinen Kram, im Grunde nichts Persönliches.

»O wow. Genauso dunkel, wie ich es bei dir vermutet hätte.«

»Ich habe nicht viele Frauen hier drin, da kann ich das machen, wie ich das haben will.«

»Nicht viele?«, fragte sie nochmals nach und ich genoss das klitzekleine bisschen Kränkung, welches ich aus ihrer Stimme hören konnte. Ich ersparte mir, ihr zu sagen, dass sich hier noch nie eine Frau außer meiner Mutter, meiner Tochter oder meiner Haushälterin aufgehalten hatte, denn das würde sie mir mit Sicherheit sowieso nicht glauben. Mit Sarah auf den Armen ging ich zu meinem Bett und legte sie darauf ab. Ihr Haar breitete sich um ihren Kopf aus wie das eines verfluchten Engels. Allerdings war das, was ich mit ihr machen wollte, nicht im Geringsten etwas, das man mit einem Engel machte.

»Du bist wunderschön«, entfuhr es mir und ich schalt mich innerlich einen Idioten. Ich verstand nicht wirklich, was sie mit mir machte, denn wie ich mich ihr gegenüber verhielt, so war ich zuletzt bei Amalia gewesen und wie das geendet hatte, nämlich in einer absoluten Katastrophe, das wusste ich bereits.

Sarah lächelte mich milde an, in ihren Augen meinte ich ein Gefühl erkennen zu können, von dem ich nicht geglaubt hatte, es jemals wieder annehmen zu können. Lust und Verlangen gemischt mit etwas, das aussah, als würde sie mich mögen. Als wäre ich als Person ihr wichtig. Nicht mein Geld oder mein Status, sondern ich.

Genug der Gefühlsduseleien, sagte ich mir innerlich und griff mit einer Hand in meinen Nacken, zog an dem hellen Stoff meiner Kleidung und mit einer geschmeidigen Bewegung warf ich das Shirt irgendwo hinter mich. Langsam beugte ich mich zur Seite und tippte einmal auf die Nachttischlampe. »Ich will dich sehen«, sagte ich dunkel und meinte es genauso. Sarahs Brust hob und senkte sich bereits ziemlich heftig und schwerfällig. Ich sah durch den dünnen Stoff ihres Oberteils, dass sie bereits steife Nippel hatte, und mit meinem Zeigefinger strich ich darüber. Sofort seufzte sie.

Das kleine Luder sehnte sich nach meiner Berührung. Und scheiße, die würde ich ihr geben. Sodass sie auch noch Tage später etwas davon hätte. Ich spielte mit ihrer Brustwarze, beugte mich über sie und zog sie tief in meinen Mund. Meine Zunge quälte sie, brachte sie dazu, dass sie seufzte und leise zu wimmern begann. Ich erlöste sie, hob den Stoff ihrer Kleidung und zog sie ihr in einer fließenden Bewegung über den Kopf. Sarah trug einen Weiß und Blau gestreiften BH, der so unschuldig aussah, dass ich beinahe in meinen verdammten Unterhosen kam. Lächelnd griff sie nach hinten, öffnete den Verschluss und ihre vollen, richtig schönen Titten kamen zum Vorschein. Ich hielt es kaum mehr aus und griff nun nach ihrer nackten Haut, senkte den Kopf direkt auf den kirschroten Diamanten, der bereits so hart aufgerichtet war, dass er meine Berührungen erbettelte und ersehnte.

»Scheiße, du bist so heiß«, entwich mir, meine Stimme dunkel und rau. »Ich weiß nicht, wie lange ich hier einen auf lieb machen kann.« Eigentlich gar nicht, aber das verriet ich ihr nicht. Sie würde es früh genug merken. Ich biss sie sanft in den Nippel, bevor ich die Seiten wechselte. Sarah zog an meinen Haaren, drückte ihren Rücken durch und bettelte mich ohne Worte nach mehr an. Ich seufzte, umgriff fest ihren Busen und drückte ihn. Ich war eigentlich nie sonderlich auf Titten fixiert gewesen, aber ihre vollen, prallen Kugeln machten mich so dermaßen an, dass ich beinahe den Verstand verlor.

Mein Schwanz drückte gegen meine Jeanshose und ich rieb mich ein wenig an Sarah, damit ich zumindest ein bisschen Linderung fühlen konnte.

»Ich will dich«, wisperte sie abgehackt, die Lider geschlossen und die vollen Lippen glänzend. »Ich will dich so sehr …«

Nun grinste ich, ließ von ihr ab und setzte mich auf die Hacken zurück. »Zieh deine Hose aus!«, sagte ich und Sarah nickte, kam dem nach, wozu ich sie aufforderte.

»Und du?«

»Wenn es so weit ist.« Sarah legte sich zurück, aber ich wollte sie so nicht. »Komm auf alle viere, den Arsch zu mir«, führte ich sie weiter und wie eine übereifrige Studentin kam sie dem sofort nach. Sie kam auf alle viere und reckte mir ihre prallen Arschbacken entgegen, die in eine schmale, weibliche Taille übergingen. Mit meiner flachen Hand strich ich über die zarte, helle Haut und klatschte einmal darauf.

»Au!«, rief sie und drehte den Kopf, sah mich über die Schulter an. »Wofür war das?«

»Weil du ungehorsam warst«, erklärte ich ihr, obwohl sie eigentlich keine Erklärung verdient hatte. Darum ließ ich meine Hand nochmals auf ihren Hintern sausen. »Weil du geflirtet hast.« Erneut schlug ich auf die zarte Haut. »Weil du Clyde geküsst hast!« Jetzt ließ ich meine Hand dreimal in schneller Abfolge darauf schnellen. »Und weil es dich verfickt noch mal total anmacht, wenn ich das tue!« Ich strich mit einer Hand über ihre prallen Arschbacken, die nun leicht gerötet waren, und meine andere fuhr über ihre feuchte Spalte. Ich tauchte in sie ein, Sarah stöhnte laut und voller Wollust auf, warf den Kopf in den Nacken und ihre langen dunklen Haare breiteten sich über ihrem Rücken aus. Mein Schwanz protestierte. Er wollte Teil dieses Spiels sein, aber ich konnte nicht. Noch nicht. Ich tanzte mit meinen Fingern nach oben, griff mir eine Hand voll ihres Haares und bog ihren Kopf mit sanfter Gewalt nach hinten.

»Wieso hast du diesen Wichser geküsst, Sarah, hm?«, fragte ich und merkte jetzt erst, wo wir schon mitten im Sex waren, dass es mich anpisste. Dass es mich nervte, dass sie tatsächlich die Lippen dieses Hurensohns berührt hatte. »Denkst du, dass ich dich damit davonkommen lasse?«

Sarah schien in einer Art Rolle zu sein, sie nickte und natürlich war ihr klar, dass sie mich damit reizte. Mein Finger, der gerade ihre feuchte Pussy massierte, zog sich ruckartig zurück und ich schlug ihr erneut auf den Hintern. Diesmal fester als all die Male zuvor. Sarah keuchte.

»Jackson!«, rief sie schwer atmend. Und ich grinste breit, stellte fest, dass sie bereits so voller Lust war, dass die Feuchtigkeit an ihrem Bein heruntersickerte. Das turnte mich unglaublich an. Ich zog ein wenig fester an ihren Haaren und Sarah wackelte mit dem Hintern, ging in ein Hohlkreuz und streckte sich mir so entgegen, dass ich schon ein Idiot wäre, wenn ich nicht sehen würde, was sie wirklich wollte.

»Denkst du, dass ich dich teile?« Ich schüttelte den Kopf, auch wenn sie es gar nicht sehen konnte. »Das kannst du so was von verfickt noch mal vergessen!« Von Sarah kam nur wieder ein Stöhnen und ich wanderte langsam über ihren roten Arsch, man sah auf der linken Backe sogar den Abdruck meiner Finger, die Röte machte mich unglaublich an, meine Eier zogen sich zusammen. Ich wollte in ihr sein, aber ich würde das heute nicht so schnell enden lassen. Niemals mehr. Sarah White gehörte mir, ganz gleich, was irgendjemand anderes behaupten wollte. Sie war mein. Ich schob ihr ohne Vorwarnung drei meiner Finger in die enge Pussy und begann damit, sie hart zu ficken. Sie ritt meine Hand, kam mir entgegen und bettelte nach mehr.

»Jackson bitte, das ist nicht genug!«, wimmerte sie zwischen Stöhnen und Keuchen. »O mein Gott, bitte mehr ...«

Ich lachte dunkel, ließ ihr Haar los und umgriff ihr Becken, um sie an Ort und Stelle zu lassen. Ich fingerte sie so hart, dass ich ihren G-Punkt spürte. Ich krümmte meinen Mittelfinger und Sarah versuchte gleichzeitig, mir zu entkommen und sich näher an mich zu drücken.

»Bitte«, flehte sie und ich spannte all meine Muskeln an, vögelte sie mit meiner Hand. »Ich kann nicht mehr, Jackson!«

»Doch du kannst!«, bestimmte ich, ließ ruckartig von ihr ab und sie sackte auf dem Bett zusammen. Sarah schaffte es nicht, zu protestieren, dass ich sie bis an den Rand des Orgasmus getrieben, aber, nicht darüber hinausgetragen hatte, und sie wollte ihre Hand an ihre geschwollene Klitoris legen. Ihre Beine waren weit gespreizt und während ich mit der einen Hand die

Knopfleiste meiner Jeans öffnete, stoppte ich mit der anderen ihr Handgelenk. »Ich bin der Einzige, der dich anfasst, Sarah!«, knurrte ich dunkel.

»Du kannst mich mal!«, stieß sie aus und ich klatschte meine Hand auf ihren Hintern. »Aua!«

»Du sollst dich mir nicht widersetzen!«

»Dann fick mich vernünftig, Brewer!«, spie sie mir entgegen. Ich wusste, dass sie diese derben Worte gar nicht sagen wollte, sie aber einfach aus ihr herauskamen, weil sie dieses unglaubliche Verlangen, diese nackte Gier und die rohe, animalische Lust nicht mehr ertragen konnte. Zwischen uns schwang eine Dynamik hin und her, die konnte man nicht greifen, man musste sie geschehen lassen.

»Oh, ich entscheide hier, wann du gefickt wirst!«, erklärte ich rau und bestimmend. Ich schob meine Hose hinunter und zog sie schnell aus. »Handgelenke auf den Rücken«, sagte ich zu Sarah und sie legte ihren Oberkörper nach vorne ab, drehte den Kopf zur Seite und hielt ihre Handgelenke auf ihrem unteren Rücken. Ich liebte es, sie von hinten zu ficken. Ich umgriff sie mit einer Hand, bohrte meine Finger hinein, um ihr zu zeigen, dass ich wollte, dass sie an Ort und Stelle blieb und ihr beschissenes Herumzappeln aufhörte.

Ich rieb mit meinem Schwanz über ihre Mitte.

»Heilige Scheiße«, entfuhr es ihr und sie versuchte, ihren Hintern an mich zu drängen, dass ich vielleicht in sie glitt.

Immer wieder, ihre Nervenenden bis aufs Äußerste gereizt, strich ich mit meinem prallen Schaft durch ihre

Mitte, tauchte kurz in sie ein – das absolute und vollkommenste Paradies, das man sich vorstellen konnte –, und ich neckte sie und mich gleichermaßen.

»Mhm«, seufzte sie genießerisch, rollte die Augen zurück und biss sich auf die Lippe. Ich genoss es, dass sie so offen vor mir lag, dass ich einen herrlichen Ausblick auf ihren roten Arsch hatte und dass ich zusätzlich ihr Gesicht sehen konnte.

Ich reizte uns beide, glitt minimal in sie und wieder heraus.

»Wie nass du bist«, sagte ich laut und wusste doch, dass sie der Dirty Talk ebenso sehr anmachte wie mich. »Wie verdammt nass du bist und beinahe tropfst.« Ich zog mit meiner freien Hand ihre Muschi etwas auseinander, damit ich wirklich alles von ihr sehen konnte.

»Jackson«, wimmerte Sarah und das war Musik in meinen Ohren. Ich war absolut und vollkommen von ihr besessen. Ich war dermaßen auf sie fixiert, dass ich nun nicht mehr länger konnte, ihre Handgelenke losließ und mit beiden meiner Hände ihren Hintern auseinanderzog. Ruckartig und hart stieß ich in sie.

Ich ließ ihr keine Zeit, sich an meine Größe zu gewöhnen, denn Fuck, es war mir egal, ob sie mich aufnehmen konnte oder nicht. Sie würde mich wohl aufnehmen müssen. Sie würde da jetzt wohl durchmüssen, denn ich kannte keinerlei Erbarmen mehr, wenn es um sie ging.

Ich zog mich komplett aus ihr zurück, hörte die leisen Geräusche, die dabei verursacht wurden, und schob mich wieder mit einer Heftigkeit in sie, dass ich glaubte, ich würde platzen.

»Fuck!«, kam es von Sarah und ich wusste, dass ich ihren G-Punkt getroffen hatte.

»Du bist so unglaublich eng!«, schwer atmend brachte ich die Worte hervor und daraufhin spannte Sarah ihre Muskeln noch etwas mehr an, zog mich buchstäblich noch ein paar Millimeter tiefer in sich hinein. Ich stöhnte rau und dunkel. Verlor mich in einem harten, schnellen Rhythmus und schlug mit meiner Hand erneut auf ihren Arsch. Sarah stöhnte, keuchte und verfluchte mich im selben Atemzug, in dem sie nach mehr bettelte. Ich rieb mit meinem dicken Schwanz über ihr Innerstes, erwischte immer wieder ihren G-Punkt und gerade, als ich glaubte, mir würde es gleich die Eier zerreißen, schrie Sarah auf und ich folgte ihr auf dem Fuße.

Gerade noch rechtzeitig zog ich mich aus ihr zurück und spritzte ihr alles über den Arsch und den Rücken. Schwer atmend, nach Luft ringend, betrachtete ich grinsend mein weißes Sperma auf ihrem geröteten Hintern.

O ja, wenn jemand von ihr besessen war, dann ich.

Auch wenn es vollkommen unberechenbar und plötzlich über mich hereingebrochen war.

Ich wollte es nicht anders.

Ich wollte sie.

Hier.

In meinem Bett.

Mit meinem Sperma auf dem Arsch.

Besitzergreifend. Roh und voller ungezügelter Leidenschaft.

Ich wollte sie.

Und jetzt, wo ich sie in meinem Bett hatte, würde ich sie nicht mehr gehen lassen.

Niemals wieder.

Den Rest, die Konsequenzen und vor allem, was das für mich und das Penthouse hieß, würde sich zeigen.

Aber vorerst war sie mein.

Das Sperma auf ihr bewies es.

Einundzwanzig

Sarah

Wow. Wow. Wow.

Ich fühlte mich müde, matt, gesättigt und völlig erschöpft. Ich fühlte mich so, wie ich es auf der einen Seite liebte und auf der anderen hasste, denn das bedeutete nur, dass ich völlig fertig mit allem war. Ich sehnte mich nach mehr Schlaf, einer erneuten Dusche und nach etwas zu essen.

Mein Magen knurrte lautstark.

Ich wusste, als ich die Augen aufschlug sofort, wo ich war. Dafür hätte ich nicht diesen kleinen Lichtspalt, der durch die Vorhänge vor der Fensterfront fiel, gebraucht. Ich war nackt und mein ganzer Körper zog und schmerzte an Stellen, von denen ich nicht einmal wusste, dass ich sie hatte.

Mein Hintern brannte wie Feuer, erinnerte mich aber daran, dass Jackson mich mit einer Salbe zur Linderung eingecremt hatte. Mehrmals.

Jackson. Wo war er? Ich setzte mich im Bett auf, sah mich um, konnte aber kaum etwas erkennen und entschloss mich dafür, die Vorhänge zu öffnen. Ich hatte heute Nacht, als er sie geschlossen hatte, schon gesehen, dass man einfach einen Schalter drücken musste, und diesen betätigte ich jetzt. Als es langsam hell wurde und ich sah, dass es schon beinahe zehn war, entdeckte ich einen Zettel neben mir.

Ich bringe Sophie zu meinen Eltern, bin bald zurück.
Bleib. Ich bin noch nicht fertig mit dir.

Ein breites Grinsen schlich sich auf mein Gesicht. Dass sich das alles so entwickelte, wie es gestern der Fall war, daran hätte ich niemals gedacht. Jackson hatte eine Tochter und obwohl ich zuerst schockiert war, hatte ich mich schnell davon erholen und kaum glauben können, was ihm widerfahren war. Es war unwirklich und klang eher wie in einem schlechten Film, aber ich wusste, dass er es auf seine Art und Weise gut gemeistert hatte.

Sophie war nach dem ersten Eindruck ein liebes Mädchen, das offenbar überhaupt kein Problem damit hatte, ihren Vater zu teilen. Wenn es der Wahrheit entsprach, dass hier noch nie eine andere Frau zu Besuch gewesen war, dann verstand ich, dass sie es ihm gönnte. Die beiden hatten eine enge, innige Beziehung, man sah es an jedem Blick, an jeder ihrer Gesten und man spürte es, sobald beide im selben Raum waren. Zugegeben – und auch wenn ich wusste, dass das absolut irre war – war ich ein kleines bisschen neidisch auf Sophie, denn sie bekam seine ungeteilte Aufmerksamkeit und mit Sicherheit, fast alles, was sie wollte, mit nur einem Wimpernschlag. Die beiden waren ein eingespieltes Team und es war offensichtlich, dass die Familie intakt war.

Es bereitete mir Kopfzerbrechen, dass ich nicht wusste, ob es stimmte, dass sich ihre Mutter nicht für Sophie interessierte. Immerhin war in den Medien nichts über Sophie und auch nichts über Jacksons Vergangenheit oder feste Freundinnen aus längst vergangenen Tagen zu finden. Es war für mich seltsam, dass es wirklich so sein sollte, dass ihre Mutter – den Namen hatte ich vergessen – sich nicht für ihr eigenes Kind interessierte. Konnte man wirklich ein Kind zehn Monate unter dem Herzen tragen, es auf die Welt bringen und anschließend sagen, dass man es nicht mehr wollte? Dass man das Kind abgab? Für mich war das unvorstellbar, denn ich wünschte mir eine eigene kleine Familie und Kinder.

Dass mein Wunsch sich durch die Entwicklung zwischen Jackson und mir erfüllen konnte und in greifbare Nähe rückte, war mir selbstverständlich durchaus bewusst. Dennoch gab es zwischen uns noch viel zu erklären. Er hatte mir letzte Nacht bewiesen, wie sehr es ihn ankotzte, dass Clyde mich einfach so geküsst hatte. Er hatte mir gezeigt, dass es egal war, wie weit ich rennen würde, er würde mich immer einholen und ich müsste immer an ihn denken. Das Groteske? Ich wollte es gar nicht anders. Ich genoss dieses Katz-und-Maus-Spiel mit ihm. Ich mochte es, wenn er mich besitzergreifend ansah und spüren ließ, dass ich es war, die er wollte. Nein verdammte Scheiße noch mal, ich liebte es. Dieses Gefühl zu spüren, war für mich wie ein Kick.

Denn mit ihm ging es mir genauso. Wenn ich auch nur im Entferntesten an die Barbie aus dem Club zurückdachte, wollte ich ihr die scheiß Extensions aus den Haaren rupfen. Darum liebte ich dieses Gefühl so sehr mit Jackson. Er brauchte mich genauso dringend und verzweifelt wie ich ihn.

Zumindest glaubte ich das.

Ich hörte es klappern und war mir sicher, dass er zurück war. Deshalb warf ich die Decke zurück, griff mir sein Shirt, das er letzte Nacht achtlos auf den Boden geworfen hatte, und zog es über den Kopf.

Ich ging den Geräuschen hinterher und freute mich einfach, dass ich Jackson gleich sehen konnte.

Doch was ich dann sah, darauf war ich nicht vorbereitet.

»Hi«, sagte ich überrascht und wich einen Schritt zurück. Jacksons Shirt war sehr kurz, gerade so lange, dass es mir über den Hintern und die Vagina reichte.

»Wer sind Sie denn?«, fragte mich die – zugegeben – wunderschöne Frau, die in ihrem Handy etwas nachlas. »O mein Gott, schon wieder eines seiner Flittchen?«

Sie rollte die Augen, tat so, als wüsste sie genau, was jetzt zu tun war, und kramte in ihrer Tasche nach ihrem Scheckbuch. »Ich stelle Ihnen einen Scheck aus.«

»Ich will keinen Scheck!«, sagte ich und erwachte aus meiner Starre. Ich hasste es, dass ich kein Höschen und nichts trug. »Wer sind Sie? Jackson hat nicht erzählt, dass jemand kommen würde, der hier sauber machen will.« Ich deutete auf die abgelegte Uniform, die deutlich zu erkennen auf dem Stuhl vor dem Küchentresen lag.

»Sauber machen?«, rief sie schrill und verzog das Gesicht auf eine Art und Weise, die nur Menschen, die in Wohlstand lebten und so ihren Ekel ausdrückten, perfektioniert hatten. »Ich glaube, Sie nehmen sich ein bisschen viel heraus, nicht wahr?«

»So?« Provokant hob ich die Braue. Es war mir jetzt egal, ob sie mich in dem Shirt sah. »Wer sind Sie denn?«

»Ich?« Nun lachte sie künstlich und fletschte dabei ihre Zähne, dass es wie eine Fratze aussah. »Ich bin seine Ehefrau und die Mutter unserer Tochter Sophie.«

Ich fühlte, wie alle Farbe meinem Gesicht entwich. »Bitte?« Ich krächzte das Wort mehr, als dass ich es wirklich aussprach.

»Ja, hat er Ihnen nicht von mir erzählt? Sieht ihm ähnlich. Er lebt unsere offene Beziehung schon immer sehr viel deutlicher aus als ich. Ich bin Amalia Brewer, Jacksons Frau.«

»Amalia?«, stammelte ich und erinnerte mich an jedes einzelne Wort, das er gestern über sie gesagt hatte. »Wie kommen Sie hier rein?«

Erneut hob sie voller Hohn und Spott die Braue. »Sie fragen mich gerade, wie ich in mein eigenes Zuhause komme?« Tadelnd schnalzte sie mit der Zunge und behandelte mich, als wäre ich zwölf. Jackson war verheiratet? Das konnte doch gar nicht sein. Wie sollte denn das sein?

»Ich glaube Ihnen nicht.«

»Nein?« Ihre Stimme klang so, als hätte sie dieses Gespräch bedauerlicherweise schon hundert Mal führen müssen. »Hier. Sehen Sie selbst nach, das ist die Heiratsurkunde und die Geburtsurkunde unserer Tochter. Jackson sollte sich langsam wirklich etwas diskreter verhalten.«

»Er hat mir nie von Ihnen erzählt. Es gibt keine Fotos von Ihnen beiden zusammen.«

»Genauso wenig wie es Bilder von unserer Tochter im Internet zu finden gibt oder wie er Ihnen kürzlich erst von Sophie erzählt hat, oder?«

»Ich -«, begann ich, brach aber ab, denn sie hatte recht. Und sie wusste es. Es stand ihr überdeutlich im Gesicht, dass sie ins Schwarze getroffen hatte.

»Ich wundere mich nur, dass sich sein Geschmack offensichtlich von Mal zu Mal verschlechtert.« Diese Hexe Amalia hackte wieder mit ihrem manikürten Fingernagel auf ihr Handy ein und das Geräusch machte mich wahnsinnig. »Normalerweise bringt er seine Betthäschen auch nicht in unsere Wohnung. Ich glaube, ich werde einmal mit ihm sprechen müssen.« Ihre Tonlage voller Gleichgültigkeit machte mich fertig. »Was denn?«, kam es erneut von ihr, »glauben Sie mir nicht?«

»Nein!«, erwiderte ich und sie schob mir erneut das kleine rote Büchlein über den Tresen zu. »Sehen Sie sich die Urkunden an. Und dann verschwinden Sie. Schlimm genug, dass ich Ihnen beweisen muss, an welcher Stelle Sie stehen und an welcher ich.«

»Das ist … eine Frechheit. Was soll das?« Meine Stimme klang schwach, aber ich war verunsichert. Ganz und gar verunsichert.

»Ich sage Ihnen etwas, Schätzchen: Wenn Sie nicht sofort Ihre Sachen packen und Ihren Scheiß hier mitnehmen, rufe ich den Sicherheitsdienst. Denken Sie, nur weil er Sie einmal mit hierhergenommen hat, haben Sie Rechte? Nein, die haben Sie nicht. Lassen Sie meinen Mann in Ruhe, lassen Sie meine Tochter in Ruhe und vergessen Sie, dass wir existieren. Sie sind nicht mehr als der gottverdammte Dreck unter meinen High Heels. Sie haben Glück, dass ich verstehe, wieso Sie auf ihn und seine Lügen reingefallen sind. Jackson kann durchaus ein charmanter und betörender Kerl sein, aber ich verrate Ihnen was.« Nun kam sie einen Schritt auf mich zu und ich musste mich extrem zusammenreißen, dass ich nicht zurückwich und klein beigab. »Er hat Sie benutzt. Belogen und benutzt, so wie er und ich es seit Jahren mit anderen Menschen machen. Verschwinden Sie hier, denn mein Mann ist eine Nummer zu groß für Sie. Und wenn ich Sie noch mal in der Nähe meiner Familie sehe, dann Gnade Ihnen Gott. Hauen Sie ab!«

Ich wusste nicht, was genau hier gerade geschah, aber ich tat das einzig Vernünftige.

Ich rannte in sein Schlafzimmer, griff mir mein Zeug und zog mich innerhalb von Sekunden an. Anschließend verließ ich seine Wohnung.

Ich hämmerte mit meinem Finger auf den Knopf für

den Fahrstuhl, Tränen versperrten mir die Sicht und als sich die Türen öffneten, betrat ich den Aufzug, ohne hochzusehen, und prallte gegen einen stählernen Männerkörper.

»Sarah!«, sagte Jackson überrascht und legte die Hände an meine Oberarme, »Was ist passiert?« Ich zitterte und umklammerte meine Handtasche etwas fester. Ich hatte mich noch nie in meinem Leben so gedemütigt gefühlt.

»Lass mich los!«, zischte ich und wischte mit dem Handrücken über meine Nase. »Fass mich nicht an!«

»Was ist passiert?«, fragte er erneut und auch wenn ich versucht hätte, ihn aus dem Fahrstuhl zu bugsieren, würde es nicht klappen. Jackson blieb wie angewurzelt stehen und nachdem sich die Türen schlossen, drückte er auf den Stoppknopf im Fahrstuhl. »Was ist los? Rede mit mir!«

»So, wie du mit mir redest?«, fragte ich ihn und schaffte es nicht, den Schmerz aus meiner Stimme fernzuhalten. »Ich dachte wirklich, dass zwischen uns ist etwas Besonderes.« Meine Stimme klang matt, hohl, ich war am Ende, ich war fertig, ich wollte nicht mehr Teil dieses ekelhaften Komplotts sein. Diese Witzfigur, die man von A nach B schob, damit man sie anschließend wie einen beschissenen Bauern in einem Schachspiel opfern konnte. »Aber ich wurde eines Besseren belehrt.«

»Sarah, ich verstehe nicht«, sagte er und trat einen Schritt auf mich zu.

»Bitte nicht, Jackson.« Die Tränen schossen erneut in meine Augen. »Bitte lass mich einfach gehen, ich denke, das habe ich nach allem verdient. Nach allem, was ich dir geglaubt und abgekauft habe, habe ich es verdient.«

»Ich verstehe nicht, was los ist.«

»Frag das deine Frau in deiner Wohnung.«

»Meine Frau?«

»Hör auf damit«, stieß ich energisch aus. »Das zwischen uns, und ich merke jetzt, dass ich ein Lückenbüßer war, ist vorbei. Endgültig. Ich flehe dich an, dass du mich nicht mehr anrufst, nicht auf irgendwelchen Bällen auftauchst und dass du dich von mir fernhältst. Findest du nicht, dass ich das nach all deinen Lügen verdient habe?«

»Tu das nicht, Sarah. Das ist ein Fehler.«

»Nein, der Fehler war, dass ich dir geglaubt habe, wieder ... Ich habe mich in dich verliebt, ich hätte alles für dich aufgegeben und geändert und mich darum bemüht, dass wir es gemeinsam, auch mit Sophie, schaffen können, aber du hast nichts Besseres zu tun, als mich anzulügen. Mich zu verarschen. Habe ich das verdient, Jackson? Nein, habe ich nicht. Das zwischen dir und mir ist vorbei und ich bitte dich wirklich, mich in Ruhe zu lassen.«

»Sarah, das ist doch nicht dein Ernst.«

»Doch, ist es.«

»Sarah, tu das nicht. Ich bitte dich!« Der Schmerz in seiner Stimme, und ich war mir fast sicher, dass er nur gespielt war, brachte mich beinahe um. Ich holte zittrig Luft, antwortete ihm nicht, langte an ihm vorbei und betätigte den Knopf erneut, damit der Fahrstuhl wieder in den Fahrmodus wechselte.

»Das zwischen uns ist vorbei, Jackson. Ruf mich nicht mehr an, ich kann das nicht mehr.« Seine Augen weiteten sich, er schluckte schwer und sah mir ins Gesicht. Jackson sprach kein Wort mehr, aber er nickte leicht und ich wusste, dass er verstanden hatte, dass ich es ernst meinte. Mein Herz brach in eine Milliarde Teile wie ein Diamant, der zersplitterte. Ich fragte mich, ob ich es jemals schaffen würde zu heilen, darüber hinwegzukommen und neu anzufangen. Jackson Brewer war das Beste, das mir je passiert war, und kostete mich jetzt all meine Kraft.

Ich sah ihn an, prägte mir seine Statur, sein Aussehen, einen jeden Zug in seinem Gesicht ein, und rieb die Fingerspitze meines Daumens und meines Zeigefingers aneinander, damit ich das Gefühl, wie sich seine Wange anfühlte, sicher niemals vergaß.

Die Türen schlossen sich, und somit war das Band, das uns verband, zerschnitten und zertrennt.

Ich gestattete mir erst, als ich in einem Taxi saß, den Tränen freien Lauf zu lassen. Tränen, von denen ich dachte, ich müsste sie nicht weinen.

Jackson Brewer hat mich angelogen.

Er war verheiratet.

Er hatte ein Kind – selbst das hatte er mir verschwiegen und ich nur durch Zufall herausbekommen.

Es lag also nahe, dass Amalia Brewer recht hatte und er mir auch sie verschwiegen hatte.

Klaffender, böser Schmerz.
Das war alles, was ich noch spürte.
Ich war endgültig fertig mit ihm.
Absolut.
Vollkommen.
Und endgültig.

Zweiundzwanzig

Jackson

»Raus hier!«, brüllte ich von der Tür, als ich in meiner Küche den Menschen sah, den ich dort nie wieder sehen wollte. »Verflucht noch mal. Raus hier!«

»Jackson, Darling!«, flötete Amalia und kam einen Schritt auf mich zu. »Wie schön, dich zu sehen.«

»Wie bist du hier reingekommen?« Meine Stimme war eiskalt. Ich hasste es, dass sie hier war. Was erlaubte sie sich?

»War nicht so schwer.« Sie schnalzte mit der Zunge, wie ich es schon immer gehasst hatte, wenn sie es tat. »Du solltest deinen Reinigungsservice wechseln!« Sie lächelte mich fies an und das nervte mich noch mehr.

»Raus hier!«, schrie ich erneut. »Ich will deine Lügen nicht hören. Hau ab! Raus! Und wage es nicht, dir noch einmal Zugang zu meiner Wohnung zu verschaffen.«

»Aber, aber, Darling!« Ihr Gesicht war zu einer miesen Fratze verzogen. »Ich bin hier, weil ich mein geliebtes Kind und meinen noch wundervolleren Mann sehen möchte.«

»Du kannst dich in dein beschissenes Knie ficken und abhauen, Amalia.«

»Wo ist denn Sophie?«, fragte sie nun und sah sich um. »Verletzt du gerade deine Aufsichtspflicht?«

Ich wusste, sie wollte mich nur reizen, aber ich war so dermaßen wütend, dass ich beinahe ohnmächtig wurde. »Verpiss dich, hau ab. Wir wollen dich nicht und wir brauchen dich nicht. Du hast mein Geld genommen, das war dir wichtiger als deine Tochter, und hast bei Gericht eine Unterlassungs- und Verzichtserklärung zusätzlich zur Sorgerechtsvereinbarung unterschrieben unter juristischer Aufsicht, dass du dich von ihr und von mir fernhalten wirst, dass du abhaust und dich nie wieder meldest. Sophie braucht keine Mutter, die sich einen Scheiß für sie interessiert.«

»Aber Baby«, kam sie jetzt und ich griff nach ihrer billigen Lederimitat Tasche und schleuderte sie ihr entgegen. Lippenstifte und Kondome fielen aus ihr heraus. Zusätzlich ein Päckchen mit weißem Pulver.

»Leck mich, Amalia. Sieh dich an.« Ich deutete auf sie, bückte mich und hob das Päckchen auf. »Nimmst Drogen und tauchst hier winselnd auf. Vermutlich brauchst du Geld, weil du deine verdammte Sucht nicht mehr finanzieren kannst.« Ich wusste, auch wenn es ein Schuss ins Blaue war, dass ich richtig lag. Dass das genau ihr Problem war, ihr Ding. Dass sie ein beschissenes

Problem hatte. Auch wenn Sophie nichts von ihr wusste und sie nichts von meiner Tochter, behielt ich Amalia doch immer im Auge. Man sollte sich seine Freunde nah halten, seine Feinde aber noch näher. Darum wusste ich auch um die Verbindung mit Clyde.

»Und sag deinem verdammten Zuhälter und Drogenlieferant, dass er sich von mir fernhalten soll. Und von Sophie. Und von Sarah!«

»Du bist so ein Arschloch, Jackson. Wie konnte ich mich nur auf der Uni von dir blenden lassen?«

»Wie konntest du nur so eine verdammte Schlampe sein und deine Tochter weggeben? Deine Chancen im Leben – und scheiße, du hattest wirklich gute und viele Chancen bei deiner Herkunft und deinem Abschluss –, so vergeuden? Du bist armselig. Nicht mehr als Dreck für mich. Du bist das Allerletzte und wenn du jetzt nicht sofort meine Wohnung verlässt, rufe ich die Polizei und zeige dich an. Ich lass dich einbuchten und ich nehme dir alles, Amalia. Inklusive deiner beschissenen Extensions und deiner aufgeklebten Fingernägel. Verlass dich drauf, dass ich dich jagen werde und wenn es sein muss, auch umbringe. Du wirst deine Tochter nicht mit in den Abgrund ziehen. In dieses elendige Loch aus der Gosse, aus dem du rausgekrochen bist, weil du glaubst, dass du irgendein beschissenes Anrecht auf irgendwas hast.«

Amalias Augen weiteten sich, sie sagte aber kein Wort mehr. »Ich will meine Tochter sehen.«

Spöttisch lachte ich auf. »Deine Tochter?«, fragte ich, während ich das kleine Päckchen mit dem weißen

Pulver öffnete und demonstrativ über den Ausguss hielt. Amalias Hand zuckte. »Halt.«

»Wie jetzt? Glaubst du, ich lass dich deine Tochter unter Drogeneinfluss sehen?«

»Du bist so grausam!«

»Und du drogensüchtig. Du hast sie halb verhungert nach ihrer Geburt vor meiner Tür abgegeben. Du hast deinem Baby, das du auf die Welt gebracht hast, nichts gegeben und du hast mich nicht einmal bei der Geburt dabei sein lassen!«

»Das ist etwas Intimes. Ich wollte nicht, dass du mich so siehst!«

»Amalia«, versuchte ich es und war eigentlich kurz davor, die Schublade neben mir aufzuziehen und ein Messer herauszunehmen. »Hörst du dir zu? Was willst du? Bereust du es, dass du mich hast sitzen lassen? Bereust du, dass du deine Tochter halb verhungert und verwahrlost nach der Geburt einfach in der Kälte bei mir zu Hause abgelegt hast? Bereust du, dass du für ein wenig Bargeld unterschrieben hast, dass du sie niemals wiedersehen wirst? Oder bereust du, dass du beschissene Drogen nimmst und dich vermutlich von allem ficken lässt, was einen Schwanz zwischen den Beinen hat?«

»Du bist so, so, so, unendlich gemein.«

»Nein, ich bin ehrlich.« Ich drückte auf den Spülknopf und das Zeug landete im Ausguss.

»Das war mein letztes Päckchen. Das waren mindestens tausend Dollar.«

»Oh.« Ich tat so, als würde mich das überraschen. »Hoppla.«

»Du bist so ein Arsch!«

»Was willst du hier, Amalia? Sag es einfach und wir können den Scheiß abkürzen. Dass du deine Tochter sehen willst, kann es nicht sein.« Demonstrativ sah ich auf meine Armbanduhr. »Ich gebe dir zehn Sekunden und dann ruf ich den Sicherheitsdienst. Es wäre mir eine Freude zu sehen, wie sie dich hinauswerfen!«

»Ich …« Sie sah auf ihre Fingernägel und knetete die Hände. »Ich brauche Geld.«

Ich starrte sie an. Ihre Augen wässrig, das Make-up verschmiert und nicht mehr so perfekt wie noch vor ein paar Minuten. »Bitte Jackson, ich brauche wirklich Geld. Ich komme ja kaum über die Runden. Ich meine, mir ist all meine berufliche Chance mit der Geburt von ihr genommen worden.«

»Sie hat einen Namen!«

»Du weißt schon, was ich meine. Ich war zehn Monate schwanger, weg von der Bildfläche, konnte nur die Prüfungen schreiben und dann hatte ich ewig mit der Geburt zu kämpfen. Es ist nicht so leicht, ein Kind auf die Welt zu bringen und dann einfach weiterzumachen. So läuft das nicht.«

»Doch, Amalia. Genau so läuft es, denn ich habe auch weitergemacht, nachdem ich wusste, mein Leben würde sich ändern.«

»Du hast den Rückhalt deiner Familie, den hatte ich damals nicht und heute auch nicht.«

»Weil du armselig bist, eine Kakerlake, die ich unter meinen verdammten Schuhen zerdrücken will.«

»Bitte gib mir ein wenig Geld, Jackson. Ich verspreche, ich lasse dich und auch das Kind in Ruhe.«

»Du kannst dich in dein scheiß Knie ficken, Amalia. Ich gebe dir keinen verfluchten Cent, du Stück Scheiße!«

»Aber …«, begann sie und suchte nach Worten.

»Sicherheitsdienst?«, fragte ich in mein Handy. »Apartment 7, wären Sie so freundlich und würden den Müll rausbringen?« Eiskalt legte ich auf, warf mein Handy auf die Anrichte. »Verschwinde, Amalia. Und wage es nie wieder, hier aufzutauchen. Ich werde dich vernichten, das darfst du mir glauben. Ich mach dich fertig und zieh dich bis auf deine verdammten Unterhosen aus!«

Der Sicherheitsdienst kam durch die Tür und ich drehte mich weg, schenkte mir einen Scotch ein, während sie Amalia mitnahmen. Diese Frau stand natürlich auf der Liste der Menschen, die mich nicht besuchen durften. Aber wie ich aus dem Augenwinkel gesehen hatte, hatte sie es gewagt, sich Kleidung vom Reinigungspersonal zu klauen und war so hier reingekommen.

Ich kippte die braune, zwei Fingerbreit eingeschenkte Flüssigkeit hinunter. Sie schmeckte bitter und torfig. Nicht sonderlich gut, aber auf diesen Schock gerade eben hatte ich das Gefühl, dass es genau das war, was ich brauchte.

Fuck. Ernsthaft.

Dass Sarah nicht mehr hier war, lag daran, dass Amalia aufgetaucht war. Weiß Gott, was sie ihr erzählt hatte, dass sie verschwunden war.

Ich hätte einfach von Anfang an komplett ehrlich

sein sollen, und nicht nur die geschönte Wahrheit erzählen sollen. Scheiße nein, ich hätte alles sagen sollen, so wie es wirklich war. Alles.

Aber ich hatte es nicht getan.

Und jetzt galt es herauszufinden, was genau passiert war, damit ich klären konnte, was Amalia nun schon wieder angerichtet hatte.

Es war ein Segen, dass Sophie bei ihren Großeltern war, um dort im Garten mitzumischen.

Wie ich das mit Sarah wieder hinbekommen sollte, blieb abzuwarten.

KEINE STUNDE später klopfte ich gegen die Tür von Sarah White. Es war leicht gewesen, herauszufinden, wo genau ich sie finden konnte, denn scheiße, sie ging wirklich nicht richtig sensibel mit ihren Daten um. Und ihr Portier war mit drei Hundertern zu bestechen. Verrückt. Hier sollte sie ausziehen. Sie war immerhin die Tochter des Bürgermeisters von New York. Am besten war sowieso, wenn sie einfach zu mir zog.

»Sarah!«, rief ich und drückte den Knopf der Klingel. Immer wieder. Schnell. Nacheinander. »Sarah, mach die Tür auf!« Ich hörte es innen poltern, aber niemand öffnete. »Sarah, mach die verdammte Tür auf, oder ich trete sie ein!«, rief ich noch mal energischer und schließlich wurde die Tür von innen aufgerissen.

»Jackson Brewer!«, sagte Clyde Flynn gehässig und grinste mich irre an. »So sieht man sich wieder.«

Ich umgriff seinen Kragen und schob ihn durch den Gang der Wohnung, bis an die gegenüberliegende Wand. »Wo ist Sarah?«

»Da, wo sie sein will!«, sagte er und leckte sich über die wunden, aufgeplatzten Lippen. »Bei mir.«

»Jackson, ich bin hier!« Ich drehte den Kopf zur Seite, sah, dass Sarah eine aufgeplatzte Lippe hatte, und drehte völlig durch.

»Du Wichser! Du Scheißwichser! Was willst du hier?«

»Was denkst du denn?«, fragte er. »Sarah in sämtliche Löcher ficken!«

Genau das war der Moment, in dem ich komplett rot sah. Völlig ausflippte und absolut durchdrehte. Ehe ich mich selbst davon abhalten konnte, holte ich aus und rammte diesem schleimigen, ekelhaften Wichser von Clyde Flynn meine Faust in das Gesicht. Sein Kopf schnellte zur Seite und ich holte mit der anderen Hand aus und donnerte wieder mit voller Wucht auf sein Gesicht. Ich hörte etwas brechen, vermutlich seine Nase.

»Du gottverdammter Scheißkerl!«, entfuhr es mir schwer atmend und ich konnte mich nur mühsam beherrschen und ließ von ihm ab. »Wenn du ihr noch einmal zu nahe kommst, dann werde ich dich umbringen, hast du das endlich kapiert?«

»Das glaubst auch nur du!«, zischte er und griff sich stöhnend an die blutende Nase. »Ich werde dich anzeigen und fertigmachen wegen Körperverletzung. Ich bin immerhin ihr Ex-Verlobter.«

»Der mich von vorne bis hinten beschissen hat!«,

schrie Sarah dazwischen. »Der mich gerade verprügeln wollte!«

Ich trat nochmals nah an ihn heran, ging in die Hocke, denn der Haufen Scheiße lag am Boden und schaffte es nicht, sich hochzurappeln. Adrenalin rauschte durch meine Adern und mein Puls schnellte in die Höhe. Verprügeln?

»Wenn du es wagen solltest, meine Frau noch einmal anzufassen, sie zu berühren und ihr noch mal wehzutun, dann war's das mit dir! Wenn du es wagen solltest, ein weiteres Mal hier aufzutauchen, dann lass ich dich hochgehen! Dich und deine ganzen scheiß Koks Kumpels.« Ich sah ihm fest in die Augen und zog demonstrativ die Nase geräuschvoll hoch. »Ich mach dich platt, Flynn. Also probier nicht mal, deinen erbärmlichen Arsch irgendwie an die Wand zu kriegen. Am besten wechselst du mit dieser ekelhaften Hure den Bundesstaat und kommst nie mehr zurück!« Meine Worte waren gezischt, ich war nicht sicher, ob Sarah sie verstehen konnte, aber Clyde verstand mich sehr deutlich. Er nickte kaum merklich und ich zog ihn an seinem Kragen wieder in die Höhe. »Hast du mich gehört, du widerlicher Hurensohn? Hast du meine Worte verstanden?«

Clyde zitterte und nickte schließlich. Panik stand in seinen Augen. »Ich schwöre dir, wenn du meine Anweisungen nicht befolgst, dann war das dein beschissener letzter armseliger Tag auf diesem Planeten und ich lass dich untergehen, verlass dich drauf.«

Clyde nickte wieder und ich schubste ihn nach vorne. Er stolperte zur Tür hinaus und ich ging auf

Nummer sicher, dass er im Fahrstuhl stand, ehe ich mich umdrehte, zurück in die helle Wohnung von Sarah ging und sie in die Arme nahm. Bevor ich hier angekommen war, hatte ich die Polizei verständigt. Einer meiner Bekannten arbeitete dort und ich hatte ihm kurz erklärt, was los war. Sie versprachen mir, vor der Tür zu warten und den Scheißwichser mitzunehmen. Ich wusste einfach, dass er da sein musste. Ich ahnte es. Spürte es.

Sarah brach weinend zusammen.

»Jackson!« Sie klammerte sich an mein Shirt. »Jackson. Ich hatte solche Angst!«

»Shhh«, machte ich und strich ihr über den Kopf. »Ich bin hier. Dir wird nichts passieren.«

»Er kam einfach rein, obwohl er keinen Schlüssel mehr hatte, und hat mich gegen die Wand gedrückt und mich ... ich glaube, er wollte mich vergewaltigen.«

»Dieser Wichser!«, knurrte ich und drückte Sarah fest an mich. »Hat er dir noch mehr getan, außer die Wunde an der Lippe?«

»Die Lippe und ich glaube, ich habe hier eine Platzwunde«, sagte sie, griff an ihren Kopf und da sah ich es erst, dass ihr schönes, langes Haar blutverkrustet und verschmiert war. Der Cut war nicht sonderlich groß, aber er war doch da und klar zu sehen.

»Ich hätte ihn umbringen sollen! Lass mich das mal sehen!« Wir gingen zusammen in die Küche und ich setzte sie auf einen Barhocker. Ich sah kurz aus dem Fenster und konnte gerade noch beobachten, wie sie Clyde schnappten und in einen Streifenwagen setzten. Nun konnte ich mich vollends um Sarah kümmern.

»Das sieht übel aus. Wo hast du Verbandszeug?« Langsam beruhigte sie sich, aber sie zitterte noch am ganzen Körper.

»Im Badezimmer.«

»Ich hol es schnell, du rührst dich nicht.« Ich hasste es, sie kurz alleine lassen zu müssen.

»Aber du weißt doch gar nicht, wo es ist«, setzte sie entgegen und ich hob nur die Braue. Natürlich wusste ich, wo das war. Wie gesagt, Sarah ging nicht sensibel mit ihren Daten um und ich war Immobilienmogul, ich kam so ziemlich an jeden Grundriss in New York, an den ich kommen wollte, deshalb hatte ich das schon viel früher einmal angesehen. Kurz darauf kam ich mit dem Erste-Hilfe-Set wieder und öffnete es. Ich reinigte ihre Wunde, niemand von uns sprach ein Wort oder bewegte sich. Sarah stöhnte leise, wenn es extrem wehtat. Ich war mir sicher, wir müssten das von einem Arzt anschauen lassen, aber ich war ein Egoist durch und durch und wollte erst, dass ich ihr alles sagen konnte, was es zu sagen gab.

»Halte still!«, wies ich sie an, tupfte mit einem feuchten Waschlappen an ihrer Lippe. Sie war ein bisschen aufgeplatzt, aber nicht schlimm. Das könnte ich mit einem kleinen Klammerpflaster wieder zusammenbringen. »Sarah, ich hoffe, du weißt, dass ich nicht einfach so einen Kerl verprügle.«

»Das dachte ich mir schon«, sagte sie milde lächelnd, als auch die letzten Tränen versiegt waren, verzog aber sofort das Gesicht, weil es wehtat. »Aua.« Ich freute mich, dass sie sich bei mir offenbar so sicher fühlte, dass es ihr sofort ein wenig besser ging.

»Ich weiß. Ich hätte früher hier sein müssen. Aber ich musste erst meinen Teil mit Amalia klären.«

»Schwache Entschuldigung, mhm? Aber ich bin froh, dass du so schnell da warst. Es waren nur ein oder zwei Minuten, die ich mit ihm alleine war, aber das war der Horror.«

Ich schüttelte den Kopf. »Ja, damit hast du recht. Schwache Entschuldigung. Aber es ist die Wahrheit und die ist eben nicht immer stark und mutig. Außerdem müssen wir uns um die Sicherheit in diesem Gebäude kümmern. Dein Portier ist leicht zu bestechen. Sogar eine Minute mit dem Wichser in einem Raum wäre zu viel.«

»Wie viel war es?«

»Dreihundert, da hat er sogar beide Augen zugedrückt.«

»Daran hatte ich nicht gedacht. Aber es ergab Sinn. Seine Frau ist krank und er braucht jeden Cent.«

»Das rechtfertigt nicht, dass er nicht auf deine Sicherheit achtet. Du bist die Tochter des Bürgermeisters. Du bist meine Frau. Du bist mein!«

»Deine Frau?« Sarah knetete ihre Finger. Ich wusste, dass ich das vorher in Rage auch schon zu Clyde gesagt hatte. Aber scheiße, ich meinte das auch so. Ich zuckte nur die Schultern und sie fuhr fort. »Du hättest mir sagen müssen, was wirklich los war. Nicht nur einen kleinen Teil der Wahrheit, den der mich vielleicht milde stimmt und anfüttert.« Sarah wechselte zu unserem ursprünglichen Thema zurück.

»Ich weiß.« Ich ließ den Kopf hängen, nahm ihre Hand und führte sie zum Sofa. Wir mussten reden, so wie wir auch bei mir zu Hause in der Nacht davor geredet hatten. Nur dass ich jetzt alles auf den Tisch packen musste.

»Es tut weh, dass du mich angelogen hast.«

»Ich wollte dich nicht anlügen, das tut mir wahnsinnig leid. Und ich habe dich auch nicht angelogen, sondern nur einen Teil der Wahrheit ausgelassen.«

Sarah hob beide Brauen und sah mich strafend an, aber sie ließ zu, dass ich ihre Hand halten durfte, und rutschte nicht von mir weg. »Weißt du, mir ist klar, dass das wie eine lahme Ausrede klingt, aber ich wollte dich schützen. Ehrlich und wahrhaftig. Ich wollte nicht, dass du weißt, was dein Ex-Verlobter, der Mann, der dir so sehr weh getan hat, eigentlich alles wirklich angetan hat.«

»Will ich es jetzt wissen?«

»Ich denke, dass du es wissen musst, dass du mich vielleicht verstehen kannst.«

Sarah nickte leicht und seufzte schwer. »Weißt du, damals als Amalia Sophie vor meiner Tür ablegte, da war Sophie total verhungert. Amalias Eltern hätten sie verstoßen und natürlich auch das Kind. Weiß Gott, was sie ihr angetan hätten. Ich war absolut verzweifelt. Dadurch, dass Amalia abrutschte und mit Drogen in Berührung kam, erwirkte ich eine gerichtliche Anordnung, dass sie ihr Kind nicht sehen durfte. Amalia schlug sogar vor, dass sie sich nie wieder bei uns melden würde und niemals ein Teil von Sophies Leben wäre, wenn ich ihr eine gewisse Geldsumme gab.« Die Erinnerung an den Tag im Gerichtssaal machte mich fertig. »Bitte denk nicht, dass ich so jung Vater werden wollte. Aber ich verstand nie, wie sie es schaffte, ihrem Kind erstens die paar Tage im Krankenhaus jede Liebe zu entziehen und zweitens, wie sie ihr kleines süßes Mädchen abgeben konnte. Aber das bedeutet nicht, dass ich ihr nicht weniger dankbar bin, denn Sophie ist mit Abstand das Beste, das mir bisher in meinem Leben passiert ist. Neben dir, aber das ist ein anderes Thema.« Sarah lächelte leicht und obwohl sie nichts sagte, wusste ich, dass sie mir aufmerksam zuhörte. Jetzt kam der schwere Teil. »Ich hatte so einen Hass auf Amalia und der ließ sich auch mit Geld und dem Wissen, dass wir für immer Ruhe vor ihr hatten, nicht völlig ausschalten. Ich war so wütend, sauer und fühlte mich betrogen, dass ich sie, trotz allem, im Auge behielt. Darum wusste ich, dass sie Clyde Flynn kennengelernt hatte und er ihr Drogen besorgte. Amalia rutschte innerlich ab, nach außen wahrte sie den Schein. Sie machte im Laufe der letzten sechs Jahre zwei Entzüge mit, aber da ich vorhin ein Päckchen Kokain bei ihr gefunden hatte, hielt der letzte Entzug wohl nicht sonderlich lange an. Clyde und sie hatten was miteinander, schon lange Zeit und auch jetzt noch.«

»War das, während ich mit ihm zusammen war?«

Ich nickte knapp. »Ja, das war es.«

»Und alle Welt wusste es?«

»Nein, das denke ich nicht, denn Amalia war eine Drogensüchtige, die es mit jedem für ein bisschen Stoff trieb. Nicht sonderlich lobend für mich, zeugt nicht davon, als hätte ich einen guten Geschmack, was?«

»Na ja ... meiner scheint auch nicht gut zu sein.«

»Aber ich wusste natürlich, dass er mit dir zusammen war. Ich fragte mich immer, was du an ihm fandest, weil er einfach ein beschissener Hurensohn ist und jeder das wusste.«

»Scheinbar nur ich nicht.«

»Als ich dann hörte, dass ihr getrennt seid, witterte ich meine Chance. Ich wollte ihm, auch wenn er nicht wusste, dass ich diese Verbindung mit Amalia hatte, denn das hatte sie ihm sicherlich nicht erzählt, irgendwie eins auswischen.«

»Durch mich?«

»Warte, das … warte bitte«, sagte ich, als ich den Schmerz in ihren Augen sah und aus ihrer Stimme hörte. »Clyde rannte durch die Gegend, erzählte jedem, der es hören wollte, wie er dich abserviert hatte und dass du sowieso auf ihn warten würdest, egal was er täte.«

»Ich …«

»Die Worte, die er benutzt hat, möchte ich dir ersparen, aber sinngemäß war das so.«

»Ich verstehe.« Nun schluckte sie schwer. Ich wusste, dass es für sie hart werden würde, was jetzt kam. Und ich wappnete mich dagegen, dass sie mir ihre Hand entziehen und mich aus der Wohnung werfen würde. »Ich dachte mir, dass die einzige Gelegenheit zu beweisen, dass er unrecht hatte, der war, dass ich dich für mich gewinne. Dass ich dich verführte und mit dir ins Bett ginge. Am besten hätte ich es geschafft, dass du dich in mich verliebst und Flynn mit dem Hintern nicht mehr ansiehst.«

»Was?«, kam es entsetzt von ihr. »Was hast du getan?«

»Dass ich mich dabei verliebe, war nicht Teil des Planes gewesen«, gab ich zu.

»Du hast mich verführt, weil du wolltest, dass ich mich in dich verliebe?«

Ich nickte schwach. »Bitte hör nicht nur das Schlechte.«

»Ich weiß nicht, was es Gutes daran gäbe?«

»Ich sage dir, dass ich mich in dich verliebt habe, und du hörst nur den anfänglichen Scheiß.«

»Du wolltest mich benutzen. Für einen Rachefeldzug gegen ihn.«

»Nein, das ist nicht wahr. Ich wollte dich schützen, und das meine ich verdammt ernst, Sarah. Ich wollte dich schützen, denn ich kannte dich nicht, ich wusste nicht, ob er es tatsächlich schaffen würde, dass du zu ihm zurückrennst und wieder mit ihm zusammenkommst.«

»Das hätte ich niemals getan!«

»Woher sollte ich das wissen? Ich wollte es nicht riskieren. Also hoffte ich, dass du dich in mich verliebst.«

»Mhm«, murrte sie und kreuzte die Arme vor der Brust.

»Wie gesagt, du kannst mir glauben, wenn ich dir sage, dass verlieben für mich nicht ansatzweise in meinem Lebenslauf stehen sollte. Nicht einmal auch nur der Hauch eines Gefühls, aber es ist nun mal passiert und ich merke schon lange, dass du mehr für mich bist als eine Frau, die ich in mein Penthouse einlade. Ich habe noch nie zu einer Frau gesagt, dass ich mich öfter als einmal mit ihr treffen will. Ich habe noch nie zugelassen, dass eine Frau meine Wohnung betritt. Von Sophie fange ich gar nicht erst an.«

»Du wusstest ja nicht, wer vor der Tür steht«, argumentierte sie dagegen.

»Natürlich wusste ich das, glaubst du, ich habe so eine Hightech-Wohnung und dann keine Kamera vor der Tür, die mir zeigt, wer davor ist? Denkst du das wirklich? Ich weiß immer, was vor sich geht. Und ich habe deinen Vater getroffen, das sollte ich vielleicht auch noch erwähnen.«

»Du hast dich mit meinem Dad getroffen?«

»Er kam in mein Büro, ziemlich genau nach dem Sun Artikel.«

»Warum?« Ihre Augen weiteten sich und sie griff sich an die Lippe. Durch die Mimik schien ihr das Gesicht wehzutun.

»Er war bei mir und wollte hören, dass ich dich nicht auslauge und gehen lasse.«

»Was?«

»Keine Sorge, ich habe ihm unmissverständlich klar gemacht, dass ich ihm, auch wenn er der Bürgermeister ist, das nicht versprechen kann und werde, weil ich dich liebe. Na gut, den Teil hab ich jetzt bei dir das erste Mal gesagt.« Ich lächelte leicht.

»Was?«

»Was genau jetzt?«, fragte ich lachend. »Den Teil, dass ich deinem Dad widersprochen habe, oder der Teil mit dem Lieben?«

»Beides irgendwie!«

»Ich liebe dich und ich werde dich nicht gehen lassen. Auch wenn du mich nach dieser unschönen, schmutzigen und abgefuckten Wahrheit nicht mehr willst. Sophie und ich brauchen dich, Sarah. Wir lieben dich und wir wollen nicht mehr ohne dich sein.«

»Sophie kennt mich doch gar nicht.«

»Aber sie ist meine Tochter, hat eine unglaublich gute Gabe der Einschätzung geerbt und hat mir das heute Morgen mitgeteilt.«

»Hat sie?« Nun lächelte Sarah. »Ich finde sie auch ganz großartig.«

»Wir wollen dich und auch wenn du jetzt sagst, dass du uns nicht willst, dann werden wir um dich kämpfen. Der Plan mag gewesen sein, dass du dich in mich verliebst und nicht andersherum. Aber ... Pläne ändern sich manchmal. Das ist es, was man Leben nennt.«

»Du liebst mich ...«

»Das tue ich mit jeder Faser meines Seins.«

»Du hast Clyde für mich verprügelt.«

»Und ich würde es wieder tun!« Ich tat so, als würde ich meine Ärmel zurückschieben und mich umsehen.

»Ich weiß nicht, was ich sagen soll. Ich bin auf der einen Seite so sauer, weil du mir gestern Nacht nur die halbe Wahrheit erzählt hast und auf der anderen Seite so froh, dass ich bisher nicht wusste, welcher Gefahr ich eigentlich ausgesetzt war. Ich meine ... Clyde hat anscheinend ein Drogenproblem, wenn er mit dem Zeug auch dealt und ... und das erklärt mir nun so viele Situationen. Dinge. Ich ... all die Jahre mit ihm waren eine einzige Lüge.«

»Das glaube ich auch … aber, ich bitte dich, Sarah, ich bin nicht so. Gib Sophie und mir die Chance, dass wir diese schlechten Erinnerungen durch gute ersetzen, dass wir dafür sorgen, dass es dir gut geht. Ich … ich flehe dich an, bitte gib uns diese Chance, dass wir das zusammen erleben dürfen. Ich hatte mir nach Amalia geschworen, mich nie wieder an eine Frau zu binden, mich zu verlieben oder auch nur jemanden so nah an mich heranzulassen, dass ich auch Gefahr laufe, mein Herz wieder gebrochen zu bekommen. Aber … ich will das riskieren. Ich kann nicht atmen, wenn ich es nicht wage, weil ich weiß, dass du, dass wir beide und das, was wir haben, was uns verbindet, etwas Einzigartiges ist. Etwas Besonderes. Und dass wir es verdient haben, miteinander glücklich zu werden. Ich habe mich noch nie so sehr nach einer Frau gesehnt. Ich bin einsam, wenn du nicht bei mir bist, und bin völlig von dir gefangen, wenn wir im selben Raum sind. Es war nie der Plan, Sarah, aber es ist geschehen und ich bin überglücklich, dass ich das mit dir erleben darf. Ich will dich, jeden Tag, nicht nur für dreimal. Ich will dich aufwachen sehen, einschlafen und all die Stunden dazwischen. Ich ersticke ohne dich und mein Herz schreit, dass es dich liebt. Mag es kitschig sein? Ja, vielleicht ist es das, aber das ist die ungeschönte Wahrheit, nach der du dich so sehr gesehnt hast. Ich liebe dich. Und ich will dich. Jeden Tag. Für immer.«

»O Jackson.« Tränen liefen ihr über die Wangen. »Ich liebe dich auch. Ich bin unendlich sauer auf dich. Du wirst dir Mühe geben müssen, dass ich dir verzeihe, aber ich liebe dich so sehr, dass ich ohne dich sterben will.«

»Sag das nicht, Baby … sag das nicht«, erwiderte ich und zog Sarah auf meinen Schoß, um ihren Mund mit meinem zu versiegeln. Ganz vorsichtig nur, weil ich wusste, dass ihr die Lippe wehtat. »Du bist mein und ich werde viele Fehler machen. Du wirst mich verfluchen, anschreien und mich vielleicht sogar verlassen wollen, aber ich verspreche dir, dass ich dich nicht gehen lasse und dich immer wieder zu mir zurückhole. Du bist mein Anfang und mein Ende am Horizont, du bist mein Licht, das mich aus einer einsamen Dunkelheit führt, die ich glaubte, zu wollen. Du bist eine starke Frau, die mich eines Besseren belehrt hat und mich anstreben lässt, dass ich ständig besser werde. Ich liebe dich und bin dankbar, dass du mich auch liebst.«

»O Jackson, ich liebe dich auch«, wisperte sie gegen meinen Mund, setzte sich fester auf meinen Schoß und krallte ihre Hände in mein Haar, so wie sie es gerne tat, wenn wir Sex hatten.

Und plötzlich so, einfach aus dem Nichts, war meine Welt wieder im Lot, egal wie stark sie kurz zuvor geschwankt hatte.

Manchmal mussten wir erst durch die Hölle gehen, ehe das Paradies auf uns wartete.

Und manchmal hatten wir eben Glück, dass uns vergeben wurde und wir eine zweite Chance für den ersten Eindruck bekamen.

Manchmal war das Leben rundum schön.

Epilog

Sarah

Das, was hier geschah, fühlte sich vollkommen unglaublich an.

Ich stand bei Jacksons Eltern im Garten, trank ein Mischgetränk mit Sekt und Aperol, das sehr hübsch dekoriert war, und lächelte milde, als ich meinen Vater, den Bürgermeister von New York, Mr. Brewer, Andrew und Jackson diskutieren hörte.

Es ging um Football und sie diskutierten über das Comeback eines Spielers, der eigentlich schon aufgehört hatte. Mir war Football völlig gleichgültig, von daher interessierte mich das nicht sonderlich. Ich spielte mit Sophie nebenbei ›Vier gewinnt‹ und war erstaunt, dass sie wirklich immer wieder gewann, obwohl ich sie nicht gewinnen ließ.

Jackson sah immer wieder zu uns herüber und schenkte uns einen Blick, der nur so vor Liebe glühte, wie ich es mir niemals hätte erträumen lassen. Der Garten seiner Eltern war liebevoll bepflanzt, überall waren bunte Blumen, versteckte Details und einige Dinge, die man auf Trödelmärkten finden konnte, die aber perfekt in das Bild passten. Es war völlig von Bäumen und Sträuchern eingewachsen und man konnte ehrlich nur noch erahnen, dass man sich in dem Dschungel der Großstadt aufhielt und alleine die Tatsache, dass gerade auf der roten, geblümten Gartentischdecke ein Zitronenfalter landete und sich einmal umsah, ehe er weiterflog, sagte alles. Bei Jackson Senior und Rubina zu sein, war für mich eine Art der Kraftquelle, wie ich niemals gedacht hätte, dass ich sie erfahren durfte.

»Ich mag nicht mehr, ich geh jetzt malen!«, rief Sophie plötzlich, packte das Spiel ein und verzog sich nach drinnen. Ich umarmte sie zurück, und sah ihr dann hinterher, denn gerade hatte sie es wieder getan, und fühlte, wie mein Herz aufblühte. Es war so unwirklich, dass Sophie mich einfach so akzeptiert hatte und wann immer sie das Gefühl hatte, dass sie etwas weibliche Liebe von jemand anderem als ihrer Großmutter brauchte, war ich für sie da und schenkte sie ihr. Sophie war ein besonderer, einzigartiger Mensch und ich hatte sie bereits nach der kurzen Zeit so sehr in mein Herz geschlossen, als wäre sie mein eigenes Kind. Vielleicht lag das daran, dass ich mir immer eine Familie gewünscht hatte. Und jetzt ... hatte ich sie.

Ich hatte mit Jackson den wundervollsten, heißesten und leidenschaftlichsten Partner, den ich mir nur wünschen konnte. Unser Sexleben war aufregend, er gab mir das, was ich brauchte, und behandelte mich tagsüber wie eine Prinzessin, der er die Sterne vom Himmel holte. Wir unterstützten gemeinsam aktiv meinen Vater im laufenden Wahlkampf und die Umfragen zeigten, wenn in fünf Tagen die endgültigen Wahlen wären, dann würde er gewinnen. Jackson und er verstanden sich prächtig und ich genoss es, dass wir beide zu den Eltern des jeweils anderen so ein perfektes Verhältnis hatten.

Jackson spürte meinen Blick und sah zu mir. Er zwinkerte, denn wir beide hatten ein Geheimnis. Es wusste niemand.

Wir waren gestern zusammen auf dem Standesamt gewesen und hatten geheiratet. Vollkommen unspektakulär. Völlig entgegen dem, was die Gesellschaft von uns erwarten würde, aber wir hatten es für uns alleine getan. Und wir würden dieses Geheimnis noch eine Weile für uns behalten. Es war aus einer Laune heraus entstanden. Wir liebten uns, und ich wusste, dass er der Mann meines Lebens war. Ich hatte viele Frösche küssen müssen, um zu begreifen, wie es sich anfühlte, wenn plötzlich der Richtige vor einem Stand. Ich hatte viel Leid ertragen müssen, bis ich wusste, wie sich dieser zarte Schmerz, die männliche Dominanz, die Jackson im Bett an den Tag legte, mich nicht einengen und in meinem Leben einschränken würde. Ich wusste, dass er und ich alles füreinander waren.

Und deshalb hatten wir das getan. Eigentlich wollten wir nur dorthin und nach einem Termin fragen, nachdem wir zusammen Sophie zur Schule gebracht hatten. Aber die Standesbeamtin meinte, dass ihr spontan jemand abgesprungen wäre und ob wir unsere Unterlagen schon beisammen hätten.

In aller Stille, ohne tosenden Applaus und die verführerischen Komplimente, die man als Brautpaar bekam, hatten wir uns das Ja-Wort gegeben und die Heiratsurkunde unterschrieben. Es hatte sich so unglaublich und richtig angefühlt, dass ich es kaum in Worte fassen konnte.

Natürlich würden wir es irgendwann unseren Familien sagen, und mit Sicherheit würden wir auch ein rauschendes Fest nachholen, aber momentan war es einfach nur für uns und die Gewissheit, dass wir zusammengehörten. Ich brauchte keinen protzigen Ring, eine lange Verlobungszeit oder eine fette Party. Nein, alles, was ich brauchte, waren Jackson und Sophie.

Nachdem wir anschließend gemeinsam in einer kleinen Bar mit einem Glas Champagner angestoßen hatten, hatten wir unsere Tochter von der Schule abgeholt und waren in jenes kleine Restaurant gegangen, in dem ich mein erstes Lunch Date mit Jackson gehabt hatte. Mittlerweile waren wir schon ein paarmal dort gewesen und ich wusste jetzt auch, dass Sophie die Dame war, die hier gerne aß.

Für mich fühlte es sich an, als wäre ich in einem Traum. Auf einer Reise zu mir selbst, bei der ich trotzdem nicht alleine war. Es fühlte sich so vertraut und gleichzeitig neu an, dass ich betete, dieses Gefühl möge niemals aufhören.

»Alles okay?«, fragte mich Jackson, der gerade rüberkam und mir einen Kuss auf die Lippen drückte.

Die Art, wie er sich mit den Händen auf den Armlehnen meines Gartenstuhls abstützte, wie seine gebräunte Haut die verborgenen Muskeln darunter spielen ließ, machte mich an. Nach diesem Kuss, und es war beinahe jedes Mal so, wenn ich seine Lippen auf meinen spüren durfte, war ich atemlos.

Ich nickte. »Ich denke nach.«

»Über?« Er lächelte mich an und ich liebte es, wie sein Gesicht dann strahlte.

»Weißt du«, erklärte ich und nippte an meinem Getränk, während er sich neben mich setzte. »Ich denke, wir sollten mit Kindern noch ein wenig warten.« Meine Worte kamen aus dem Nichts, das überraschte ihn.

»Was?«, stieß er aus und seine Augen weiteten sich. Sämtliche Freude war aus seinem Gesicht verschwunden. »Ich dachte, du willst Kinder?«

»Will ich auch«, begann ich. »Aber da gibt es dieses Projekt, das ich so gerne umsetzen würde. Ich meine, wenn ich das mache, dann hab ich wieder genug Geld, um die renovierungsbedürftigen Häuser der ärmeren Gegenden zu sanieren.«

»Baby«, Jackson lachte. »Du brauchst dir keine Sorgen um Geld zu machen. Wenn du etwas sanieren willst, dann mach das. Ich stell dir einen Scheck aus.«

»Du willst mich wohl beleidigen, was?«

»Hör auf, so stur zu sein!«

»Ich will aber nicht die Tussi sein, die sich einen reichen Kerl geangelt hat, der jetzt ihre Sperenzien finanziert.«

»Sagt die Frau, die ihre Shorts letzte Woche bei Wallmart gekauft hat.«

»Na und?« Provokant hob ich die Braue. »Sind die denn weniger wert, nur weil sie vom Discounter sind?«

»Baby«, begann er und seine Augen leuchteten, funkelten vergnügt. »Es ist mir scheißegal, ob du ein Abendkleid für Tausende von Dollar trägst, oder ob deine Hose von einem Supermarkt ist. Mir ist nur der Inhalt wichtig. Ich weiß, dass du in allem gut aussiehst, vor allem allerdings ohne etwas.«

»Wie süß du bist«, sagte ich und lächelte ihn an. »Aber ich erkenne, was du machst, du willst mich davon ablenken, dass du mir einen Scheck ausstellen willst.«

»Lass mich helfen, das ist im Grunde dasselbe wie das, das Andrew und ich machen.«

Nun sah ich ihn spöttisch an. »Okay, nicht ganz«, räumte er ein, »Aber ähnlich.«

»Nein, ich verdiene mir mein Geld.«

»Dann willst du echt, dass ich dein Auftraggeber und dein Boss bin? Du kannst das Geld auch so haben ...« Er spielte darauf an, dass er und Andrew mich letzte Woche gefragt hatten, ob ich einen Milliardendeal mit ihnen umsetzen würde, denn sie hätten ihre vorherige Innenarchitektin nicht mehr beauftragt. Ich überlegte, es war überaus attraktiv das zu tun, aber das Projekt würde mich ungefähr ein Jahr beschäftigen. Ein Jahr, das ich dann nicht nutzen konnte, um denen zu helfen, die sich nicht einfach so einen Umbau leisten konnten. Aber es war beinahe unanständig viel Geld und das könnte ich extrem gut weiter investieren. Ich vertraute Jackson auf eine völlig andere Weise, wie es bei Clyde, der übrigens zusammen mit Amalia nun in Missouri lebte, der Fall war.

»Nein, ich möchte das Geld ehrlich erarbeiten.« Das war mir wichtig. Meine Unabhängigkeit war mir wichtig. Auch wenn mir natürlich klar war, dass mir fortan die Hälfte seines Geldes zustand. Wir hatten keinen Ehevertrag, aber für mich war klar, wenn mich Jackson irgendwann nicht mehr wollte, dann wollte ich auch sein Geld nicht. Denn alles Geld war ohne ihn sowieso vollkommen sinn- und wertlos.

»Für mich ist das okay, ich finde es ziemlich heiß, wenn ich es mit dir im Büro treiben könnte!«, flüsterte er in mein Ohr, als er sich zu mir beugte. »Ich will dich sowieso schwängern, dann wäre es besser, wenn wir uns nicht nur abends oder morgens sehen.«

»Jackson!«, rief ich aus und seine Mutter blickte weiterhin grinsend in ihre Gartenzeitschrift, die sie las.

»Was denn? Ich bin nur ehrlich.«

»Aber doch nicht hier vor allen«, sagte ich leise.

»Wieso nicht? Die ganze Welt soll wissen, dass du mir gehörst.« Er griff nach meiner Wange und küsste mich.

»Leute?«, rief er laut und mein Herz klopfte in meiner Brust. Was kam denn jetzt? Ich wusste, dass er nichts von unserer Hochzeit verraten würde, denn Jackson würde niemals eine Vereinbarung, die wir getroffen hatten, übergehen. »Heute ist Champagnerwetter, oder?«, ließ er alle wissen und ging nach drinnen, um eine Flasche aus dem Kühlschrank seiner Eltern zu holen. Andrew begleitete ihn und holte Gläser.

Nachdem die Flasche entkorkt und alle Gläser, einschließlich eines mit Saft für Sophie, die wieder nach draußen kam, gefüllt war, standen wir in einem Kreis zusammen.

»Auf was stoßen wir denn an, mein Junge?«, fragte sein Vater und er zuckte nur die Schultern. Sophie legte den Arm um seine Hüfte und hielt ein Glas mit Orangensaft in der Hand.

»Auf das Leben. Schaut nur, was passiert ist!« Er legte den Blick zärtlich auf mich, änderte aber dann die Kopfneigung. »Der Bürgermeister von New York ist bei uns zu Gast!« Alle lachten laut auf und ich schlug ihn mit der freien Hand gegen die Brust. Er legte seinen freien Arm um mich und gab mir einen Kuss auf die Schläfe.

»Ich liebe dich, Sarah Brewer!«, flüsterte er so, dass es niemand verstand außer ich. »Ich liebe dich so sehr, dass ich ohne dich an meiner Seite kaum mehr atmen kann.«

»Ich liebe dich auch, Jackson Brewer. Mein Anfang und mein Ende. Für immer!«

Sophie kicherte, denn ich flüsterte nicht so, wie es mein Mann getan hatte, und rollte die Augen.

»Da das jetzt geklärt ist ...«, unterbrach sie altklug die laufenden Konversationen und erntete somit alle Aufmerksamkeit. »Wie bringen wir jetzt Onkel Andrew unter die Haube?«

ENDE

Freu dich auf …

Malibu Heat Verlangen - ab 01. Juli 2022

… und darum geht's

Verlorene Gefühle, brennende Leidenschaft und berauschendes Verlangen.

Kyle Lewis genießt sein Leben in vollen Zügen. Sein Bett wird jede Nacht von einer anderen Frau gewärmt, er trinkt den besten Scotch und vor allem: Er ist der baldige Besitzer eines Luxus-Resort in Malibu. Zumindest wenn er eine Ehefrau findet. Denn das ist die Bedingung, an die sein Erbe geknüpft ist.

Brianna Weller leitet eine Partnervermittlungsagentur. Sie ist verdammt gut in ihrem Job, trotzdem fragt sie sich, welcher Teufel sie geritten hat, die Wette mit Kyle

Lewis einzugehen. Sie muss die perfekte Frau für ihn finden. In dreißig Tagen. Statt sich darauf zu konzentrieren, den arroganten Mistkerl unter die Haube zu bringen, stehen feurige Wortgefechte zwischen den beiden an der Tagesordnung. Dabei ist der Wetteinsatz verdammt hoch: Wenn sie ihr Versprechen nicht hält, muss Brianna mit Kyle vor den Altar treten.

Alle Bände der Malibu-Summer-Feelings-Reihe können unabhängig voneinander gelesen werden – jeweils mit abschließendem Ende.

ab 01.07.2022

Hier vorbestellen

Freu dich auf …

New York Nights - True Passion - ab 08.09.2022

… und darum geht's

Wahre Leidenschaft und ungezügeltes Verlangen

Ethan Bennet hat alles, was man sich nur wünschen kann. Sein Bankkonto ist prall gefüllt und er ist bekannt dafür, New Yorks König der One – Night – Stands zu sein. Wie viele Affären es schlussendlich waren, kann der Playboy schon lange nicht mehr zählen.

Auch karrieretechnisch braucht sich der Sunnyboy keine Gedanken machen, führt er doch mit seinem Bruder das erfolgreichste Telekommunikationsunternehmen des Landes.

Doch sein Leben ändert sich schlagartig, als er in seinem Appartement auf die schüchterne Letizia trifft.

Die Tochter seiner langjährigen Haushälterin raubt ihm von der ersten Sekunde an den Atem.

Ihre Unschuld lässt das Blut in seinen Adern kochen, genau wie das Feuer in ihren Augen.

Doch wo zwei unterschiedliche Welten aufeinanderprallen, lauert eine unbekannte Gefahr, denn Ethan ist nicht der Einzige mit einem dunklen Geheimnis ...

Alle Bände der New York Gentlemen können unabhängig voneinander gelesen werden - jeweils mit abschließendem Ende.

ab 08.09.2022

Hier vorbestellen

Kennst du schon …

Room Service - von Freya Miles
Band 2 der New York Gentlemen

Andrew Wellington ist ein rücksichtsloses Arschloch.

Zumindest behaupten das die Menschen, die ihm schon einmal einen Wunsch ausgeschlagen haben.

Der angesagteste Makler New Yorks ist es nämlich gewohnt, zu bekommen, was auch immer er will.

Mit seinem besten Freund Jackson führt er das gemeinsame Immobilienbüro mit harter Hand, wobei Andrew auch in einem anderen Business stets das Sagen hat: dem Room Service.

Eine Agentur, die ihren Kunden genau das bietet,

was diese wollen: nette Stunden mit heißen Frauen in einer schicken Hotelsuite.

Mit all seinem Geld, dem Erfolg und den Frauen scheint Andrew am Ziel seiner Träume. Bis Julie in sein Leben zurückkehrt.

Als neues Mädchen für sein zwielichtiges Business.

Doch dass sie ein anderer Mann anfasst, nein, sie überhaupt nur ansieht, kann und wird Andrew nicht zulassen.

Egal wie hoch der Preis ist, den er dafür zahlen muss!

Julie ist nicht wie all die anderen Frauen und das wird sie auch niemals sein!

Verlangen trifft auf Sehnsucht – Macht auf Gier – Erfolg auf unendliche Dunkelheit!

Willkommen bei der Agentur Brewer & Wellington!

Alle Bände der New York Gentlemen sind einzeln zu lesen und mit abgeschlossenem Ende!

Room Service - Freya Miles

Kennst du schon …

»Malibu Heat - Sehnsucht«
Der neue Enemies to Lovers Roman!
...und darum geht's:

Betörende Verzweiflung. Atemraubendes Verlangen und die pure Hingabe.

Am Tag ist Edward King der perfekte Gentleman, aber bei Nacht ein frauenverschlingender Bastard. Um endlich den Thron des Familienimperiums zu besteigen, ist er zu allem bereit – auch dazu, sich auf Wunsch seines Vaters eine Frau zu suchen. Er glaubt doch sowieso nicht an das Märchen tiefer Gefühle.

Ava Lewis wurde gerade vor dem Altar sitzengelassen. Daher erträgt sie es nicht, in ihrem Job als Schmuckdesignerin ständig von glücklich verliebten Pärchen umgeben zu sein. Sie flüchtet in das Hotel ihres Bruders, um unter der glühenden Sonne Kaliforniens ihren Schmerz zu vergessen und mit ihrer neuen Firma Fuß zu fassen.

Langsam schafft sie es, sich wieder zu fangen, bis sie Edward King begegnet, der sie in den tiefen Abgrund der Sehnsucht und einen Strudel der Leidenschaft zieht.

Alles wäre perfekt, würde Ava nicht plötzlich mit der Vergangenheit konfrontiert und Edward von seinen Lügen eingeholt werden ...

Alle Bände der Malibu-Summer-Feelings-Reihe können unabhängig voneinander gelesen werden – jeweils mit abschließendem Ende.

Malibu Heat Sehnsucht

Über Emily Key

Emily Key ist das Pseudonym, einer mehrfach ausgezeichneten #1 Kindle und Bildbestsellerautorin, die mit ihrem Mann und ihren zwei Töchtern im wunderschönen Bayern lebt.

Sie liebt es in fremde Welten abzutauchen und diese in Worte zu fassen.

Prickelndes Verlangen, atemraubende Leidenschaft, fesselnde Liebe und verhängnisvolle Hingabe, all diese Attribute vereint sie zu einem Happy End.

Denn jeder hat ein Happy End verdient ... oder?

Weil Bücher der Schlüssel für's Herz sind!

Website: http://www.emily-key.de
E-Mail: Emily@emily-key.de
Instagram: https://www.instagram.com/emilykeyauthor/
Facebook: https://www.facebook.com/EmilyKeyAutor

Bücher von Emily Key

Malibu Heat - Sehnsucht

Malibu Heat - Verlangen ab 01.07.2022

Penthouse Affair ab 01.05.2022

Mine - Smaragd Desire (Mine Family Reihe 1)

Mine - Onyx Passion (Mine Family Reihe 2)

Mine - Ruby Love (Mine Family Reihe 3)

Mine - Sapphire Obsession (Mine Family Reihe 4)

Two glorious Mornings (New York Lovestorys Band 1)

Velvet Nights (New York Lovestorys Band 2)

Underground Princess Band I (New York Lovestorys Band 3)

Underground Princess Band II (New York Lovestorys Band 4)

Gentleman's Secret (New York Lovestorys Band 5)

Owen Black – Black Family

Canadian Winter

Canadian Summer

Hannah (Malibus Gentlemen 1)

Melissa (Malibus Gentlemen 2)

Malibus Gentlemen: Sammelband

Whiskey on the Rocks

Bourbon on Ice

Scotch and Soda

It's always been you

Three Damn Nights: Für drei Nächte mein

Bodyguard - Jackson's Story

Black Tie Affair

Alle Romane können unabhängig voneinander gelesen werden.

Weitere Ideen und Storys befinden sich in Planung.

Wenn du keine Neuerscheinung verpassen willst, melde dich zu meinem Newsletter an, bei dem du das GRATIS Zusatzkapitel aus Malibu Heat Sehnsucht lesen kannst.

Newsletter & Bonus Kapitel sichern.

Ich freue mich, wenn du mir auf meinen Kanälen folgst, meine Bücher liest und sie bewertest. Damit unterstützt du deine Autorin und kannst dich noch auf viele weitere wundervolle Geschichten freuen.

Printed in Poland
by Amazon Fulfillment
Poland Sp. z o.o., Wrocław

17905746R00218